UN BOSS
DANS MON CHALET

De la même auteure dans la collection

Luv

Teach Me Love
The Boss
Secret Stepbrother
Strong Addiction
Coloc avec mon boss
The Initiation

Dans la collection

addictives POCHE

Nos amours contraires
Back to Campus

ERIN GRAHAM

UN BOSS DANS MON CHALET

Luv

1

Valentine

Elle a fait un bébé toute seule… Elle a fait un bébé touttte seuuuullllleee…

Merci J.-J. Goldman pour cette super idée qui a malheureusement fait des adeptes – moi la première, entre parenthèses. Le postulat de base m'a semblé intéressant de prime abord, mais je n'avais pas toutes les données lors de la mise en pratique.

Je serais prête à parier que l'héroïne de cette chanson incroyable n'avait pas, elle :

1) Une famille compliquée légèrement envahissante dont la matriarche se prend pour un caporal en chef et mène sa troupe familiale à la baguette.

2) Un job de fou totalement addictif et génialement génial.

3) Un boss qui ne semble pas comprendre ce que le terme « accouchement en approche » signifie.

4) L'arrivée de Noël qui ne simplifie rien, bien au contraire…

– Et donc, nous supposons qu'il serait plus simple que, exceptionnellement, nous organisions cette année le réveillon chez toi. Et le 25 aussi, pendant que nous y sommes ! Pour le bébé, ou ton état, selon les caprices du futur bout de chou, ça sera bien mieux. Peut-être aurons-nous la chance de rencontrer Antoine à cette occasion ?

Voilà l'un des nombreux problèmes. Depuis le jour béni des dieux de l'improbable conception, ma mère, et toute la petite famille derrière elle, pense que père il y a… Sauf que non. Père il n'y a pas. Géniteur, tout au plus. Inconnu, bien entendu.

Je m'étais promis de tout avouer à l'anniversaire de tante Clothilde le mois dernier, mais c'était sans compter sur mon manque avéré de courage face au tribunal inexorable et sans pitié de la famille Bertot…

– Tu sais, maman, avec l'arrivée du bébé, je ne pense pas que…

– Je m'occupe de tout ! Nous n'aurons qu'à nous mettre à table et manger… Pousser un peu les murs aussi, mais tu sais bien, pour un Bertot, rien d'impossible !

Ah, ça, pour le savoir… Il me semble ne savoir que ça, d'ailleurs.

– Ah ?

Unique réponse que m'inspirent ses plans douteux. Je pensais réellement avoir le temps de les préparer à entendre l'effroyable nouvelle, à savoir que je m'apprête à élever un enfant sans papa. J'imaginais que j'arriverais à les convaincre, surtout elle, que je n'aurais pas besoin qu'elle vienne squatter la ville pour s'assurer que ce bébé aurait tout ce dont il a besoin et bien plus. Je supputais même que, par le plus grand des miracles, la matriarche Bertot deviendrait cool et presque transparente dans ma future vie.

Je ne sais pas où j'avais la tête lors de ces divagations, mais plus le temps passe, plus mon ventre s'arrondit et moins je crois en mes espoirs.

Jamais cette femme, qui m'a mise au monde et couvée comme une louve, ne lâchera l'affaire.

Je le sais !

J'en suis autant persuadée qu'un et un font deux.

Et pourtant, j'espère... Encore...

Déprimant !

La sonnerie du téléphone de compétition posé sur mon bureau me sort de ce mauvais pas en retentissant agressivement.

– Oups, maman, il faut que je te laisse, c'est mon boss, je dois...

Sauvée par le patron !

– Tu travailles ? s'écrie-t-elle, outrée. Mais enfin, Valentine, tu dois expliquer à cet esclavagiste que tu es en congé maternité, que tu dois te reposer et que...

– Le contrat Spencer et fils est un gros contrat pour Bestcom, maman ! couiné-je en me frottant le ventre, très douloureux ce matin. Il devait être bouclé le mois dernier, mais le client a pris du retard dans ses retours et je suis la seule à en connaître les détails. De plus, je ne suis pas exactement salariée de l'agence, mais en free-lance. Étant mon propre patron, techniquement parlant, je suis la seule à blâmer. Et je ne peux pas m'attaquer en justice parce que je me fais bosser en oubliant que...

– Peu importe, ma fille, me coupe-t-elle brutalement. Dans la vie, il y a des priorités à ne pas...

Nouvelle sonnerie.

– Maman, je dois répondre, si tu veux que je rentre rapidement chez moi ! Bye, bisous à papa !

Je lui raccroche au nez, moyennement fière de mon geste. Pas d'autre solution. Comment pourrait-elle comprendre, elle, la femme qui a consacré sa vie à élever ses huit enfants ? Pour ma part, j'ai décidé de ne pas baser mon existence sur une ribambelle de garnements braillant dans tous les sens. Non, ça, j'ai donné toute ma jeunesse, donc, *next*. Un enfant, sans père pour me prendre le peu de temps qu'il me reste après l'éducation de l'enfant prodigue, c'est parfait.

Je balance mon portable sur mon bureau pour appuyer sur le haut-parleur de mon autre téléphone, professionnel celui-ci, tout en tentant de soulager les tiraillements qui attaquent sauvagement mon abdomen.

Je ne sais pas ce qu'il se passe ce matin, mais je prends cher…

– Valentine ?

La voix de mon boss, Antoine Maréchal, le Français américain d'adoption revenu en France, à l'accent incroyablement sexy, occupe toute la place dans la pièce par combiné interposé.

Eh oui, *Antoine*, comme le supposé père de ma future progéniture. Niveau imagination dans les bobards, je me pose là. C'est surtout que le jour où j'ai annoncé la grande nouvelle à la famille, lors d'une de nos grandes réunions d'été au printemps (logique, me direz-vous), mon cher boss me harcelait sans cesse par téléphone, et… ma sœur cadette Justine, ayant chopé le pseudo plus qu'ironique qui s'affichait à l'écran (Vénéré Antoine), en a déduit ce qu'elle ne devait pas en déduire… Sur le coup, j'ai trouvé que cette méprise arrangeait mes affaires et ne porterait pas à conséquence mais, en moins de deux heures, la tribu Bertot au complet était informée et les faire-part, déjà prêts…

Bref, petit mensonge qui passe bien, mais dans lequel je me suis peu à peu enlisée et qui, malheureusement, arrive en fin de vie avec l'approche de ma fin de grossesse. Me restent à peine quelques semaines pour trouver le courage de tout avouer.

Le plus tôt sera le mieux, clairement.

– Valentine ?

Ah oui, ce cher Antoine.

– Oui, monsieur Maréchal ?

Je ne suis pas réellement habituée à travailler avec lui. D'ordinaire, je suis rattachée à son père, mais une affaire urgente a chamboulé les plans. Sa femme et lui ont dû repartir à Savannah il y a quelques semaines pour rejoindre le reste de la famille Maréchal, domiciliée là-bas. Seul Antoine est resté.

Je n'ai pas encore statué si c'est une bonne chose ou non.

Plus ça va, plus ce type me semble stressé. Angoissant.

Dire qu'à son arrivée, je le trouvais ultra cool et détendu ! Et méga canon, ce qui ne gâche rien. Il a bien caché son jeu.

Une contraction monumentale surgit de je ne sais où et m'oblige à me courber en deux, totalement agonisante.

– Vous allez bien ? s'inquiète-t-il brièvement en entendant mon cri de souffrance ultime. Sinon, j'ai besoin des détails de la modification du…

– AHHH… Déjà dans votre boîte mail ! coassé-je en écartant les cuisses avec classe sur mon siège en cuir de luxe.

– D'accord, merci. À plus tard.

Il raccroche en me laissant seule avec mon agonie.

C'est ça… Bon sang, ce que ça fait mal…

– Valentine ?

Ma collègue, ma secrétaire tellement dévouée et adorable, Zoé, pénètre dans mon bureau et se précipite sur moi en constatant que…

Merde, je perds les eaux ?

– Seigneur, tu es en train d'accoucher, Valentine ! s'exclame-t-elle, horrifiée.

– Pas du tout… Ce n'est pas prévu avant un mois et demi ! Noël, normalement ! Je devais l'appeler Jésus ! Au pire, je me suis uriné dessus, ça m'arrive tout le temps. Je dois juste terminer ça et…

– Non, mais tu t'entends ? s'emporte-t-elle en prenant clairement les choses en main. Tu accouches ! Oublie ce dossier, y a plus urgent ! C'est un ordre !

– Zoé, tu t'enflammes !

Je couine sans aucune fierté ni conviction… En réalité, je

pense qu'elle a plus raison que moi, pour cette fois.

– Je ne veux plus t'entendre ! déclare-t-elle sèchement.

Cette fois, elle m'engueule carrément en poussant mon siège hors de portée de mon bureau et surtout de mon PC.

– Non, mais…

– Chut ! ALERTE ! Bébé en approche ! Valentine va mettre bas ! hurle-t-elle comme une damnée.

– Accoucher, Zoé, accoucher. Je ne suis pas une vache !

Oui, elle a vécu toute sa vie dans une ferme, la pauvre enfant… Elle en a gardé quelques stigmates.

– On s'en fout, le truc sort, c'est tout ce qu'il y a à noter ! Respire…

Elle en a de bonnes, elle…

2

Antoine

Effectivement, elle m'a bien envoyé un mail. Tant mieux !

– Euh, Antoine ? me hèle mon frère Étienne par le biais de notre visio que j'avais complètement oubliée. T'es certain que ta collègue va bien ? Elle semblait au bord de l'agonie, là !

– Mais oui, mais oui ! Valentine est un peu…

Canon, sensuelle, du genre à me retourner si je m'arrête sur son cas ?

– Un peu quoi ?

– Un peu rien ! Un peu enceinte, c'est tout, rien à voir avec le taf ! ronchonné-je en ouvrant le PowerPoint qu'elle vient de me faire parvenir. Mais je dois admettre que papa a toujours su choisir ses collaborateurs, elle bosse vraiment très bien. Spencer devrait être content.

Comme si j'avais le temps de discuter avec Étienne, de l'autre côté de l'Atlantique, de l'état de ma collaboratrice.

– D'accord…

Son ton bien trop dubitatif pour être honnête me sort de mon élan alors que je m'apprêtais à modifier un truc sur une *slide*.

– Quoi ?

– Rien.

Et voilà qu'il remet ça ! Depuis que mon frère a appris qu'il allait devenir papa, j'ai l'impression qu'il teste ses capacités d'éducation sur moi. D'où le fait qu'il reste scotché à notre fenêtre de dialogue quasiment tout le temps. Dire qu'avant Lizy, ce type vivait boulot, dormait boulot et déféquait boulot, même…

Et dire que moi, à cette époque, je batifolais comme une pucelle en chaleur dans les soirées de Savannah, à la recherche du coup de l'année !

– Va au bout de tes pensées, Étienne ! Sinon, coupe cette conversation et va t'occuper de ta femme. Elle aussi est enceinte, je te signale.

– Elisabeth est plus qu'entourée, entre son père, Josh, Papa et Maman, Agatha et Edgar… Je me demande si je ne vais pas bientôt dormir chez le voisin, tellement la maison ressemble à un centre commercial en pleine période de Noël ! Ou une volière, peut-être…

– Plains-toi !

À mon opinion, le seul à plaindre, ici, c'est moi ! Parce que, oui, j'ai accepté de venir en France il y a quelques mois dans le but de reprendre la main dans Bestcom France afin de préparer le départ en retraite des parents. Mais rien n'avait prédit que je devrais gérer les contrats de papa au pied levé parce qu'il ne pouvait tout simplement pas rester loin de sa belle-fille lorsqu'elle leur donnerait leur premier petit-fils. On avait dit cinq ans de passation. Pas seize mois ! Je n'ai d'ailleurs même pas commencé à étudier les dossiers de ses clients réguliers.

Enfin, à présent, si. Contraint et forcé ! Le projet Spencer n'était pas censé passer par moi.

– Je te trouve légèrement à cran, petit frère, ricane Étienne en m'offrant un sourire moqueur.

– Non ? Tu crois ?

– Oui… Tu devrais penser à prendre du bon temps, t'as une sale gueule !

C'est lui qui dit ça ? La bonne blague !

– On verra ça cet été !

Ou l'été 2030, au rythme où ça va ! Un mail d'un de mes clients attitrés apparaît à ce moment juste à côté de la bobine de premier de la classe de mon frangin.

Eh merde ! J'espérais que Victor Rondier ne me répondrait pas avant la fin de la semaine.

Loupé !

– Mais où est passé le type cool de la famille Maréchal ? ricane mon insupportable frangin en se retenant carrément d'éclater de rire. Celui qui gérait d'une main de maître l'activité commérages de Bestcom ? Ils n'ont pas de local à photocopieuse, là-bas ? Ni de salle de pause à cancans de toutes sortes ?

– Si !

Je grogne littéralement, excédé par sa petite vengeance. Il ne se cache même pas pour la savourer.

– Tu prends ton pied, hein, Étienne ?

Cela dit, j'aurais exactement réagi de la même manière à sa place. Toutes ces années durant lesquelles Ophélie et moi lui avons délégué toutes les tâches chiantes et pesantes ont enfin leur répercussion. Aujourd'hui, la cigale que j'étais paie durement la note, devant mon frère la fourmi qui, à présent, a trouvé son rythme de croisière.

– Oui, j'avoue que c'est jouissif… Même si je ne m'attendais pas à un tel revirement de situation.

– Moi non plus !

Je soupire en me laissant aller sur mon siège en me massant la nuque. Et puis merde, je crois qu'il est temps d'avouer ce qui me ronge depuis des mois.

– Je suis désolé, Étienne.

Mon frère hausse un sourcil intrigué, m'incitant silencieusement à continuer. Ce que je m'empresse de faire. Inutile de faire traîner le moment gênant.

– Je ne comprenais pas à l'époque toute cette pression que tu te mettais sur les épaules. Maintenant, alors que je sais que tout dépend de moi, je comprends. Donc, déjà, merci d'avoir aussi bien géré Bestcom tandis que nous ne réalisions pas réellement l'enjeu de beaucoup de choses, et désolé de t'avoir pris pour un con parce que tu t'impliquais autant.

J'ai d'ailleurs accusé la leçon un peu brutalement. Depuis le départ des parents, surtout. Même si, dès mon arrivée en France, j'ai affronté une sorte de révélation concernant ma place dans l'entreprise familiale. Entre la langue, le mal du pays, l'isolement social contrastant durement avec mon mode de vie à Savannah, et l'ampleur du poste que je m'apprêtais à prendre, je crois que je n'ai pas eu réellement le choix. Sans compter la météo ! Je passe d'une ville où les températures ne descendent jamais sous la barre des 10 °C à une ville de montagne. Comme si la situation n'était déjà pas assez compliquée comme ça.

Enfin, si, le choix, je l'ai eu. Ophélie a proposé de venir en renfort, mais il était évident qu'avec son mariage récent et sa petite vie là-bas, sa proposition ressemblait plus à une simple politesse qu'autre chose. J'ai préféré lui épargner ça. Et, d'un autre côté, le challenge me plaît trop. Simplement, il implique pas mal de remises en question. Je suis largement prêt à les faire, mais ce n'est pas pour autant que cette situation est facile.

– Ce n'était tout simplement pas votre rôle, tente de me rassurer mon frère, toujours sur le sujet. Tu gérais très bien ta partie, et je t'avoue avoir galéré lors de ton départ. Mais j'accepte tes remerciements et t'envoie les miens pour ça, c'est toujours agréable de les entendre.

Nos regards se trouvent par caméras interposées. J'aime mon frère. Ça a toujours été le cas, et encore aujourd'hui, je l'admire pour tout ce qu'il représente. Calme, ouvert et bon. Sérieux et prévenant. Il en a encore à m'apprendre, j'en suis persuadé. Et il me manque vraiment beaucoup. Nous habitions ensemble et j'ai toujours vécu dans son périmètre. Le soir, quand je rentre dans mon appartement froid et trop calme, j'ai du mal à supporter le vide et le silence. D'ailleurs, l'idée de passer Thanksgiving et Noël loin de lui et du reste de la famille me pèse énormément.

Je me sens un peu esseulé dans ce pays que je commence à peine à découvrir et qui pourtant est celui de nos racines. Et cette langue… Oui, OK, je parle français couramment depuis toujours. Mais évoluer dans un univers où tout le monde parle cette langue, dans un flot rapide, avec divers accents et j'en passe, c'est quelque chose d'extrêmement déstabilisant. Et cette sorte de… vétusté du pays en lui-même… Les boulangeries, c'est marrant, mais bizarre. Comme les petites rues, les vieilles maisons… Parfois, je me sens à l'étroit dans ce pays. Surtout dans cette petite ville accrochée à flanc de montagne.

Nous sommes très, très loin de Savannah. Encore plus que Google Maps veut bien le prétendre. La distance ne fait pas tout. La culture joue un rôle bien plus important que je l'aurais imaginé.

– Sinon, comment va la future maman?

Je préfère changer de sujet, clairement. Je crois que je vis relativement mal mon changement d'habitat et ce, depuis plus d'un an. D'où, sans doute, le fait que mon boulot soit devenu le centre de ma vie. Ce qui n'est clairement pas un mal, en toute objectivité.

– Parfaitement bien. Il semblerait que son petit malaise n'était rien d'autre que cela. Un petit malaise.

Ce petit malaise, comme il l'appelle, nous a quand même

valu tout ce chamboulement. Super, nous aurions pu éviter ça ! Lorsqu'Agatha a contacté les parents, totalement affolée, pour nous expliquer que notre petite Lizy partait à l'hôpital en urgence, à presque sept mois de grossesse, à cause de pertes de sang douteuses, notre mère n'a même pas cherché à comprendre. Premier avion. Retour au nid. Papa, contraint et forcé de suivre sous peine d'émasculation promise au retour de Mme Maréchal.

Cela dit, comme moi-même, il s'inquiétait. Et intérieurement, je suis ravi qu'ils passent finalement les fêtes là-bas jusqu'à l'accouchement prévu en janvier. Mon frère mérite d'être entouré comme il se doit pour la naissance de son premier enfant.

Enfant, qui, donc, va bien, tout comme la future maman, selon les infos que vient de me donner mon frère.

– Tant mieux ! Embrasse-la pour…

Un vacarme soudain, des cris et des portes qui claquent dans le hall de l'agence me coupent dans mon élan.

– C'est quoi, ce bordel ?

– Je parierais sur ta collègue… Elle semblait réellement mal, au téléphone.

– Mais non ! Valentine ne doit pas accoucher avant… Noël, ou janvier, je ne sais plus. Je crois que c'est prévu un peu avant Lizy. Bon, clairement, j'en sais rien, finalement.

– Antoine ! gronde mon frère, pas outré mais presque.

Entre nous, ça lui va bien de tenter de me faire la morale. Ce type, même s'il a fait un effort depuis Lizy, ne connaît pas la moitié des prénoms des gens qui bossent dans son agence.

Mais, bref, ce n'est pas le sujet.

– Je te laisse, Étienne.

Par ma fenêtre, j'aperçois des gyrophares bleutés se réverbérant sur la neige agglutinée sur le trottoir.

Cette histoire sent vraiment mauvais quand même…

– Oui, va gérer ça ! Et si elle a la mauvaise idée d'accoucher, dis-lui de prendre son portable avec elle, en cas de besoin...

– T'es vraiment super amusant, en vrai ! grincé-je des dents en claquant violemment mon écran de PC contre le clavier.

Quoique... par précaution, il serait peut-être bon, éventuellement, de lui conseiller de rester joignable... Si ça se trouve, elle nous fait simplement une « Lizy ». Un petit incident sans gravité.

Ma porte s'ouvre subitement sur une Zoé échevelée, le chignon en vrac, les joues rosies par l'émotion et les yeux brillants.

– Elle accouche ! Ça y est, elle accouche ! Oh là là ! Antoine, elle accouche !

Bon, c'est bon, on a compris !

– D'accord.

Je tente de proposer le coup du téléphone portable ou...

– Elle va à la clinique, là ! s'engoue la secrétaire en sautillant. Elle accouche !

– C'est mieux à la clinique, oui... Ici, ça ferait désordre. Elle... a pris son sac avec elle ?

J'essaie d'être subtil...

– Non, mais je vais lui apporter après ! Elle accouche !

Je crois qu'on a réellement compris l'idée...

– Super, Zoé. Tenez-moi au courant de l'évolution de la situation. Je suppose qu'elle voudra prendre quelques jours. Organisez tout ça !

Et franchement, sans elle, c'est encore un nouveau problème dans l'engrenage. C'est quoi, cette mode d'accoucher à Noël, sérieusement ? Les gens n'ont-ils pas la moindre conscience professionnelle ? Un gosse à Savannah, un gosse dans les Alpes... Les deux au sein de Bestcom... Un peu d'organisation, bordel ! Un planning de reproduction me semble intéressant à mettre en place, et d'urgence, dans cette société !

Je me laisse tomber sur mon siège que j'avais quitté et ouvre mon PC à nouveau. Zoé s'est figée dans l'encadrement de la porte, la bouche béante et les yeux exorbités.

– Elle va A. Cou. Cher ! Bien entendu qu'elle va prendre « quelques jours » ! Enfin, patron !

Genre, c'est évident !

– OK, d'accord ! Bon, allez jouer les sages-femmes, je vous prie. J'ai du travail en retard et, vu que Mlle Bertot s'absente, je pense que je vais en avoir encore plus d'ici peu. Demandez-lui les codes de son ordinateur, que je puisse y accéder en cas de besoin.

Cette fois, je crois que je suis complètement coulé. Avec cette nouvelle donnée, à savoir l'absence imminente de Valentine entre nos murs, une masse de travail supplémentaire me tombe sur le nez, alors que déjà j'avais presque du mal à gérer mes dossiers, plus ceux de mon père. Une bonne grosse bouffée d'angoisse tente de s'infiltrer dans mon esprit.

Pour résumer, je suis totalement dans le pétrin. Comme je le disais, ici, le challenge est de taille et ne cesse de s'intensifier.

Mais ça va aller, Antoine…

Ma secrétaire hausse un sourcil en me toisant d'un air sombre.

– N'importe quoi ! commente-t-elle en se décidant à tourner les talons. Décidément, les Américains… Hollywood nous a menti ! Pas plus sensibles que les gens du coin. On est loin de *Dirty Dancing* ! *Le Silence des agneaux* me semble plus fidèle à la réalité ! À plus tard, monsieur Lecter.

Je suis tellement désolé de lui briser ses rêves.

Bref, *next !*

3

Valentine

Sans un bruit, je profite de la sérénité qu'offre la pénombre de ma chambre. Derrière la grande porte couleur nacre, la clinique ronronne, comme tous les matins depuis quatre jours. Je n'ai aucune idée de l'heure qu'il peut être. Mon téléphone, en mode silencieux, posé à quelques mètres de moi sur la table de chevet, me paraît quasiment inatteignable.

Je me sens tellement épuisée !

Transformée.

Très, très loin de moi-même.

C'est fou ce qu'un accouchement peut changer les choses.

Bien entendu, je m'attendais à un nouveau rythme de vie, à un début difficile. Mais absolument pas à ne pas me reconnaître. Moi qui ai l'habitude de tout maîtriser, je me sens vide et inutile face à la nouvelle épreuve que je me suis imposée.

Un soupir à peine audible émanant d'un petit berceau en plexiglas auprès de mon lit fait vibrer directement mon cœur.

Sans un bruit, je me redresse en me frottant les yeux, affaiblie mais heureuse comme jamais je ne l'ai été. Et je tombe amoureuse, pour la énième fois en quatre jours. Mon âme flanche et mon palpitant frémit.

C'est pas possible d'être aussi beau !

Malo soupire à nouveau, les petits poings en l'air, les yeux fermés, son corps minuscule bien au chaud dans sa turbulette.

Si j'en crois mon horloge biologique, il s'est endormi il n'y a que trois heures, me laissant un petit répit plus que bienvenu pour me reposer moi-même avant l'arrivée de la horde Bertot.

Parce que, bien entendu, ils ne pouvaient pas louper cet événement. Ma mère, mon père, trois de mes sœurs et ma tante Clothilde ont envahi la ville. Ma ville pourtant si calme habituellement. Je les soupçonne de camper sur le parking de la maternité. Présents dès la première minute autorisée pour les visites jusqu'à ce que le personnel soignant les vire *manu militari* le soir.

Adorables, mais éreintants. Comme si devenir mère n'était pas, déjà, un événement déstabilisant.

La porte de la chambre s'ouvre doucement sur Annie, une infirmière toute douce et gentille qui me guide avec patience depuis mon arrivée dans la vie de maman.

– Vous êtes réveillée, mademoiselle ? murmure-t-elle en avançant sans bruit jusqu'à la couveuse de Malo.

Je hoche la tête en priant pour que ma descendance n'en profite pas pour sortir de son sommeil.

– Très bien, reprend-elle en caressant le duvet présent sur le crâne de mon bébé tellement adorable. Je vais remonter les stores. Il est presque neuf heures. Il va falloir lui donner un rythme normal à cet enfant. Enfin, un peu plus normal que celui qu'il a adopté. En douceur. Lui montrer que c'est le jour que l'on babille, pas à minuit ! Vous nous avez fait un petit fêtard, j'ai l'impression !

Je me laisse tomber sur mon oreiller en soupirant, mes

pensées axées sur la nuit dernière. Impossible de calmer le petit monstre de minuit jusqu'à... eh bien, six heures. Il dormait, un peu, pleurait, beaucoup, et ne voulait que mes bras. Ce qui, en soi, ne me dérange pas, mais je ne peux pas me permettre de dormir le jour, comme lui ! La cause évidente en étant la fameuse famille Bertot !

Je suis maudite, il faut croire.

– Les horaires de visites ont commencé, me prévient Annie en me couvant d'un regard empli de sollicitude. Et ce soir, vous pourrez rentrer chez vous ! Ce sera peut-être plus calme, cela dit.

Elle secoue la tête pour signifier qu'elle déplore ce défilé dans ma chambre. Et moi, donc !

– Amen ! soufflé-je en repoussant mes couvertures.

– Le papa sera présent à votre retour à la maison ?

Je lance un regard narquois à Annie. Parce qu'elle sait très bien ce qu'il en est. Lors de ma première nuit ici, elle se trouvait de service et m'a accompagnée un moment alors que Malo refusait de se nourrir et de dormir. Je ne sais pas pour quelle raison je me suis confiée à elle, un besoin de réconfort, sans doute. Peu importe finalement, j'ai trouvé chez cette infirmière une épaule, une oreille attentive qui m'a en partie soulagée de ce secret trop lourd à garder. Seules Mélinda et Jeanne, mes meilleures amies, sont au courant, mais malheureusement, les deux sœurs sont parties en road trip en Russie depuis six mois. Elles sont un peu baba cool, dans l'humanitaire, et vivent un sac sur le dos depuis leur passage à l'âge adulte. Ce qui les limite grandement dans leur rôle essentiel de confidentes, la moitié du temps. Mais je les aime quand même.

– Annie, ne jouons pas aux faux-semblants. Le père de cet enfant ne viendra jamais. Et même si je le voulais, ce qui est loin d'être le cas, je n'aurais aucun moyen de le contacter.

Ce type était serbe ? Ou croate ? Peut-être bien bulgare.

Franchement, je n'en ai aucune idée. Je ne connais même pas son nom et il m'a fallu un effort incroyable pour me souvenir de son prénom. Je pourrais me sentir coupable, mais il n'en est rien. Cet homme, rencontré lors d'une soirée un peu trop arrosée, n'était qu'en vacances, du genre semaine de débauche totale avec des potes en haut des pistes du coin. Lorsque nous nous sommes croisés, il tentait d'échapper à une de ses compatriotes qui semblait vouloir le bouffer, sexuellement parlant, j'entends. Et il ne m'a pas prévenue que la capote avait pété. Je ne m'en suis aperçue que bien plus tard, face à un test de grossesse.

Donc, le type avait des indices qu'il n'a pas jugé important de partager. Inutile de revenir sur le sujet. Je n'avais pas prévu non plus de repartir de cette soirée au goût suranné de soirée étudiante avec un petit cadeau inopiné. Mais voilà, c'est fait. Et j'ai eu le temps de bien réfléchir. Un bébé, c'est ce que j'attendais de la vie. Comme un besoin viscéral qui m'empêchait de m'épanouir pleinement dans mon existence. Et pas mal de choses et de convictions ont fait qu'il était tout simplement impensable de penser à une interruption de grossesse.

Le père, Bjorn, ou Korn, Porn – ce dernier prénom le définirait pas mal, d'ailleurs –, a laissé derrière lui une femme doublement heureuse. Un saint ! Bref.

– Il serait peut-être intéressant de prévenir votre famille de ce fait, mademoiselle Bertot !

– Valentine, je vous en prie. Appelez-moi Valentine.

Elle hoche la tête en saisissant mon bras pour prendre ma tension, le visage plus que sérieux.

– Si vous voulez, mais ça ne change pas le problème. Vos constantes sont tout juste correctes. Je suppose que vous dormirez mieux chez vous, mais un enfant, ce n'est pas rien. Il faut bien comprendre que vous devez vous entourer de personnes qui vous épauleront durant les premiers jours. C'est important. La dépression post-partum n'est pas une légende urbaine. Il est nécessaire pour une jeune maman d'être soutenue. Il ne faut également pas hésiter à demander de l'aide si vous en ressentez le besoin.

Je hoche la tête alors qu'elle défait le scratch de son appareil pour le ranger.

– Votre tension passe, mais vous me semblez bien faible. Je pourrais demander au docteur Morris de repousser votre sortie de quelques jours, nous sommes à la limite de...

– Non, je vous en prie, je vais bien. Nous n'allons pas faire de ce petit malaise, survenu il y a trois jours, une affaire d'État ! Il ne s'est pas reproduit, d'ailleurs !

Oui, j'ai eu un petit coup de mou le lendemain de l'accouchement. Mais, justement, c'était le lendemain de l'accouchement. Rien d'alarmant.

Elle grimace avant de se résoudre à obtempérer.

– Sachez que je trouve cela risqué.

D'accord, j'ai légèrement accusé une petite baisse physiologique le lendemain de l'accouchement. Et d'après leurs dires et Malo lui-même, je ne produis pas assez de lait pour l'allaiter, ce qui inquiète Annie. Et ce qui a permis à ma mère de me prodiguer ses merveilleux conseils de mère poule. « Évidemment, tu n'as pas assez grossi durant ta grossesse ! Si cette période se nomme ainsi, c'est bien pour une raison, non ? Et si tu avais laissé ton travail de côté pour te concentrer sur le petit bonhomme qui grandissait en toi, blablabla... »

– J'entends bien votre conseil, mais une fois chez moi, ça ira mieux, lui promets-je. J'ai fait un deal avec mon père. Dès que je quitte cette chambre, il rembarque maman chez eux. Trois cents kilomètres de distance ! Non mais, vous imaginez, le rêve ? Même les tribunaux n'imposent pas autant de distance lors d'une ordonnance d'éloignement ! Ma mère est pire que l'ennemi public numéro un. Une *serial mama* ! Le cauchemar des bébés, le T-Rex de la maternité. Vous n'avez pas remarqué ses dents ? Et ses griffes ? Elles poussent dès qu'elle sent la chair fraîche des nourrissons. Un vampire se nourrissant des cris et des couches sales de ses proies. Laissez-moi sortir de là ! Question de survie ! Pensez à Malo, ayez pitié de nous...

Certes, j'en fais des tonnes. Mais pas que...

Annie ravale un rire avant de dégainer un carnet et un crayon.

– Très bien. J'entends vos arguments. Je repasserai tout à l'heure mais, pendant que nous pouvons nous entretenir au calme, je vous donne mes coordonnées privées. En cas de besoin, ou de conseils, n'hésitez pas. Et surtout, Valentine, je sais que vous redoutez ce moment, mais il va réellement falloir que vous préveniez votre famille de votre situation.

– Je gère quotidiennement des contrats de plusieurs millions d'euros seule, Annie. Il me semble que m'occuper d'un enfant ne sera pas plus compliqué.

– Valentine... soupire-t-elle en secouant la tête. Ce n'est pas tout à fait pareil, excusez-moi d'insister. Et surtout, n'ayez pas honte de demander de l'aide. Pas avec moi. D'accord ?

Je me résous à répondre par l'affirmative pour la réconforter. Satisfaite, elle déchire une feuille de son bloc-notes après avoir griffonné rapidement son numéro et la dépose sur la table roulante au pied de mon lit. C'est ce moment que choisit mon fils pour se faire entendre. Un petit cri perçant s'élève de son berceau.

– Oh... Mais ne serait-ce pas mon petit-fils qui appelle sa mamie ?

Comme si elle était munie d'un radar digne de ceux de la NASA, ma mère débarque, avide d'enfants à cajoler, de conseils à dispenser et de langes à changer.

On dirait bien que la journée commence...

– Alors? Qui sésé qui appelle sa maminette pour un petit câlinpouetpouet? Il a déjà bu son bibs?

Son *bibs*? Non, mais voilà qu'elle se prend pour une mamie 2.0!

– Nan! Et arrête de lui parler comme s'il était demeuré. Malo ne quémandera jamais de « câlin pouet pouet »! Je le nourris. Tu t'occuperas de sa toilette si tu veux, j'en profiterai pour boucler ma valise.

Je n'en peux plus! J'attrape avec précaution mon bébé qui, j'en suis certaine, me lance un regard reconnaissant et plein d'amour parce que je viens de le sauver des griffes de sa « maminette ».

– Tu rentres aujourd'hui? demande ma sœur Justine qui pénètre à son tour dans ma chambre alors qu'Annie s'éclipse discrètement. Je suis passée chez toi après le départ du train de Clothilde. J'ai aéré toutes les pièces et nourri Vésuve. Pas de trace d'Antoine.

Elle laisse traîner son regard suspicieux sur moi plus longuement que nécessaire, me signifiant clairement qu'elle n'est pas convaincue par mes histoires de mec débordé et absent. Ma sœur a toujours eu tendance à se prendre pour l'inspecteur Labavure[1]... Elle enquête souvent mais tombe toujours à côté. D'ailleurs, si on y réfléchit bien, si elle n'avait pas tiré des hypothèses de quelques messages reçus à un moment clé, nous n'en serions pas arrivés à ce mensonge de plus en plus compliqué à assumer.

Cela dit, pour cette fois, elle est tombée dans le mille. D'un autre côté, un père qui n'arrive même pas en courant à la naissance de son fils, si on y réfléchit un peu, on peut trouver ça louche.

– Ta sœur nous a expliqué qu'il rentrerait bientôt! la coupe ma mère, agacée par le fait que l'on puisse mettre en doute

1. *Inspecteur la Bavure* est un film français réalisé par Claude Zidi et sorti en 1980. Coluche y joue le rôle d'un inspecteur de police gaffeur et incompétent.

les paroles de l'une de ses ouailles. Laisse-la gérer, Juju ! Tiens, attrape-moi une couche, on va changer le petit Malo avant que sa maman lui donne son bibs ! Ton neveu... Qu'est-ce qu'il est mignon ! Il sera blond, à n'en pas douter !

J'aime ma mère ! Je ne l'ai pas précisé ?

Je profite qu'elle prenne les choses en main pour aller me rafraîchir dans ma salle de douche privée. Je peux me rendre coupable de toutes les insultes et envies de meurtre possibles la concernant, mais elle reste ma mère, celle qui m'a appris la vie, comblée autant qu'elle le pouvait durant mes années difficiles et boutonneuses, poussée lorsque j'ai décidé de me lancer dans la pub en free-lance et, rien que pour ça, elle régnera indéfiniment dans mon existence comme la souveraine suprême de mon cœur. Tyrannique et insupportable, certes, mais ma mère. Aux côtés de papa, bien entendu, qui, lui, remporte la palme de la patience et du cœur d'or. Juste au-dessus de mes sept frangins et frangines. Et tout ce petit monde, surplombé à présent par Malo...

Bref, c'est un peu le bordel, côté sentiments chez moi.

– Laura et Lilie arrivent, elles avaient envie de s'acheter des après-ski nounours. Elles ont embarqué papa, je parie qu'elles vont lui extorquer tout un tas d'euros ! déclare Justine en retirant sa doudoune. T'as besoin d'aide pour ta valise ? Puisque monsieur mystère ne daigne pas se montrer.

– Justine ! la reprend super-maminette en frottant le bout de son nez contre celui de Malo qui l'observe d'un air sérieux. Alors ? Qui c'est qu'a fait un gros caca tout mimi à sa maminette ?

AU. SECOURS !

Pourquoi gâche-t-elle tout avec ses sorties à deux euros ?

Je me barre ! Une douche. Peut-être même deux. Il me faut toutes mes fonctions en parfait état de marche pour survivre à cette dernière journée de bagne. Je veux rentrer chez moi. Retrouver Vésuve, mon lit, ma tranquillité.

4

Antoine

Un mail à gauche…

Eh merde!

Un mail à droite!

Heureusement que je n'ai que deux PC à gérer, sinon, je serais bon pour un mail au milieu aussi.

Donc, je disais… Dossier Spencer.

De: Valentine B, Bestcom
À: Peter Spencer
Re: Avancée de la campagne de janvier « Sortez couverts »

Bonjour Monsieur,
Comme convenu, vous trouverez ci-joint le planning d'avancement de notre étude. Je pense pouvoir vous recevoir dans une dizaine de jours pour un point plus précis, votre date sera la mienne.
Bien cordialement,
Antoine M., pour
Valentine Bertot
Bestcom, votre communication au top de sa forme!

Et c'est envoyé !

Note pour moi-même : changer ce slogan débile rapidement, il commence clairement à me sortir par les yeux !

Et donc, dossier Louvier, mon PC, nouveau mail…

Un bip émanant du PC de Valentine m'annonce l'arrivée d'un nouveau message.

Pause.

Pivot à gauche, ouverture du mail, réponse expéditive de Spencer, donc à traiter rapidement.

De : Peter Spencer
À : Valentine B, Bestcom
Re : Re : Avancée de la campagne de janvier « Sortez couverts »

Monsieur,
J'accuse réception de votre mail. Simplement, je suis étonné de constater que vous prévoyez une mise en application des premiers plans de la campagne en mars. Il me semblait que nous avions convenu fin janvier ?
L'absence de notre chère Valentine poserait-elle un problème à vos services ? Je comprendrais, le cas échéant, mais je me permets de vous rappeler que nous travaillons sur ce projet conjointement depuis maintenant presque six mois et que je n'ai pas de solution de repli. J'aimerais être assuré de votre suivi sans faille jusqu'au bout de cette campagne.
Bien à vous,
Peter Spencer
Groupe Spencer

Comment…

Bon, OK, j'ai merdé et lui ai envoyé le planning de Louvier !

Quel con !

Le client s'inquiète, génial !

Je rectifie mon erreur en lui garantissant notre sérieux et notre volonté de remplir notre part du contrat au mieux, c'est-à-dire rien de moins que le top de l'excellence dans ce domaine, m'assure de lui renvoyer la bonne pièce jointe et referme le PC de Valentine.

Pendant ces quelques minutes, ma boîte mail s'est enrichie d'une bonne dizaine de messages, tous aussi importants les uns que les autres.

Plus, celui, quotidien, de mon père, qui me demande si tout va bien, s'il doit rentrer pour me donner un coup de main.

Je sais qu'il n'attend que ça et que, certainement, il doit également harceler Étienne, là-bas, pour farfouiller dans les affaires de l'agence mère. Mon frère l'a certainement recalé et du coup… Il se venge sur moi.

Il serait très simple d'accéder à sa demande, mais je ne veux pas admettre mon échec. Je suis capable. Le seul véritable problème, c'est le temps. Une journée n'est définitivement pas assez longue pour occuper deux postes en même temps. Voire trois, maintenant. Je dois simplement m'organiser et, pour ça, j'ai besoin de me poser afin de trouver ma nouvelle dynamique.

Mise en place du plan : « Pour être fainéant, soyons intelligents et brodons au mieux. » Un principe de base chez moi. Éliminer les intermédiaires, les gestes inutiles, regrouper les tâches et s'arranger avec tout ça, en tâtonnant, de préférence. Comme installer la boîte mail de Valentine sur mon propre PC… On gagnerait en efficacité.

Malheureusement, pour ce faire, je dois trouver ses codes. Et comme elle ne répond pas au téléphone… Et que la sécurité informatique de Bestcom est un véritable parcours du combattant à contourner…

La fatigue de cette dernière semaine commence à peser lourdement sur ma nuque. Je la sens aussi raide qu'une verge en pleine érection.

En parlant d'érection...

Je passe sur ma boîte mail personnelle et ouvre enfin un message reçu cette nuit, provenant de Jenny et Sally... Elles, au moins, savent m'envoyer des trucs réellement intéressants.

Je me laisse tomber contre le dossier de mon siège en appuyant sur la petite flèche de la vidéo contenue dans le mail. Mes deux beautés apparaissent, dénudées, simplement revêtues de bonnets de Noël et de plumes rouges savamment placées.

Bordel ! Je ne suis pas du genre à m'attacher aux femmes, mais elles savent y faire... Depuis mon départ, j'ai droit à une vidéo par semaine, les deux copines en mode chaudes et offertes, porno jusqu'au bout des ongles. Ongles qui passent langoureusement et en gros plan le long du ventre bronzé et ferme de Jenny alors qu'elle minaude sensuellement.

– Antoine... Tu sais qu'on te prépare un cadeau de Noël? Même si c'est dans un peu plus d'un mois, nous sommes d'éternelles impatientes... Regarde comme on est toutes fébriles...

Seigneur !

Je préfère fermer les yeux devant la vision incroyable qu'elles m'offrent si généreusement. Ouvrir leurs mails en pleine journée au boulot est une très mauvaise idée.

Cependant, je relève les paupières au premier gémissement de Sally... Oh, bordel ! Ces nanas devraient être livrées avec un avertissement avant consommation ! Elle lèche sa copine...

Aïe, aïe... Depuis combien de temps n'ai-je pas pris le temps d'aller vadrouiller dans un bar du coin ?

Eh bien, à l'exception de ma première semaine ici, je dirais... jamais ! Le corps féminin me manque prodigieusement. Surtout lorsque je me retrouve face à ce genre de vidéo...

Mes doigts se crispent sur ma souris tandis que ma queue menace de faire péter la braguette de mon pantalon et que je me découvre incapable de quitter l'écran des yeux. Et encore moins de fermer cette fenêtre.

Oubliés, Louvier, Spencer, Valentine et la boîte... Juste...

– Oh... Antoine, qu'est-ce que tu ferais à ce petit clito si tu l'avais sous la langue ? Et tes doigts, tu les mettrais...

– Antoine ? Vous avez mangé ?

Un gémissement torride s'échappe de mon PC alors que Zoé pénètre dans mon bureau, sans frapper, comme d'habitude.

Les tempes battantes et les nerfs en ébullition, j'ai besoin d'un moment pour comprendre la situation. Derrière mon écran, ma secrétaire fronce les sourcils en s'approchant avec curiosité. Jenny miaule littéralement tandis que sa copine enfonce son majeur dans son vagin.

Ma queue chiale.

Merde !

Je farfouille, éteins rapidement tout ça en claquant le capot du PC et me dandine sur mon siège, mal à l'aise, en tentant de reprendre contenance.

Je fais également rouler mon fauteuil jusqu'au bord du bureau pour éviter d'arborer l'incroyable pieu totalement dressé entre mes jambes devant les yeux certainement encore innocents de ma secrétaire.

– Hein ? Oui, bien entendu que j'ai mangé ! lui réponds-je de l'air le plus décontracté dont je suis capable. Il est quinze heures, Zoé ! Voyons ! Et vous ? D'ailleurs... pourquoi cette question ? Ma mère vous a contactée ?

Oui, parce que ma mère m'a trouvé « creusé » lors de notre dernier entretien par visio. J'adore l'expression !

Elle pense que je me nourris mal, alors que, même si je

dois avouer que c'est le cas, c'est surtout le sommeil qui commence à faire défaut dans mon quotidien.

Zoé prend du temps pour réfléchir, se demandant sans doute si elle a rêvé ou si son boss est effectivement un pervers qui se paluche sans vergogne en matant des vidéos porno, planqué derrière la porte de son bureau de ministre, pendant qu'elle bosse à peine à quelques mètres.

La classe by Antoine Maréchal ! Copyright déposé.

– Il est possible que Mme Maréchal m'en ait touché deux mots, oui, se décide-t-elle enfin à répondre.

– Eh bien, dites-lui, la prochaine fois, que je suis un grand garçon et que je sais prendre soin de moi. Dites-moi, Zoé, avez-vous réussi à joindre Valentine ? J'ai réellement besoin de ses codes et de quelques informations importantes sur le dossier Spencer.

Ma secrétaire, qui se trouve être également celle de ma collaboratrice, ne se gêne pas pour me montrer son désaccord en fronçant une nouvelle fois les sourcils et en plantant ses poings serrés sur ses hanches.

– Non, mais… Combien de fois vous ai-je expliqué qu'elle venait de mettre au monde un enfant ! Un bébé ! Vous croyez qu'elle en a quelque chose à faire de votre Spencer ?

J'adore cette gamine et la manière dont elle s'adresse à moi… Un pur délice.

– Je ne vous ai pas demandé votre avis, Zoé, il me semble. J'ai besoin de…

– Eh bien, vous attendrez ! me coupe-t-elle en se fichant royalement de mon ton ferme et très étudié de patron confirmé. Elle reviendra bien un jour, vous lui demanderez à ce moment précis ! Pas avant !

– Cette réponse ne me convient pas ! Cela ne prendrait que deux minutes ! Un code… Quelques infos utiles qu'elle a omis d'indiquer dans ses dossiers et promis, je la laisse tranquille.

– Mais bien sûr ! Vous savez, quand une vache met bas, chez moi, on ne lui demande pas de reprendre son boulot dans la semaine !

Quel rapport avec la situation ?

– Vous êtes en train de comparer Valentine à un bovin ?

Je croyais qu'elle aimait ma collaboratrice, pourtant. J'avoue que cette jeune fille sait se montrer déroutante à plus d'un titre. Je crois qu'elle est folle.

– Peu importe, se reprend-elle en haussant les épaules. Je ne vous aiderai pas à harceler Valentine ! Et d'ailleurs, toute l'équipe, vous compris, je vous le rappelle, s'est cotisée pour lui offrir un cadeau de naissance. La carte est sur le paquet, à mon bureau, il ne manque que votre signature. Si vous pouviez le faire tout de suite ? Comme elle rentre chez elle tout à l'heure, je vais m'absenter une petite heure pour aller lui rendre visite avant sa sortie et lui offrir le porte-bébé qu'elle avait choisi. Et… NON ! Je ne lui demanderai absolument rien !

Elle vient de hurler cette dernière phrase, me faisant presque sursauter.

Je disais donc : complètement barrée. Comme si j'allais honteusement demander un truc pareil !

Elle se retire du bureau en laissant la porte ouverte. J'ai pleine vue sur son guichet d'accueil, sur le paquet et sur elle alors qu'elle s'éclipse aux toilettes.

Mon braquemart s'est immédiatement calmé lors de ma conversation avec Zoé. Je me lève pour aller signer cette maudite carte bleu pastel ornée d'une cigogne portant un nourrisson dans un torchon.

Est-il nécessaire de donner mon avis sur cette œuvre d'art sans précédent ? Je pensais le Français kitsch. J'étais loin du compte. Cela dit, chez nous, c'est pas mieux. Mais ce n'est pas le problème du jour. Si Valentine aime les cigognes, grand bien lui fasse.

Le stylo en l'air, je ne trouve pas d'inspiration. Un message codé peut-être ?

Valentine,
Vous nous manquez tellement. Quel est donc ce code qui nous permettra d'entrer dans votre univers ?
Votre boss.

Très cucul… Et surtout, quasiment incompréhensible.
Non. Autre tactique.

Valentine.
Voici mon numéro.
J'aimerais tellement entendre à nouveau votre douce voix… Janvier me paraît si loin…
Dans l'attente…
Antoine.

Super… Parfait… Si l'on cherche à se taper sa collaboratrice. Ce qui n'est pas non plus exclu.
Non ! Antoine, règle numéro un, la première mais aussi la dernière. La seule, l'unique : travail + batifolage = carnage.
Et puis, elle vient d'accoucher, elle est certainement heureuse en couple, on oublie.
Donc, autre idée. Directe et franche ?

Valentine !
Bravo pour le bébé.
Si vous ne me filez pas vos codes,
inutile de revenir, vous êtes virée.
Affectueusement,
Antoine.

Bon, clairement, ça ne le fait pas. On dirait un peu le style Étienne. Con et intransigeant…

Bordel, je m'*Étiennise*! Cela devient de plus en plus flagrant!

Des bruits d'eau qui coule émanent des sanitaires. Zoé se prépare. Et moi, je sèche.

Par message interposé, c'est loin d'être facile, cela dit. Non, le mieux serait très clairement de…

Je jette un regard aux alentours. Tout le monde bosse et se contrefout de moi, de la jolie carte et de la boîte enrubannée en attente sur le comptoir de Zoé…

Voilà, voilà…

Oh, un post-it avec le numéro de chambre de Valentine, posé là devant mes yeux…

Je ne suis pas du genre à voir des signes du destin partout, mais quand même, je crois que là, il y a appel, c'est net!

Et puis, j'apporte le cadeau commun. Ne serait-elle pas ravie de voir son patron se déplacer juste pour s'enquérir de son état? Bien entendu que si!

Je me précipite dans mon bureau, attrape mon blouson, mes clés de voiture, récupère le colis, ouvre la porte de l'agence et juge utile de prévenir en criant avant de m'enfuir.

– C'est bon, Zoé… Je m'en occupe. Si vous mouftez, vous êtes virée! À plus tard!

Et hop! Codes je veux, codes j'obtiendrai.

Antoine Maréchal, Himself! Bordel!

5

Antoine

Jamais je n'aurais cru que trouver une place non loin d'une clinique de province soit un tel bordel. J'abandonne ma voiture dans une ruelle à au moins deux kilomètres de l'établissement. Bon, peut-être moins. Et ladite ruelle se nomme avenue Kennedy, donc sans doute est-elle considérée comme une grande artère dans ce patelin. Mais quand même !

JFK se retournerait dans sa tombe s'il apprenait qu'un tel trou porte son nom.

Mais peu importe.

Et cette neige, partout... Les rues sont déneigées, mais pas les trottoirs, dans cette ville. Mes Jimmy Choo en prennent pour leur grade, clairement. Je devrais passer aux pompes qui ne craignent rien, mais je n'y arrive pas. Encore un truc compliqué pour moi ici.

Je rejoins les portes ouvrant sur une petite maternité tout ce qu'il y a de plus cocooning. Tons chaleureux, musique sereine dans le hall et un brin feng shui. Classouille quand même.

Donc, si je décrypte bien le numéro de la chambre de Valentine. 112.

Je suppose donc, premier étage.

Personne ne m'arrête pour me demander ce que je fous ici, parfait. L'ascenseur ne se fait pas attendre non plus. Les astres sont de mon côté, c'est merveilleux.

Seule ombre au tableau, mon téléphone, planqué au fond de ma poche intérieure de manteau, qui ne cesse de vibrer. Inutile de perdre du temps à vérifier, je sais que ce harcèlement ne peut provenir que d'une seule personne : ma secrétaire qui commence à ressembler de plus en plus à ma mère.

J'arrive sur le palier du premier étage et me contente de suivre les indications des panneaux. Chambres 101 à 115 à droite.

Le paquet plaqué contre mon torse, je longe le couloir presque silencieux, pour enfin arriver devant une porte blanc nacré affichant le numéro 112. Nous y sommes.

Je m'apprête à frapper en réalisant que, peut-être, j'outrepasse mes droits de boss en me pointant dans la chambre, et donc dans l'intimité, d'une de mes employées sans même avoir prévenu au préalable.

Il me semble que ce genre de chose pourrait mal passer. Surtout que je ne connais pas réellement Valentine Bertot. Jusqu'à présent, mon père la gardait jalousement pour lui sans jamais la prêter. Le dossier Spencer, dont je n'étais même pas censé m'occuper, est le premier sur lequel nous nous rejoignons. Enfin, pas tout à fait. Au printemps, nous avons bossé conjointement sur quelques actions, mais elle me servait surtout de traductrice. Les clients étaient allemands avec de faibles notions d'anglais et rien en français. Et je ne parle pas un seul mot d'allemand.

Bref, ce n'est pas le sujet.

De toute manière, je n'ai pas le choix. Je lève le bras pour m'annoncer en frappant à la porte, mais celle-ci s'ouvre devant mon nez.

Une femme, de l'âge de ma mère approximativement, se retrouve plantée face à moi. Et si de mon côté je marque un temps de surprise, elle, en revanche, se reprend en un temps record pour m'offrir un sourire accueillant.

– Bonjour ? Je peux vous aider ?

– Euh... Oui, je cherche Valentine Bertot.

Je précise même si ce n'est clairement pas nécessaire. Les yeux verts de cette femme sont exactement les mêmes que ceux de ma collaboratrice. Expressifs, profonds et... perturbants. Je ne peux qu'en conclure qu'elle est sa mère. Je continue donc mon introduction, poliment.

– Je me nomme Antoine Maré...

– Oh ! s'écrie la femme, ses prunelles étincelant de mille feux. Enfin ! Nous rencontrons le fameux Antoine ! Eh bien ! Valentine va être heureuse, elle nous a expliqué que vous étiez trop occupé, reparti aux États-Unis pour je ne sais quelle raison obscure ! Entrez, je vous en prie !

Je reste figé, sans comprendre. Parti au pays ? Je suis attendu ?

La femme ne me laisse pas en placer une, m'attire dans la pièce et ferme la porte derrière moi. J'ai l'impression d'être pris dans un piège dont je ne comprends pas le sens.

Dans la chambre, j'aperçois quelques têtes braquées dans ma direction, tandis que la femme m'arrache presque le paquet des mains et me retire mon manteau.

– Alors, les enfants, je vous présente Antoine ! LE FAMEUX ! Dites-moi, mon cher, vous avez bien travaillé ! Il est parfait !

– Hein ? Ah ? Oui... Valentine et moi sommes un peu novices dans ce duo, mais...

– J'espère bien que vous êtes novice ! ricane-t-elle en m'assénant une frappe amicale dans le dos. Il ne manquerait plus que vous nous annonciez en avoir d'autres ailleurs !

– Ah ! me forcé-je à rire. Non, non, pas pour le moment,

je… enfin, voilà, j'arrive des États-Unis, comme vous venez de le dire et je reprends petit à petit Bestcom, vous voyez?

Non, clairement, elle ne voit pas. J'éprouve la désagréable impression que quelque chose cloche en inspectant son regard perdu.

– Vous voulez dire que vous, enfin, tu es le fils Maréchal? nous interrompt une jeune fille assise au coin du lit trônant au milieu de la pièce.

– Euh oui.

– Je suis la sœur de Valentine, Justine, se présente-t-elle.

– Ah… euh… bonjour! réponds-je en lui adressant un petit geste de la main pour faire bonne mesure.

Bon, c'est pas tout ça, mais la visite de la famille, très peu pour moi.

– Valentine n'est pas là?

– Elle s'est absentée pour régler les formalités administratives, répond la mère. Elle revient dans quelques minutes. Nous avons donc le temps de faire connaissance. Vous êtes donc… son patron?

– Oui, c'est ça.

– Elle nous avait caché ça! s'exclame une autre femme restée assise au fond de la pièce. Moi, c'est Manon. Son autre sœur.

– Enchanté.

– Mais, dites-moi, mon cher…

Je reporte mon attention sur la matriarche qui semble réfléchir intensément tout à coup.

– Oui?

– Donc, si je suis ma logique… Vous vous appelez… Antoine Maréchal, c'est bien ça?

– Bonne logique, c'est effectivement le cas.

Je suis vraisemblablement tombé sur des flèches niveau activité neuronale. C'est bien ma chance.

– Oh, Seigneur !

La mère de famille éclate de rire en se prenant le ventre, pliée en deux.

– Maman ! Tu vas réveiller Malo ! la reprend la prénommée Justine.

– Oh, oui, pardon ! s'excuse la femme en s'essuyant les yeux, le rouge aux joues. Non, mais, vous êtes sérieux ? Si je vous dis : « Oh, mais ça va marcher beaucoup moins bien, forcément », ça vous parle ?

Et elle repart dans son rire stupide et extrêmement irritant.

C'est quoi, cette blague ? Elle est tarée, elle !

– Non, ça ne me parle pas, désolé, rétorqué-je sans lâcher un sourire.

– Ah non ?

– Non !

Mais qu'est-ce qu'elle a, à la fin ?

Sa fille se met à glousser à son tour ! De mieux en mieux.

– Et… commence-t-elle en se levant pour nous rejoindre : Y a quelqu'un ?

Sa mère rétorque :

– *Non, y a personne !*

– *Ah bon*, en conclut la sœur.

Et hop, ça ricane encore. Mais c'est quoi, ce sketch ?

– Excusez-moi, mais je crois que je me suis trompé de chambre, coupé-je net leur élan de rire nerveux et ô combien agaçant.

– Oh, excusez-nous, Antoine, tente de me calmer la mère débile, vous devez l'entendre sans cesse.

– Non, mais enfin, de quoi parlez-vous ? m'emporté-je, à bout de patience. Je suis venu rendre visite à Valentine. Point final. Si vous souffrez d'un problème mental, merci de le régler sans moi !

La mère passe son bras autour du mien d'un air confident.

– Enfin, *Le Corniaud*[1]? Antoine Maréchal, Bourvil, tout ça ne vous dit rien? Film français, Louis de Funès...

Elle semble étonnée. Genre!

– J'ai toujours vécu à Savannah. Je ne connais absolument pas ce à quoi vous faites allusion.

– Oh! Ceci explique cela, alors. Ici, ce film a eu son heure de gloire, à son époque. C'est un peu un film culte.

– Ah...

Super, et donc? Je ne vois franchement pas ce qu'il y a de marrant dans tout ça.

Un cri s'élève depuis un coin de la pièce.

– Oh, Malo se réveille! s'exclame la vieille folle. Il a sans doute reconnu la voix de son papounet...

De son quoi?

– Justine, lève-le, ce cher Antoine doit certainement être impatient de rencontrer son fils! Bienvenu dans la famille Bertot, *monsieur Tout court*[2]!

Et elle ricane encore, mais cette fois, je m'en tape car la fameuse Justine dépose entre mes mains, et sans me demander mon avis, un petit être rouge, chaud et puant clairement de la couche...

Quatrième dimension, me voilà!

---

1. Film de Gérard Oury, sorti en 1965, mettant en scène Bourvil dans le rôle du Corniaud, Antoine Maréchal.
2. Surnom du Corniaud dans une scène du film du même nom.

6

Valentine

– Donc, tu me promets?

Mon père soupire alors que nous sortons de l'ascenseur et nous engageons dans le couloir pour rejoindre ma chambre.

– Mais tu auras besoin de quelqu'un. On peut dire ce que l'on veut, mais ta mère…

– Non! Papa…

Je couine, littéralement.

– Valentine… C'est quand même un peu radical de ne même pas la laisser entrer chez toi pour voir Malo dans sa chambre!

Le visage de mon père trahit son angoisse. Priver ma mère de ce genre d'intrusion forcée dans ma vie équivaut à une punition de niveau maximum, pour elle. Comme lorsqu'elle m'avait interdit au dernier moment de sortir en soirée alors que j'avais justement rencard avec le mec le plus beau du lycée… Grégory Lozier… Je lui en voudrai toute ma vie pour ce coup-là.

D'ailleurs, c'est même très certainement à cause de cette punition que ma vie sentimentale est partie en vrille ensuite. La frustration engendre des choses terribles.

Donc, si on analyse bien, si j'en suis arrivée à faire un bébé toute seule, pour paraphraser ce cher Jean-Jacques, c'est simplement à cause d'elle et des privations qu'elle a occasionnées chez moi. Tout ça parce que je fumais dans le hangar à foin.

Bref.

– Papa, elle s'en remettra. Je te rappelle qu'elle a d'ailleurs prévu de venir camper dans mon salon et dans ma cuisine à Noël.

Nous arrêtons notre progression à quelques mètres de ma porte pour statuer sur la stratégie de sortie de cette clinique. Il semble prêt à plier, j'argumente à fond pour qu'il me promette une nouvelle fois qu'il joue bien dans mon camp. L'affaire est de la plus haute importance.

– Et puis, je te couvre pour ta semaine sur le lac Léman, je te rappelle. J'offre même le gîte de ton choix pour la semaine, à toi et à tes copains.

Il penche la tête, à deux doigts d'abdiquer.

– Papa, pense à Malo. Il n'a pas besoin d'être harcelé maintenant. Elle aura toute la vie pour le rendre barge. Accorde-lui un début de vie sain.

Il soupire une nouvelle fois avant de hocher la tête fermement.

– Tu as raison. Je la rembarque. Tu prends un taxi pour rentrer?

– Oui, ce sera parfait! Merci P'pa!

Je lui saute au cou pour le remercier proprement puis nous nous préparons mentalement à affronter la tempête Christine Bertot. Nous ne serons pas trop de deux. Je n'espère pas même un appui quelconque de mes frangines. Celles-là sont des vendues, elles craignent notre mère.

– On y va?

Je hoche la tête à mon tour, gonfle ma poitrine et carre les épaules. La libération n'a jamais été aussi proche. Encore quelques minutes, peut-être une heure, grand max, et je me retrouve face à moi-même. Et face à Malo. Au calme.

Amen, ma sœur!

Je pousse la porte menant à ma chambre et me fige brutalement. Mon estomac semble dégringoler jusqu'à mes pieds et ma bouche s'assèche.

Qu'est-ce que c'est encore que ce bordel?

Antoine Maréchal est planté au beau milieu de ma chambre, Malo dans les bras. La tribu piaillant joyeusement autour de lui alors qu'il capte aussitôt mon regard en me lançant une menace à peine cachée mais silencieuse. La lueur perdue et furieuse au fond de ses yeux ne saurait mentir. Tout comme sa bouche pincée, sa mâchoire contractée et l'air sombre qui émane de son être tout entier.

Je note au passage qu'avec sa chemise bleu marine, ses manches et son col relevés, et mon fils dans les bras, il dégage l'image même de la perfection. On dirait presque une photo de magazine pour jeune maman. Le rôle de papa lui va comme un gant.

Et encore, un gant n'a rien de sexy ni de sensuel comparé à lui…

– Regarde, Valentine! Le papa est arrivé! Malo ressemble à son père, c'est certain!

Antoine lance un regard assassin à ma mère qui s'extasie du tableau sans même se cacher. Et comme d'hab', elle parle trop. Mon boss ouvre la bouche, prêt à lâcher une bombe, je le sens.

Impossible qu'il me fasse ce coup-là maintenant, alors que justement je suis sortie d'affaire pour au moins un mois.

Le moment est plus que mal choisi.

Et d'ailleurs, qu'est-ce qu'il fout ici?

– Je suis désolé, mais je ne comprends rien à ce que vous dites… commence-t-il d'un ton sec et agacé.

Stop ! Valentine, fais quelque chose !

Je me rue sur lui en improvisant une scène grandiose de retrouvailles. Tant pis s'il ne capte rien, de toute manière, il n'est pas mon employeur direct. J'appartiens à son père, techniquement.

– Chaton ! Quelle belle surprise ! m'exclamé-je en me ruant vers lui.

– Mais, Val…

Chut !

J'enroule mes bras autour de sa nuque sans lui demander son avis et, en prenant bien garde à ne pas incommoder Malo blotti au creux de son bras gauche, je me colle à lui et me rue sur ses lèvres.

Je base tout sur l'effet de surprise, clairement, et surtout prie pour qu'il ne me foute pas le râteau de ma vie devant la *Bertot family*. Je sors d'un accouchement, je ne sais pas si je serais psychologiquement de taille à affronter autre chose qu'un plan sans accroc.

L'homme contre moi marque une pause sous mon attaque. Nos lèvres restent soudées.

Allez, please, beau gosse, un cadeau de Noël en avance, c'est possible ?

J'ai l'impression que les secondes s'éternisent, puis enfin… Il dégage son bras droit, le passe autour de ma taille et me rapproche de lui d'un geste ferme et autoritaire. Un geste qui, même si je le sais totalement factice, me provoque une bonne série de frissons inappropriés. Ou plutôt extrêmement réalistes et en adéquation totale avec la scène improbable que je tente de jouer.

Sa langue agresse littéralement mes lèvres et leur ordonne de s'ouvrir sur son passage, ce qu'elles font d'elles-mêmes, sans me demander mon avis. Il m'entraîne dans un baiser renversant, profond et qui me ferait fondre pour un rien. Je m'accroche à sa nuque, en effervescence totale et incontrôlée. Machinalement, alors que nous approfondissons ce baiser l'un autant que l'autre, je lève une jambe pour la glisser le long de la sienne. Des images de lui, de ses mains sur moi, d'une certaine volupté charnelle nous reliant dans un lit m'assaillent le cerveau.

Je ronronne sans retenue, totalement offerte, pantelante, accrochée à lui...

Je n'avais pas conscience d'être autant en manque de mec avant cet instant. Et je n'avais pas non plus réalisé la puissance sensuelle de mon boss par extension. Enfin, si, je le savais mais j'avais clairement d'autres problèmes à régler avant cet instant. Mon cœur se met à battre un peu plus fort, totalement hors sujet, puisque tout ceci n'est que factice et sans suite, mais certaines choses ne se retiennent pas. Comme mes doigts qui se mettent à parcourir la naissance de ses cheveux en haut de sa nuque. Ou les frissons qui courent sur sa peau au même moment.

Troublant mais gratuit et sans conséquence. Autant en profiter. C'est visiblement son avis, à lui aussi. Son corps durcissant contre moi ne saurait mentir. Un frémissement me parcourt, traître et délicieux, tandis que je me presse contre lui, totalement impliquée dans mon rôle de composition.

Jusqu'à ce que...

– Oh, regardez comme ils sont trop beaux ! Gérard, prends des photos ! Allez, sois réactif, un peu !

Ma mère.

Pour un retour à la réalité fracassant, elle ne fait pas dans la demi-mesure. Antoine se fige, moi aussi, puis nous reculons l'un l'autre, hébétés. Malo n'a pas bougé d'un millimètre dans le cocon de son autre bras. Ma tête semble lourde...

Waouh ! Ça, c'était du baiser.

Cependant, tout n'est pas réglé pour autant… Loin de là, même. Mon boss semble lui aussi reprendre ses esprits et, même si je le connais très peu, je peux affirmer qu'à cet instant précis, il est prêt à dévaster mon plan. Juste à un micron de me confondre en posant une question piège.

– Bon, alors, les Bertot, j'ai besoin d'un peu d'intimité avec Antoine, déclaré-je en le prenant de court.

– Mais vous aurez tout le temps de… commence ma mère, fidèle à elle-même.

– J'ai dit : Dehors !

Mon ton est sans appel, mon père comprend l'injonction et mon ras-le-bol, attrape le bras de ma mère et l'entraîne vers l'extérieur, suivi de près par mes sœurs qui ne manquent pas de lancer un dernier regard à l'homme de l'année avant de refermer la porte derrière elles.

Je soupire de soulagement, oubliant que justement, rien n'est terminé, mais que tout commence.

Antoine me tend mon bébé en bougonnant.

– Alors, maintenant, vous allez m'expliquer ce que tout cela signifie !

Je récupère Malo pour le serrer contre moi fermement.

– Ce n'était pas prévu ! Vous n'étiez pas prévu ! Un coup de fil, pour prévenir, c'était pas possible ?

– Vous ne répondez à aucun appel ni message, contre-attaque-t-il promptement. Et d'ailleurs, même si je peux convenir que je suis arrivé un peu comme un cheveu sur la soupe dans votre vie privée, ce n'est pas une raison pour me sauter dessus comme une femelle en rut ! Et où est le père de cet enfant ? Bon Dieu, Valentine, je ne tiens pas à me faire un ennemi… Et pourquoi… ?

Et il pose des questions, encore des questions, la voix rauque et le visage fermé. Et moi, mon fils contre mon cœur, je l'observe faire les cent pas dans l'espace réduit de cette chambre de maternité. Ses avant-bras hâlés, son pantalon que je devine fait sur mesure, comme tous les autres. Chemise d'une couleur rehaussant celle de ses yeux. Épaules massives, nuque pas trop large, petit cul moulé dans…

– Valentine, vous m'écoutez ?

Oups.

– Oui, oui, bien entendu que je vous écoute ! Et je suis certaine que même les macchabées du cimetière d'en face vous écoutent, vu le volume de votre voix ! Je vous rappelle que ma famille se trouve juste là, dans le couloir !

Dans un sursaut de lucidité, je me demande quand même qui j'ose tenter de berner. Comme si son irruption inopinée ici suffisait à m'autoriser à lui rouler une pelle et, pire, à prétendre qu'il est le père de Malo.

Malo qui commence à s'énerver dans mes bras. Je l'installe dans son cosy en reprenant la parole. Je crois qu'il est plus que temps de me montrer honnête avec quelqu'un dans cette ville. De plus, le choix n'est plus de mise car ma famille ne va pas disparaître comme ça. Il reste la sortie de cet établissement à affronter. Et à moins de descendre en rappel par la fenêtre…

– Bon, d'accord. Pour votre information, ma famille est un peu… envahissante, et c'est l'unique raison pour laquelle j'ai prétendu certaines choses.

– C'est-à-dire ? demande-t-il en plantant ses poings sur ses hanches, prêt à l'attaque. Eh oui, en ce qui concerne votre famille, j'ai compris le genre. Mais ce n'est pas une raison pour…

– Oui, j'en suis parfaitement consciente ! Je n'aurais pas dû vous mêler à tout ça, mais un concours de circonstances a fait que… Enfin, bref, je ne pensais pas qu'un jour vous débarqueriez dans ma vie privée…

– Bon, écoutez, peu importe que j'aie débarqué ici ou non,

je ne suis le père d'aucun enfant, Valentine. Je vous rappelle que nous n'avons jamais couché ensemble… Je pense que je m'en souviendrais. De plus, la simple idée va à l'encontre de mes principes. Pas de sexe au boulot ! Donc, je ne sais pas très bien ce que vous leur avez raconté, mais vous allez rectifier le tir maintenant !

Son ton est ferme et sans appel. Mais ce qu'il me demande, même si je le comprends, m'est totalement impossible. Pas maintenant. Je ne m'en sens pas la force.

– Je vais le faire, oui. Bien entendu que je compte rétablir la vérité sur le père de Malo. Et je vous rassure, nous n'avons effectivement pas batifolé ensemble. Comme vous l'avez souligné, vous vous en souviendriez !

Il pose un regard sur moi, moins glacial que précédemment. Presque… chaud ? Suffisamment pour que des bribes de notre baiser se rappellent à mon bon souvenir, en tout cas.

– Je ne veux pas traîner dans vos magouilles ! déclare-t-il en me ramenant ainsi à la réalité. Je suis simplement venu ici pour vous demander vos codes informatiques et quelques infos concernant le prochain projet Spencer. Il me harcèle avec ça, mais je n'ai pas trouvé d'informations dans vos dossiers.

– Spencer ? Toutes les informations sur « Sortez couverts » sont…

– Oui, ça, je sais, merci ! coupe-t-il sèchement. Je vous parle du prochain projet, comme je viens de le préciser à l'instant. Il a évoqué « Sortez découverts »…

– Oh !

D'accord, je vois.

Je boucle la ceinture de Malo qui bâille en dardant un regard bleu ciel sur moi. Mon petit bout de chou est un amour !

– Donc, reprends-je en me relevant, c'est normal que vous n'ayez rien trouvé. Nous en avons simplement discuté lors de notre dernier déjeuner. J'ai avancé plusieurs théories, mais il n'avait qu'une heure et nous avions convenu d'en reparler plus longuement, parce qu'il devait y réfléchir à tête reposée. Visiblement, c'est ce qu'il a fait.

– D'accord, et où se trouvent toutes ces propositions ?

– Pour le moment, nulle part à l'exception de mon petit cerveau. Je vous l'ai dit, nous en étions au stade de la simple discussion. J'ai lancé quelques idées pour l'hameçonner et il semble que ça ait marché puisqu'il demande plus.

Je remarque qu'il relâche un peu de sa tension au niveau des épaules. Ce qui signifie sans doute que l'orage est passé. Enfin, j'espère.

– Et donc ? Pouvez-vous m'expliquer ? Merci pour votre implication qui nous fera sans doute gagner cette campagne. Cependant, maintenant, il faut réellement proposer quelque chose.

– Tout à fait… Je peux vous préparer un PowerPoint rapide dans la semaine ?

Il fronce les sourcils d'un air d'incompréhension.

– Vous n'êtes pas censée vous occuper de… lui ?

Il désigne mon fils de l'index.

– Si, mais je m'en veux de vous faire faux bond. Sincèrement. Et vous savez, mon boulot, c'est aussi une grande partie de ma vie. J'aime ce que je fais et j'ai donné beaucoup pour ce client. Je ne voudrais pas le perdre, pour être parfaitement transparente.

Ce qui est vrai. Le père Maréchal me fait confiance depuis des années et m'emploie à temps plein depuis autant de temps, ce qui m'évite de démarcher d'autres clients en tant que free-lance. Gain de temps et amélioration de ma productivité. Et j'aime Bestcom. C'est avec eux que j'ai débuté, ils m'ont donné ma chance et j'ai l'impression d'y avoir ma place.

– Très bien. C'est vous qui voyez. Et pour les codes ?

Alors, pour ça… Il va falloir que je réfléchisse. Ce n'est pas que ça me pose un grand problème, mais…

– Je vous propose un deal, boss. Vous jouez le jeu du père encore quelques minutes, jusqu'à me ramener chez moi. Et une fois là-bas, nous statuons.

Ce qui me laisse le temps de trouver une parade pour ce fameux code.

– Vous ne comptez pas leur expliquer que je ne suis pas le père de ce gamin?

Il repart dans les tours aussitôt.

– Si, bien entendu que si, je leur avouerai tout! rétorqué-je promptement. Mais pas tout de suite.

– Parce que votre mère m'a parlé de Noël, et je ne compte pas…

– Non, aucun souci, vous serez sorti d'affaire bien avant ça! Mais pas maintenant. Je vous en supplie, accordez-moi encore un peu de temps. Je vous expliquerai tout, sans faute, chez moi.

Je tente le regard le plus misérable que j'ai jamais eu à lancer de ma vie. Il pince à nouveau les lèvres, semble réfléchir et enfin…

– Bon, d'accord! Mais je vous préviens... Plus de baisers!

Ah…

– Oh…

Cette fois, je suis misérable, sans même avoir besoin de me forcer. C'est super vexant comme condition. Surtout que je n'aurais pas été contre une petite redite. Pour parfaire l'illusion auprès des Bertot, bien entendu.

Il se rapproche, un sourire amusé étirant ses lèvres, et murmure à mon oreille.

– Non que je n'aie pas apprécié. C'est même plutôt l'inverse. Mais voyez-vous, si dans d'autres circonstances je pourrais vous promettre la retenue, aujourd'hui je me sens vacillant. Évitons les risques. Je m'occupe du cosy et de votre fils, et allons-y.

Ah, bon, alors, dans ces conditions… Je le ferais vaciller? Le bel Américain à l'accent incendiaire? Moi?

Mon sang entre en ébullition. Enfin, pas beaucoup, juste un peu.

Il enfile son manteau pendant que je fais de même puis, comme expliqué précédemment, attrape avec précaution le cosy dans lequel mon fils pionce joyeusement.

– Votre main, je vous prie, Valentine?

D'un geste élégant et ô combien charmant, il me tend la sienne, entrant déjà dans le rôle du petit ami parfait et irrésistible. C'est presque trop pour moi et mes hormones. Parce qu'il se révèle vraiment charmant, surtout lorsque ses lèvres adoptent un sourire que l'on croirait sincère, totalement désarmant. J'ai presque besoin de m'y reprendre à deux fois avant de me souvenir que nous avons un deal. Un deal de boulot. Rien d'autre. Boulot.

Il a franchement de la chance qu'un nouvel homme vienne d'entrer dans ma vie, en promettant de l'occuper du matin au soir et du soir au matin, sans quoi…

Enfin, bref. Un deal. Un simple deal.

Adoptant moi-même un air heureux et comblé, je glisse mes doigts entre les siens et ouvre la porte derrière laquelle traînent, bien entendu, ma mère et Justine. Mon père et mes deux autres sœurs ont eu la décence de s'éloigner jusqu'à la machine à café à quelques mètres.

– Nous allons rentrer. Vous nous accompagnez jusqu'au hall?

Je précise bien distinctement à l'attention de maminette, bien entendu.

– Tu es certaine que tu n'as pas besoin que nous allions avec vous jusqu'à…

– Christine ! grogne mon père d'un air menaçant en tenant sa promesse.

– Très bien ! Nous descendons avec vous.

Mon père, ce héros ! Il a réussi à convaincre Mama-Terminator. J'aime mon père.

– Super ! m'écrié-je sans attendre qu'elle se reprenne. Justine, tu prends ma valise !

Et toc, voilà pour la sœur curieuse.

– Je ne suis pas garé tout prêt, explique Antoine alors que nous traversons le couloir. Je vais vous demander d'attendre, le temps que je rapproche la voiture.

J'aime sa main dans la mienne. Qu'il gère Malo. Qu'il se montre prévenant. Son parfum. Il joue magnifiquement la comédie et arrive presque à me convaincre moi-même une nouvelle fois que tout ceci est réel. Sa chaleur contre mon bras me gonfle le cœur d'espoir. Une sensation rassurante émane de ce contact entre nous et me réconforte. Parce qu'au-delà de tout ça, en sortant de cette clinique, j'entre dans mon nouveau rôle de mère. Territoire totalement inconnu.

Instinctivement, je resserre mes doigts autour des siens. Il tourne son visage vers moi et m'adresse un sourire tendre.

Mes yeux se rivent à ses lèvres et s'accrochent à cette stabilité qu'elles semblent promettre.

C'est moi ou il se passe un truc, là ?

7

Antoine

– C'est ici ?

Elle confirme par un hochement de tête fier et décidé. Le chalet dans la cour duquel je viens de me garer est… magnifique ?

Pas grandiose ou luxueux, non, simplement presque irréel. On le croirait tout droit sorti d'un conte de fées. Un étage bordé de balcons enneigés. Tout en bois. Perdu au cœur d'une forêt de pins. Pas très grand, mais tellement typique !

Lorsque je suis arrivé dans cette région, c'est exactement ça que je pensais trouver partout. Et j'ai accusé le coup en découvrant les barres d'immeuble, les rues déneigées, la brique et le ciment. Mais ici… Ce chalet a le don de redonner une chance à mes utopies de gosse. Les films ne racontent finalement pas que des conneries.

Je dois rester un peu trop longtemps à contempler le bâtiment car Valentine juge bon de rompre le silence en ouvrant sa portière.

– Moi aussi, j'ai eu cette réaction en le découvrant. Il était un peu cher, j'avoue, mais finalement, entre la « dot » que m'ont octroyée mes parents à mon départ de la maison et l'argent que j'avais mis de côté lors de mes années parisiennes, je crois que je me suis senti pousser des ailes. Vous comprenez pourquoi je voulais rentrer chez moi?

– Mais dans ces conditions, moi aussi, je veux rentrer chez vous!

Et dire que je paie un loyer exorbitant dans une de ces barres d'immeuble qui me rebutent chaque fois que je sors de chez moi! Aucun cachet, aucune âme.

Valentine me jette un œil étonné, peut-être amusé, et je réalise les mots qui viennent de sortir de ma bouche.

– Enfin, je veux dire... Là, on arrive à la montagne! À Savannah, j'habite dans une vieille maison coloniale. La maison de famille. Chaque pierre raconte une histoire. Ici, mon appartement n'est rien d'autre que sordide. Je suis jaloux, clairement!

Elle pouffe sans rien ajouter en ouvrant la portière arrière de mon pick-up de combat (4 x 4, surélevé, pneus neige à toute épreuve, cinq places et toutes les options). Je m'efforce de sortir de ma torpeur en récupérant sa valise dans le coffre.

– Et donc, comment en êtes-vous arrivée à quitter Paris pour vous enterrer ici?

– Et vous? Pourquoi quitter Savannah pour vous perdre sur un flanc de montagne?

– Mes parents? suggéré-je comme si c'était évident.

Elle extrait le cosy de sa place et claque la portière.

– Eh bien, figurez-vous que c'est également votre père qui m'a débauchée. J'occupais une bonne place dans une agence de la capitale, mais je me trouvais sous-payée par rapport à ce qu'exigeait la direction. Et puis, il y a eu ce salon de la pub. Ne me demandez pas pourquoi, je me suis assise au comptoir Bestcom que je ne connaissais pas du tout. Peut-être parce qu'il mettait en avant la firme américaine et que partir là-bas était mon rêve secret. Mais votre père ne m'a pas proposé le Nouveau Monde. À la place, il m'a parlé de free-lance, de liberté de choix et d'épanouissement par le travail. Il est très doué !

Je reconnais bien mon père dans cette description. Et le fait qu'elle avoue rêver d'aller fouler le sol qui m'a vu naître est amusant. J'oublie parfois que les Français nous voient un peu comme des êtres différents, nous les Américains. Sans doute la faute à tous ces films totalement surjoués et faux. Elle m'adresse un sourire en replaçant le petit plaid de Malo près de ses joues puis me précède sur les marches en bois menant à la terrasse entourant son logis.

Je l'ai embrassée.

Je refoule ce souvenir depuis notre départ de la clinique. Je devrais lui en vouloir pour son mensonge incroyable concernant la paternité du gosse, mais étrangement je m'en fous un peu. Pire, je me sens presque flatté qu'elle m'ait choisi, moi comme père potentiel de ce bébé.

Ce qui implique néanmoins pas mal de questions. Comme je l'ai déjà précisé, je ne connais pas Valentine Bertot plus que ça et je n'ai jamais eu l'impression de retenir son attention non plus. Cela dit, j'avoue que je ne m'intéresse jamais aux femmes qui bossent avec moi. C'est devenu viscéral. Dans mon esprit, les femmes partageant mon activité professionnelle sont naturellement classées dans la case « pas vraiment humaines, rendues à l'image d'outils de travail ». Rien de péjoratif là-dedans, mais il n'y a rien qui me rebute plus que de devoir parler boulot après le boulot. Je déteste avoir l'impression de ramener un collègue chez moi. C'est comme si je couchais avec un dossier. Ou pire, un client !

Cependant, à bien y regarder, avec son visage harmonieux même si ses yeux sont cernés d'ombres et trahissent sa fatigue, ses formes agréables à l'œil et ses cheveux bruns flous, Valentine

Bertot est loin d'être repoussante. C'est même un foutu euphémisme. Il est clair que si je l'avais rencontrée dans une soirée de détente, j'aurais consacré chaque minute à tenter de la ramener chez moi. Et après avoir testé le *French Kiss by Valentine*, j'aurais même pu faire abstraction de ma règle du *one-shot*. On ne doit pas avoir assez d'une seule soirée pour voyager sur ce corps et se perdre dans ce regard…

Regard qu'elle pose à l'instant même sur moi en tentant vraisemblablement de comprendre ce que je fabrique, immobile, planté au milieu de son allée, mes Jimmy Choo prenant la flotte de toutes parts.

Collaboratrice, Antoine. On se reprend ! Boulot, clients… Valentine Bertot a une tronche de paperboard, c'est une évidence.

Je m'efforce de revenir au sujet en relevant un pied hors de la neige à moitié fondue…

Mes pompes, putain !

– Donc, il vous a fait le même plan qu'à moi ! Sauf qu'en ce qui me concerne, il a clairement promis de quitter les États-Unis. Je n'étais pas pour. Mais pas forcément contre non plus. Il a réussi à me convaincre que je végétais à Savannah et que la France me ferait du bien.

– Et avait-il raison ?

– Pas totalement tort, en tout cas.

Si l'on exclut de l'équation la vie sociale, le soleil, la famille et j'en passe. Niveau boulot, c'est clair que je ne m'ennuie pas.

– La différence doit paraître énorme, commente-t-elle en ouvrant sa porte. Ah… *Home Sweet Home* ! Salut, Vésuve !

Un gros chat blanc fait son apparition au pied des escaliers alors qu'elle m'invite à entrer dans son nid douillet. Je ne peux pas le nommer autrement. Du bois, des tapis, du cuir, un peu de bordel traînant ici et là. Et une douce chaleur qui m'invite aussitôt à retirer mon manteau.

Elle se dirige vers la pièce centrale, un salon meublé d'un canapé et de plusieurs fauteuils occupant tout l'espace.

– Faites comme chez vous, je fais visiter sa maison à Malo…

Je me fige en réalisant que je brise ce moment de forte intimité. La première entrée de cet enfant chez lui. Et moi, j'attends pour parler des délires publicitaires d'un client bourré de thunes et d'envies de tout dépenser chez nous.

– Je crois que je devrais revenir plus tard. Spencer peut attendre quelques jours.

– Oh, non!

Elle vient presque de hurler, me figeant dans le demi-tour que j'entamais. Je l'observe un moment alors qu'elle réalise sans doute qu'elle ne semble pas totalement équilibrée à ce moment précis.

– Je veux dire, reprend-elle en bafouillant presque, Malo dort. J'ai bien un peu de vin, ou de la bière… Un café? Thé? Camomille? Jus d'orange, de papaye, sirop à la menthe?

OK…

– Un verre d'eau? proposé-je pour la calmer.

– Oh, oui! De l'eau de montagne, géniale et très bon choix. Installez-vous, je vous sers ça!

Elle jette un œil à gauche, à droite, semblant perdue, puis me tend un peu sèchement le cosy dans lequel le petit Malo pionce comme un bienheureux.

– Tenez! Je reviens!

Et elle disparaît. Son chat vient se frotter à mes mollets. Et moi, je… ben, je fais comme chez moi. Je retire mes pompes en leur promettant un enterrement décent dès mon retour chez moi et vais m'installer sur le canapé. Le chat saute sur le dossier juste dans mon dos et se met à ronronner en faisant battre sa queue contre ma nuque.

D'accord.

Je retire la couverture qui couvrait Malo, le pauvre enfant doit crever de chaud dans cet accoutrement. Son bonnet aussi, en tentant de ne pas le réveiller.

Elle revient, deux verres d'eau à la main.

– Donc, nous disions, Spencer, le projet de printemps... Vous voulez que je vous fasse un petit bilan par mail ?

– Oui, ce serait intéressant, mais vu que de toute évidence, il va vouloir que je lui présente nos pistes de vive voix, il serait intéressant que nous en discutions au préalable. J'ai pour habitude de ne pas évoquer de sujets que je ne maîtrise pas.

– Bien entendu. Alors... « Sortez découverts »... Il s'agit d'une collection de plage. Comme vous l'avez sans doute compris, Spencer est spécialisé dans les vêtements de neige, mais cette année ils ont prévu de sortir une nouveauté. Parce que la neige et les sports d'hiver, c'est bien, mais ça ne se vend qu'en hiver, comme le nom l'indique. Pour faire court, ils s'attaquent à un nouveau marché. Je leur ai vendu notre soutien et notre entière motivation pour les accompagner sur ce nouveau défi.

Cette femme est parfaite...

Professionnellement, j'entends.

– Et donc...

8

Valentine

Le soleil est couché depuis pas mal de temps lorsque j'en termine enfin avec mon exposé. Heureusement que j'avais dit court. Il va définitivement me prendre pour une tarée. Deux heures de résumé, c'est quand même limite. Simplement, comme il ne montrait aucun signe de fatigue, j'ai continué. Encore et encore. Les détails, le caractère un peu spécial de Peter Spencer, ses changements de choix au dernier moment, ses petits tocs…

Mais à présent, il serait vraiment raisonnable de ne plus retenir mon boss en otage. Nous avons picolé beaucoup de flotte. Grignoté des chips… Bref, la fin de journée a battu son plein à un certain moment. À présent, extinction des feux. D'ailleurs, Malo commence à gesticuler dans son cosy. J'aurais sans doute dû déballer son transat ou le tapis que j'ai acheté la semaine dernière, mais…

Bref, je suis une mère en carton. Je regrette un peu d'avoir viré la mienne du paysage, d'ailleurs, parce que sans Annie ou l'une de ses copines de clinique, je suis totalement effrayée face à ce petit bonhomme. C'est d'ailleurs la raison pour laquelle j'ai retenu mon patron pratiquement contre son gré.

– Bon, alors je crois que nous sommes opérationnels. Je vais programmer un rendez-vous avec Spencer, déclare-t-il en se relevant, cette fois prêt à prendre congé.

– Vous voulez que l'on commande une pizza ? Des crêpes ? J'ai aussi de quoi préparer du vin chaud…

Il fronce les sourcils mais refuse d'un signe de tête.

– Je vous remercie mais je dois repasser par l'agence. Je n'avais pas prévu de passer mon après-midi avec vous, pour être honnête. Et je voudrais vérifier que Zoé n'a pas dépouillé mon bureau ou tagué mes murs, puisque je l'ai un peu prise au dépourvu en partant pour la clinique à sa place. Et vous avez une petite visite des lieux à prodiguer à votre fils, il me semble.

– Ah, oui, bien entendu.

Je le suis alors qu'il rejoint le petit hall de mon chez-moi pour enfiler à nouveau ses chaussures.

Je n'avais même pas remarqué qu'il les avait ôtées.

– Oh ! Et au fait… J'oubliais… Si cela ne vous importune pas trop, j'aimerais passer votre boîte mail sur mon propre ordinateur, ce serait plus pratique.

– Ah…

Eh merde ! J'avais zappé ce problème épineux.

– Je peux peut-être venir vous l'installer demain ?

Il lève vers moi un regard désabusé. Bon, d'accord.

– C'est… Mais surtout, il ne faut pas le prendre personnellement, d'accord ?

Je préfère prévenir, parce que clairement, je n'avais pas l'intention de me moquer en changeant ce mot de passe le mois dernier. Enfin, pas trop.

– Valentine, dites !

– Bossabellebosse !

Oui, parce qu'on ne peut pas dire que niveau paquet, Antoine Maréchal soit du genre lilliputien. Et merde ! Les mots de passe, c'est toujours la galère à changer et, ce jour-là, il se trouvait dans mon bureau pour je ne sais plus quel dossier, moi assise, lui debout, sa « belle bosse » se trouvant pile poil dans mon champ de vision. Et re-merde, j'avais les hormones en pleine révolution. Enceinte !

Il marque une pause en se relevant. Son air s'assombrit significativement. Je mâchouille nerveusement ma lèvre inférieure en priant pour que ça passe malgré tout.

Heureusement que tout ceci n'a pas eu lieu il y a un mois, lors du précédent mot de passe, parce que là, il me virait carrément ! Une sombre histoire d'oral, plus prudent que le vaginal, rapport à mon ras-le-bol de cette grossesse... Bref !

– Très bien.

– Vous voulez que je note ? Pour vous rappeler...

– Faites-moi confiance, je n'oublierai pas ! déclare-t-il sèchement.

Aïe.

Je n'ajoute rien, jugeant évident le fait que tout mot mal placé pourrait être retenu en ma défaveur *ad vitam*... Il me salue, caresse Vésuve et sort de chez moi.

Je devrais sentir le soulagement s'emparer de moi. Mais j'ai beau attendre, seule, plantée au milieu de la pénombre de mon vestibule, rien ne se passe. Bien au contraire. Une angoisse indescriptible monte peu à peu le long de ma gorge, s'accumulant en une boule désagréable encombrant ma trachée.

Et qu'est-ce que je fais, à présent ? Est-ce que j'ai le temps de prendre une douche ? Monter ma valise ?

Oui, bien, ça ! Profiter qu'il dort !

– T'en penses quoi, Vévé ?

Mon chat se met à miauler avant de rejoindre le salon.

– Oui, voilà, surveille ton nouveau petit maître et moi...

J'attrape la valise.

Un hurlement digne d'une sirène de pompier niveau volume

se fait entendre derrière moi. Malo.

Je ne me sens pas prête. J'ai peur. Mon bébé m'effraie. C'est normal ?

Oui, dirait Annie. Tout à fait normal. Il faut du temps, Valentine. Souris et dis-toi que ça va aller.

D'accord, mais si jamais ça ne va pas ?

9

Antoine
Dix jours plus tard

Peter Spencer relève ses lunettes, concentré sur les *slides* devant son nez. Valentine avait raison, ce type est relativement particulier. Voire totalement chelou.

Et moi, je stresse. Cet homme pèse plusieurs dizaines de milliers d'euros. Pour sa campagne de janvier, je pense avoir assuré, mais pour celle que je viens de lui présenter… Rien n'est moins certain. Parce que la précédente était signée par mon père et Valentine. Alors que ma proposition de printemps n'est signée que de moi, issue de ce que m'a expliqué Valentine et remaniée à ma sauce. Parce que je ne peux pas vendre les idées d'un autre. C'est au-dessus de mes forces.

– Je vois, je vois, commente-t-il juste pour lui.

D'accord, mais sinon?

J'attends patiemment qu'il s'exprime, mes doigts faisant tourner nerveusement un stylo autour d'eux.

– Dites-moi, mon jeune ami… Votre accent… D'où provient-il, exactement?

Ah? Donc, nous partons dans la conversation de convenance? Bien, Monsieur le client.

– Je viens de Savannah.

– Ah, donc, comme votre père.

– Oui.

Il est doué, y'a pas de doute.

– C'est étonnant, il n'a pas d'accent…

Je hausse les épaules, ne ressentant pas du tout l'envie de m'étendre sur le sujet. Ce que ce type ne semble pas comprendre, c'est que son opinion sur mon travail est primordiale pour moi. J'ai décidé de récupérer ce contrat. Mon cadeau de Noël pour mon père. Un truc à voir avec mon ego. Déjà que je loupe les fêtes en famille, la grossesse de ma belle-sœur, au moins que ce soit pour une bonne raison.

– Et donc, votre père ne m'a pas dit. Pourquoi quitter Savannah pour venir s'enterrer à flanc de montagne? Pourquoi pas Paris?

Il est flic ou quoi?

Je soupire et tente de me détendre en prenant le temps de choisir mes mots pour répondre sans appeler d'autres questions.

– J'ai besoin de comprendre, reprend-il d'une voix posée, parce que si je m'engage avec vous une nouvelle fois, cela commencera à ressembler à une habitude, n'est-ce pas?

– Effectivement.

– Et comme toutes les habitudes, une fois qu'elles sont bien ancrées dans le quotidien, il est compliqué d'en changer.

Je vois, je vois… D'après ce que je comprends, sa réponse serait donc relativement positive, non?

– Je ne veux pas que dans quelque temps, vous m'annonciez que vous déménagez à Paris, ou peut-être Marseille, que sais-je? Il est hors de question que je me déplace pour étudier des projets de pub.

– Je comprends mieux le sens de votre question. Et je suis

ravi de pouvoir vous affirmer que Bestcom ne compte pas déménager. Mes parents ont cherché à se rapprocher des racines de notre famille en venant s'installer ici. D'ailleurs, la véritable histoire stipule qu'ils ne devaient pas ouvrir d'agence en France. Ils devaient venir couler des jours heureux uniquement. Mais mon père s'ennuie vite lorsqu'on le prive de sa passion. Alors, il a monté cette agence. Et m'a appelé en renfort. J'en ai pour cinq ans au moins ici et, pour le moment, je me sens parfaitement bien. Je n'ai jamais eu la folie des grandeurs, uniquement celle du travail bien fait !

– Parfait ! déclare-t-il d'un air satisfait. Donc, nous pouvons discuter de votre projet.

– Je suis tout ouïe.

– Alors, il faudrait... Je veux dire, ce que vous me présentez est très intéressant. Mais il me semble que Mlle Bertot avait évoqué d'autres idées lors de notre déjeuner.

Prends ça dans ta tronche, ego à la con.

– Très bien. Je peux planifier un rendez-vous avec elle dès son retour parmi nous.

Ce qui, finalement, m'arrange. Voyons le bon côté des choses, ce type m'agace et j'ai d'autres chats à fouetter pour le moment.

– Non, ce n'est pas ce que je voulais dire. Je voudrais que vous fusionniez vos travaux. Que nous ne gardions que le meilleur.

Ah ! Oh ! Quand même !

– Parfait, ce serait un grand plaisir de travailler en binôme avec Mlle Bertot dès l'année prochaine.

J'avoue que l'idée est tentante. Cette femme m'intrigue, tout autant qu'elle aurait tendance à m'inspirer.

– Malheureusement, ce sera trop tard pour moi. Je vais me rendre au Canada pour y rester tout le mois de janvier. Nous parrainons une compétition là-bas et ma présence est indispensable. Je pourrais déléguer à l'un de mes bras droits le soin de monter ce projet avec vous ici, mais le sujet étant inédit pour nous, je préférerais m'assurer qu'au moins nous démarrons bien. Je propose donc de nous revoir… Le 23 décembre?

Hein? Euh…

– C'est-à-dire que Mlle Bertot n'est pas réellement disponible avant…

– Je sais bien, mais je n'ai pas le choix… Peut-être peut-elle vous accorder quelques heures de son temps simplement, comme il me semble qu'elle l'a déjà fait pour préparer l'entrevue d'aujourd'hui.

Pourquoi lui ai-je raconté ça, moi aussi?

– Je…

Franchement, je n'ai pas envie d'aller chercher Valentine chez elle. Cela dit, en quelques heures, le sujet peut être traité. Mais chez elle! Cette femme m'a embrassé et j'ai aimé ça. Elle est peut-être en repos, mais moi je suis en manque! Ce qui fait deux raisons majeures pour que je ne l'approche pas avant d'avoir tiré le coup du siècle. Un moment qui durerait sans doute un peu plus de vingt-quatre heures, durant lesquelles je devrais prévoir trois boîtes de capotes. Au bas mot.

Mon sexe se réveille dans mon pantalon.

Eh merde! Comme si c'était le moment de rêver porno! Voilà pourquoi je refuse catégoriquement de mêler le boulot et les grelots.

Un simple regard vers Spencer me calme aussitôt. Cet homme n'est absolument pas bandant. Son portefeuille sans doute, mais lui, y'a pas moyen.

– Je vais voir ce que je peux organiser. Prenons la date du 23 en compte, et je ferai le nécessaire.

– Excellent! Je dois vous laisser. Le vendredi, je rentre plus tôt, ma femme organise un bridge. Et vous connaissez les femmes… Si je ne joue pas avec elle et ses amies, je suis bon pour dormir sur le canapé.

– Oui, bien entendu.

En ce qui me concerne, la première qui tente de me faire jouer au bridge, ce sera elle qui dormira sur le canapé, mais bon.

Je le raccompagne jusqu'à la porte en me demandant quel moment sera le plus opportun pour aller quémander de l'aide à Super-maman des Alpes.

Zoé observe par la vitrine le départ de Spencer puis, lorsqu'elle considère qu'il ne fera pas demi-tour, se précipite derrière son bureau pour en sortir une énorme boîte en carton.

– Et maintenant, c'est Décoooooooooo !!! Oh oh oh ! Jean-Louis, dégaine le sapin ! Luc, balance la sauce !

Et sans que je comprenne le bordel qui prend vie autour de moi, je me retrouve une guirlande rose bonbon autour du cou, les oreilles agressées par Mariah Carey et écarté de ma place par un sapin ambulant poussé par Jean-Louis.

– C'est qu…

– Noël ! me coupe Zoé en se dandinant. Vous savez, le truc qui rend joyeux ? Vous devriez essayer, ça donne bonne mine, Antoine.

Cette secrétaire m'agace. Enfin, si elle n'avait pas été à mon service, j'aurais sans doute ri en l'écoutant remettre à sa place son boss. Mais là…

– Nous ne sommes que début décembre.

– Oui, et ? Je vous ferais remarquer que nous sommes les derniers de la rue à installer la déco ! Et figurez-vous que l'enjeu est de taille !

– C'est-à-dire ?

Zoé tournoie autour de moi en m'accrochant des Pères Noël bleus en plastique aux oreilles. J'en retire un, elle replace l'autre.

Agaçante, j'ai dit ? Insupportable serait plus exact !

– L'Agence immobilière de l'Enclos ! déclare Luc en attrapant une guirlande dans le carton.

– Ces fourbes achètent tous les ans un nouveau jeu de décorations alors que le règlement du concours est clair ! ajoute Jean-Louis. Pas plus de trente euros par an.

– C'est ignoble ! en conclut Zoé, dépitée.

– Mais de quel concours parlons-nous, exactement ?

Parfois, j'ai du mal à suivre cette bande de zinzins professionnels.

– Le concours de la plus belle boutique de Noël, voyons ! Vous étiez là, l'année dernière, non ?

– Pas vraiment, je suis rentré à Savannah pendant presque un mois.

– Eh bien, reprend Zoé en nouant la jolie guirlande autour de mon col à la manière d'une cravate, nous avons perdu à cause d'eux ! L'Immobilier de l'Enclos ! Des arrivistes de la déco !

– Et vous gagnez quoi, à ce concours ?

– Rien. Enfin, si, la liste des participants puis les résultats du concours sont affichés à la mairie et les curieux viennent la découvrir. C'est plutôt sympa, en règle générale.

– Et mon père valide ça ?

– Oui, et votre mère nous donne un coup de main tous les ans ! Elle est très douée pour ça. Et vous ?

– Moi quoi ?

– Vos aptitudes niveau déco ? Esprit de Noël ?

Je la vois arriver gros comme un camion avec ses questions ! Je détache la guirlande urticante de mon cou pour la fourrer entre ses mains.

– On va faire un truc, si vous le voulez bien. Je vous autorise à décorer. Sans problème. Faites tout ce que vous voudrez, sauf tricher ! Tant pis si l'Enclos n'a pas de morale, mais ce n'est pas notre cas ici. Vous avez carte blanche. Mais personne ne touche à mon bureau et je ne veux pas que la préparation empiète sur votre travail.

– Très bien, consent Jean-Louis alors que Zoé tire la tronche.

– Et une dernière chose… Ne vous avisez jamais… à aucun moment… de me demander mon avis sur quoi que ce soit. Nous sommes d'accord?

J'ai franchement autre chose à faire de mes prochaines semaines.

– C'est noté, patron! valide Luc.

– Alors, parfait! Zoé, veuillez contacter Valentine avant de vous y mettre. J'ai besoin de discuter de quelques points avec elle.

– Oh, mais dites-moi, vous êtes d'une humeur, ce soir! se plaint-elle en s'accoudant à son comptoir.

– Je ne suis pas « d'une humeur », mais juste un patron qui essaie de faire tourner sa boîte. C'est compliqué à comprendre?

– Non, simplement, ce n'est pas en hurlant que Valentine répondra davantage au téléphone! Je n'ai pas réussi à la joindre cette semaine. Le dernier message que j'ai reçu date de sa sortie de clinique. C'était une photo du petit prince. Je comptais me rendre chez elle demain, ou ce soir, si nous ne finissons pas trop tard ici.

Cette fâcheuse manie de couper son portable! C'est légèrement contraignant.

– Laissez tomber, je vais y aller.

– Non, mais non! vocifère ma secrétaire en pointant vers moi un bonhomme de neige en peluche. Vous n'allez pas me faire le coup à chaque fois, hein?

– Quel coup?

– Dès que je projette d'aller rendre visite à MON amie, vous partez avant moi!

– Alors, allez-y demain! Je ne la dérangerai pas un samedi! OK?

Je n'attends pas de réponse et tourne les talons.

Un appel Zoom arrive sur mon PC alors que je claque à peine la porte. Et ça continue ! Je me jette sur mon siège pour retrouver… Jenny et Sally, déguisées en rennes, culs nus en plein écran !

– Non, mais, les filles, j'avais dit OK pour les vidéos, mais les live…

– Tu nous manques, monsieur Maréchal, ronronne Sally en trémoussant sa croupe sans pudeur…

Derrière ma porte, dans le hall, la musique reprend de plus belle. Une musique de Noël qui me rappelle mon chez-moi. Ma petite vie tellement tranquille avant la France. Les biscuits à la cannelle d'Agatha, le sapin géant d'Edgar. Et nos divergences d'opinions constantes avec Étienne concernant la décoration de la maison. Moderne *vs* ancestral… Je ne gagnais quasiment jamais à ce jeu…

En tout état de cause, je préférerais perdre là-bas, entouré d'eux tous, que de gagner ici, tout seul.

Ce Noël ne sera décidément pas un de ceux qui marquent les esprits.

Le popotin de Sally me rappelle à l'ordre en s'ébrouant sensuellement devant mes yeux.

– Antoine ? Nous t'avons perdu ?

– Bon, OK… Vous avez cinq minutes, mais vraiment, pour vous faire plaisir…

Ben voyons !

10

Valentine

Vésuve plante son regard culpabilisant dans le mien alors que je repose maladroitement ma bouteille sur la table basse.

Message subliminal à ce chat bien trop politiquement correct: *Occupe-toi de ta litière et laisse-moi tranquille! Un tout petit verre de rien ne va pas non plus changer la face du monde!*

– Ça ne va pas du tout!

– C'est l'épisiotomie, ça! T'as la cicatrice qui te démange, ma belle?

Mon chat s'étire, me tourne le dos et part vivre sa vie dans la cuisine. Parfait!

Je dégomme un bon quart de mon gigantesque verre à vin puis renifle bruyamment devant mon écran 55 pouces sur lequel squattent les têtes de Mélinda et Jeanne, mes sœurs de cœur coincées sous une tempête de neige depuis trois jours en plein Oural.

– J'ai pas eu d'épisiotomie. Accouchement prématuré, Malo était tout petit.

Tout petit mais sans aucun doute en pleine possession de ses moyens!

Ce vin est délicieux, au passage. Ce goût proche du divin m'aide à déculpabiliser, c'est certain.

– Oui, ou toi hyper large du conduit !

Jeanne éclate de rire et arrive à m'arracher un sourire. Je m'autorise une nouvelle rasade de vin blanc. Je sais que je ne devrais pas. Je suis maman et mon fils dort à l'étage. Mais justement, il dort. C'est assez rare pour fêter ça.

– Vous êtes nulles ! déclaré-je en attrapant ma bouteille pour me resservir avant de réaliser que mon verre n'est même pas vide. Mais ne vous inquiétez pas, Malo va bien.

– Nous ne nous en faisons pas pour Malo, ma grande. Nous savons que tu t'en occuperas parfaitement, quoi qu'il advienne. C'est ton cas qui nous inquiète. La dernière fois que je t'ai vue pleurer, c'était ce fameux jour où Christine t'a privée de sortie alors que tu avais rencard avec Grégory.

Effectivement. On en revient toujours à ça, finalement. Tout, et je dis bien TOUT ce qui m'arrive de mal dans la vie est de la faute de ma mère ! Même ce verre qui se termine trop vite. Je suis persuadée qu'il a un double fond. Et comme c'est un cadeau d'emménagement de ma mère, rien d'étonnant.

– Ceci dit, reprend Mélinda, Christine a été bien inspirée ce jour-là ! Je l'ai recroisé il y a peu et le type a visiblement mal tourné. Je crois qu'il est papa de six gosses, tous avec des mères différentes. Endetté, il boit et franchement, niveau goûts vestimentaires, il se pose là !

S'il boit, il m'intéresse ! Nous ferions bon ménage tous les deux. J'espère qu'il aime le vin blanc de Savoie.

– Ah oui ? s'interroge Jeanne. On parle bien de Greg ? Greg le tombeur ?

– Oui, ben si tu veux mon avis, il a un peu trop tombé de meufs ! Et ensuite, il est tombé lui-même ! Tu l'as échappé belle, Val !

– Oui, reprends-je en leur lançant un regard suspicieux, ou alors, c'est encore un coup de ma mère, justement. Si je m'étais présentée à ce rencard, si ça se trouve, nous serions encore ensemble à l'heure qu'il est !

Et il serait le père de Malo, et je ne me retrouverais pas seule face à ma bouteille et surtout face à cet enfant dont personne ne m'a donné le mode d'emploi.

– Oui et tu serais certainement cocue et alcoolique, toi aussi. Ou peut-être héroïnomane.

– Ou prostituée !

– Jeanne ! s'offusque Mélinda.

– Ben quoi ? Je suis certaine que Val ferait fortune en vendant son corps. Regarde, après un accouchement, elle a déjà retrouvé sa ligne.

Ça, c'est vraiment vite dit ! Je porte simplement des fringues trompeuses.

– C'est surtout qu'elle ne l'avait pas perdue ! Tu aurais dû te goinfrer pendant cette grossesse. Prendre des forces. Normal que tu craques, tu n'as que la peau sur les os, Val.

– Arrête, on dirait ma mère ! Et si, j'ai pris et il m'en reste.

Mais si on me demandait mon avis, je dirais que le pire, c'est le côté flasque et un peu difforme. Déprimant. Comme si le changement de vie ne suffisait pas, le corps ne m'épargne pas non plus. Et je dirais que le poids, je le perds à une vitesse phénoménale, surtout depuis mon retour ici, mais pour les mauvaises raisons. Je ne mange pas, dors très peu et vis dans une sorte de transe cotonneuse bizarre et désagréable depuis dix jours.

– Sainte Christine ! Je prends ça pour un compliment !

– Mouais !

Je savoure une nouvelle lampée du nectar des dieux. La délicieuse sensation de se sentir grisée s'éparpille en moi. J'en avais besoin. Presque neuf mois que je n'avais pas touché une goutte d'alcool. Cela ne me manquait pas vraiment, je dois bien l'admettre, mais ce soir, alors que je cherchais désespérément des sacs-poubelle dans ma cave – que je n'ai pas trouvés, d'ailleurs –, je suis tombée sur ma réserve du bonheur... J'avais besoin de décompresser en urgence, et j'avoue que cette bouteille m'a bien aidée. Vive la roussette de Savoie!

Traître, quand même, ce breuvage. De mémoire, je tenais mieux la bouteille avant.

– Bon, je crois que tu devrais profiter du fait que Malo dort pour aller te coucher toi aussi, ma belle! déclare Mélinda en s'étirant paisiblement. Nous devons aller couper du bois avec les villageois. Tu es certaine que tu ne veux pas qu'on rentre?

– Mouiiii... soupiré-je en me laissant tomber confortablement dans mon canapé. De toute manière, le temps que vous affrontiez l'Oural, Malo sera probablement majeur!

– Pas faux! ricane Jeanne en s'apprêtant à se lever. On t'embrasse, ma bichette, dors bien. Et ne te le laisse pas aller à la déprime. T'es une *warrior*!

– Mmm...

Mes paupières se ferment alors qu'elles m'envoient des baisers et mettent fin à notre *web call*.

J'attrape mon plaid à grosses mailles traînant là pour m'y pelotonner, enfonce ma tête dans un coussin trop accueillant et me laisse aller à l'appel du sommeil.

Je m'occuperai des sacs-poubelle après.

***

– Valentine?

– Mmm...

Des mains me secouent doucement alors que j'émerge difficilement d'un sommeil sans rêve.

– Vous allez bien ?

– Hein ?

Ma tête hurle de désapprobation. Un cri strident et quasiment continu résonne violemment dans mon crâne. Un cri qui ressemble à s'y méprendre aux pleurs de...

– Malo !

Je me redresse brutalement, réalisant soudain que je me suis sans doute endormie trop longtemps. Et les cris émanent en réalité du babyphone posé à quelques mètres de moi. Et peut-être un peu aussi de l'étage, directement. Malo en stéréo.

Mon front rentre en collision avec un autre front non identifié.

– Aïe ! couiné-je en chassant la brume imaginaire qui plane devant mes yeux.

– Désolé, me répond une voix à l'accent américain tellement identifiable.

Merde ! Qu'est-ce qu'il fout là ?

– Je me suis permis d'entrer en entendant les pleurs de votre fils depuis la porte.

Cool, il répond aux questions que je ne pose pas ! Cet homme possède une part de merveilleux en lui, à n'en pas douter. Mais là n'est pas le problème.

D'une main, il éteint le babyphone et j'aurais presque envie de l'embrasser pour ça. Ou de l'invectiver. Mon fils hurle. Mon fils a faim. La solution à ça n'est pas de couper les haut-parleurs. Une vague de culpabilité me fracasse la conscience violemment. Mon fils est affamé et moi, je cuve sans remords pendant que la chair de ma chair souffre le martyre.

Une boule de honte grimpe sans prévenir depuis mon estomac jusqu'à ma gorge, mes yeux et explose magistralement dans tous les sens.

Je m'éparpille en larmes, dépassée par les événements, épuisée, mon crâne me faisant payer durement ma roussette de Savoie.

– Mon fils a faim! pleurniché-je en repoussant le plaid de mes genoux pour tenter de me lever. Je dois… Je n'avais pas entendu… Je suis désolée.

Et je pleure. Des trombes d'eau salée dévalent mes joues, m'épuisant encore plus et surtout, totalement incontrôlables. J'ai vaguement conscience du spectacle désastreux que j'offre à mon boss, mais rien n'arrive à me calmer. Ni ma fierté ni ma sagesse et encore moins ma confiance en moi.

Je ne gère pas. Rien du tout. Je mouche, renifle et gémis comme une gosse au bord du burn-out.

Antoine Maréchal recule pour me laisser me relever, mais mes jambes refusent d'obéir et flageolent dangereusement.

– Attendez, je vais vous aider.

Les mains fortes et larges de mon patron se posent sur mes hanches alors que mon fils continue ses vocalises à l'étage au-dessus. Et moi, incapable de me reprendre, je chiale comme une Madeleine, profitant de la large carrure à proximité pour m'y blottir et sangloter tout mon désarroi, ma peine et ma détresse.

Le nez dans le manteau qu'il n'a même pas retiré, je hume son parfum unique et inimitable, m'accroche aux revers de son pardessus en essuyant mes joues trempées sur le tissu si doux.

– Je… merci… Il a faim… Je dois…

– Oui, d'accord, souffle-t-il en m'attirant contre lui. On va s'en occuper. Calmez-vous.

J'inspire, expire, pour tenter de me remettre les idées en place et de reconquérir l'énergie qu'il me semble avoir perdue il y a des jours.

– Oui…

J'essaie, je promets que j'essaie. Mais mes jambes tremblent toujours et je me sens tellement lasse. Les bras de mon patron se resserrent autour de moi pour m'offrir un câlin qui me brise le cœur. En suis-je vraiment arrivée là ? Tellement pathétique que cet homme se sent obligé de jouer les nounous à mon égard ?

Nulle…

Je me sens tellement nulle.

Mes pleurs, que je pensais calmés, se mettent à reprendre du service. Une sorte de sueur émane de mon front, de mon dos, de mes aisselles.

– Je pue, en plus !

L'homme auquel je m'accroche se met à rire doucement. Contre moi, je sens son torse monter et descendre faiblement, rassurant, encore une fois.

– Je pense que ce détail peut trouver une solution rapidement, murmure-t-il en caressant mes cheveux (hirsutes, bien entendu).

– Malo !

La honte cuisante de ma situation me pousse à aller puiser dans mes ressources vitales. Je m'écarte finalement de lui pour reprendre le contrôle de la situation.

– D'abord, biberon !

Je n'ose même pas jeter un regard à l'homme qui me laisse m'éloigner de lui, de peur de trouver dans l'éclat de ses yeux clairs le reflet de son opinion me concernant. La pitié sans doute, et peut-être même le jugement.

Encore légèrement vacillante, je traverse le salon en me retenant aux dossiers des fauteuils pour atteindre la cuisine. Et… Je m'effondre une nouvelle fois en larmes, me laissant tomber sur les genoux devant l'état de la pièce. Des boîtes de lait en poudre vides trônent un peu partout, remplies de mes déchets quotidiens. La vaisselle déborde de l'évier. Une gamelle de croquettes vide est retournée à côté de la fontaine à eau de Vésuve et mon chat est en train de dépouiller la tranche de jambon que je m'étais préparée pour le dîner avant l'appel des filles, ou plutôt le déjeuner que j'avais repoussé, trop occupée pour penser à manger.

Hiroshima ressemble à une aire de jeux pour gosses à côté de cette pièce.

– Mon Dieu !

Mon boss pénètre à son tour dans ma cuisine, appuyant un peu plus mon malaise. J'aurais réellement préféré qu'il n'arrive pas chez moi ce soir, et surtout qu'il ne pousse pas la porte.

Et moi, je pleure toujours, totalement coulée, perdue, inefficace et impuissante. Et Malo, digne descendant de sa mère, pleure en écho au-dessus de nos têtes.

Un cauchemar. L'enfer.

– Je suis désolééééeeeeeeeee… couiné-je à l'attention de je ne sais trop qui. Je n'avais plus de sacs-poubelle…

Comme si cette simple excuse expliquait tout. Je sais que c'est ridicule. Que, même, ce n'est pas dramatique. J'ai toujours bien entretenu ma maison et, en un quart d'heure, ce champ de bataille peut être remis en état. Je sais aussi que Malo n'a besoin que d'une couche propre et d'un biberon. Un autre quart d'heure. Rien de dramatique, je me le répète en boucle.

Malheureusement, même une demi-heure de remise en ordre me semble insurmontable. Je n'y arrive plus, voilà tout.

Je lance un regard désespéré à Antoine qui semble, lui, totalement opérationnel.

– Bon. On va commencer par le début, déclare-t-il en se dirigeant vers moi après avoir posé son manteau et son écharpe sur l'une des chaises de la pièce.

– Oui, Malo.

– Non. Pas Malo. Vous ! Venez avec moi.

Sans me demander mon avis, il attrape mon bras, me relève puis me soulève. Je ne perds pas une seule seconde et me blottis à nouveau contre son torse. Son assurance est presque communicative et me fait un bien incroyable.

– La salle de bains ?

– Hein ? Mais, non ! Je n'ai pas besoin de douche, ce n'est pas l'urgence, et…

Je tente de me rebeller mais il s'avère définitivement plus balaise que moi niveau combat corps à corps. J'abdique rapidement alors qu'il se dirige déjà vers l'escalier. Je place mes jambes autour de sa taille et mes bras à son cou.

– Première à droite, murmuré-je en blottissant mon nez au creux de son cou. Vous sentez trop bon.

Il émet un petit ricanement sensuel qui me tétanise d'effroi. J'ai réellement prononcé ces mots ? Je perds vraiment la tête, cette fois.

– Désolé de ne pouvoir vous retourner ce compliment.

Et bim, mange-toi ça !

La honte !

Il pousse la porte de la salle de bains et me repose enfin. Ou trop tôt peut-être. Je m'écarte de lui à regret alors que Malo continue de nous offrir sa version toute personnelle de *La Traviata*. Avec option « petit orteil fracassé sur un coin de table ».

– Je dois le lever ! expliqué-je en tentant de contourner cette silhouette massive qui me sépare de la porte. Il a faim…

– Oui, et je vais m'en occuper. Vous, vous vous lavez, vous prenez votre temps et on se retrouve en bas lorsque vous sentez bon. Et essuyez-moi ces larmes, Valentine. Tout va bien. Ma mère m'a toujours dit que tant qu'un bébé pleure, c'est qu'il a l'énergie pour le faire.

– Ah ben pour ça… Niveau énergie, on n'est pas mal, effectivement ! plaisanté-je en m'agrippant machinalement à ses poignets tandis qu'il passe un pouce sur l'une de mes joues avec tendresse.

– Vous voyez… Il va bien. Mieux que vous, en tout cas ! Vous voulez que je vous aide ?

Il désigne la douche du menton et provoque un échauffement instantané de mes joues, toujours caressées par ses pouces bienveillants.

– Euh, non, je devrais m'en sortir.

– Alors, parfait. Prenez votre temps.

Je hoche la tête avant qu'il sorte de la pièce et me laisse seule, face à moi-même. Derrière la cloison, sa voix retentit et celle de mon fils disparaît instantanément. En tendant l'oreille, j'ai l'impression d'entendre mon boss gazouiller.

Ce qui provoque un sourire incontrôlable sur mes lèvres et un grand soulagement au fond de mon cœur. Mais aussi une effroyable tristesse lorsque mes yeux trouvent mon reflet dans le miroir. J'ai l'air de ce que je suis. Minable, moche et inutile. Mes cheveux hirsutes, mes yeux rougis, mes joues humides. Les ombres sous mes yeux, mon cou un peu trop décharné et mon pull à la propreté douteuse découvrant une de mes épaules.

Débraillée, nulle, insipide.

Je m'effondre une nouvelle fois en pleurs, cette fois désespérée et tellement épuisée. Mes nerfs lâchent. Je crois que j'ai présumé de mes forces. Je ne suis pas capable d'être maman. J'ai certainement dû passer à côté le jour de la distribution des gènes maternels. Quand je vois ma mère qui, elle, a mené de front une fratrie de huit monstres, et moi qui m'écroule avec un mini-truc au bout de dix petits jours…

Que vais-je devenir ?

11

Antoine

L'atmosphère dans cette chambre dénote fortement du reste de la maison. Tout y est rangé, une petite veilleuse propulse des silhouettes de papillons sur les murs et l'éclairage d'une lampe de chevet suffit à gérer le sacro-saint change du bébé sans éblouir ses jolis yeux incroyablement bleus.

Il a arrêté de pleurer au moment où je l'ai sorti de son lit. À présent, il me fait le plaisir de rester silencieux. J'adore déjà ce môme. Parce que, clairement, je m'apprête à de l'inédit et je préfère largement qu'il se montre coopératif. Une chose de moins à gérer.

– Eh bien… Nous voilà bien ! soupiré-je en caressant le fin duvet sur le crâne du petit être en pleine forme qui gesticule dans tous les sens sur le tapis à langer. On va déjà te changer ta couche, hein ?

Comme si j'avais fait ça toute ma vie ! Si je veux bien me montrer honnête, je n'ai aucune idée de ce que j'ai à faire avec ce bébé et sa couche qui, sans nul doute, est bonne pour le vide-ordures.

– Alors… marmonné-je en inspectant le matériel à disposition, une main sur l'abdomen de l'enfant qui me fixe toujours de ses deux grands yeux ronds. Qu'avons-nous là... Lingettes? Talc? De l'huile? Un mouche-bébé?

La logique voudrait que je panique, mais je garde en tête que la situation pourrait s'avérer pire. Déjà, il ne pleure plus. Un bon point.

– Tu es sage tout plein, en fait...

Je lui souris en dégrafant son pyjama. Pyjama que je décide de changer en avisant une pile toute propre de trucs en pilou sur l'étagère au-dessus de lui.

– Ben voilà! On va te refaire une petite beauté, mon mignon.

Il se met à gesticuler subitement, peut-être pour me signifier son accord, puis lève un poing vers sa bouche, apparemment avec la volonté de le sucer, mais il loupe son coup magistralement. Il se fout une droite sur la joue.

Merde!

Je me fige, attends les cris, les pleurs, mais rien ne se passe. Il babille faiblement et recommence son expérience. Cette fois, dans le mille. Atterrissage du petit poing dans la petite bouche. Il se met à téter avidement.

Super!

Je balance au sol le pyjama odorant en papotant pour tromper mon manque évident d'expérience.

– Alors, *Babyboy*, que les choses soient bien claires entre nous. Je n'ai jamais changé de couche de ma vie. Cela dit, je suppose que toi non plus. Donc, si jamais tu as des remontrances à effectuer, demande-toi avant tout si toi, tu aurais fait mieux...

Je retire les bandes autocollantes et beurk!

– Ah oui! OK...

Je n'irais pas jusqu'à décrire cette scène à la limite du gore absolu. Pour faire court, j'essaie d'essuyer au mieux en évitant de respirer, attrape une (dix) lingettes et termine le travail. Puis je roule la bombe du mieux que je le peux, ouvre la poubelle du bout du pied, tout en tenant toujours le bidon du fils prodigue, balance la grenade, referme le capot de la poubelle et respire à nouveau.

– Ah ! On est mieux comme ça, hein ?

Fier de moi, je me penche pour embrasser le petit front tout doux et frais.

– On va y arriver ! La technique Antoine Maréchal ! L'approximation jusqu'à l'excellence ! Tout est possible, suffit de tenter ! Non ?

Toujours penché sur lui, je dépose machinalement un baiser sur son petit nez et réalise après coup ce que je suis en train de fabriquer.

– Eh bien, on dirait que tu es super doué en matière de séduction, toi. C'est l'effet couche magique, c'est ça ? L'odeur qui ensorcelle ?

Il retire sa main de sa bouche pour lâcher un soupir. On va prendre ça pour un oui.

– T'es le meilleur. Mais je suis meilleur que toi quand même !

Subitement, je ressens une sorte d'humidité grandissante au niveau de mon torse.

– Qu'est-ce que…

Je me relève promptement. Un véritable geyser apparaît devant mes yeux, depuis… le robinet du p'tit gars. J'attrape une serviette qui traîne là et la plaque sur son engin en grognant.

– Tu viens de me pisser dessus, là ?

Je lui jette un regard horrifié après avoir constaté les dégâts.

– T'es sérieux ? Ma chemise Armani ? Le cadeau de ma mère pour mon anniv ?

Le gamin s'en fiche éperdument.

Problème… Que faire dans ce genre de situation ? Je ne peux décemment pas garder cette chemise sur le dos… Mais je n'ai rien d'autre à me mettre. Et je vais forcément retrouver Valentine à un moment ou à un autre…

Cela dit, elle vient de se répandre en larmes devant moi. Je pense qu'à mon tour je peux me permettre un petit écart à notre relation boss-employée. Un partout, la balle au centre.

Je mets en pause mon job de baby-sitter et retire ma chemise d'une main, sans lâcher le globule qui ne manque pas une miette du spectacle.

– Permets-moi de te dire que c'est franchement mesquin ! On peut faire n'importe quoi, mais y a quand même quelques règles à respecter ! On a dit : jamais les fringues, merde !

Clairement, il s'en fout. Je roule ma chemise en boule et la cale dans un coin de la table. Puis je décide que la plaisanterie a assez duré, surtout que le gentil bébé machiavélique commence à s'impatienter et montre plusieurs signes d'agacement.

Lingettes, talc, bisous, poutous dans le cou, huile, crème, guili sur le bidon, couche, body (comment ce truc s'enfile ? Faut avoir fait dix ans d'études supérieures pour maîtriser la technique ?), pyjama, brossage des cheveux qu'il n'a pas avec une brosse toute douce à l'effigie d'un éléphant bleu et violet, bisous sur le crâne.

– Et voilà !

J'attrape le morceau tout propre pour le lever fièrement devant moi. Pas mal du tout pour une première !

Je tends l'oreille au milieu du silence. Derrière la paroi qui me sépare de la salle de bains, l'eau ruisselle toujours dans la douche. Un petit pincement au cœur m'assaille lorsque je repense à cette petite Valentine totalement perdue et vulnérable que j'ai récupérée en pleurs au milieu de sa cuisine.

Autant qu'elle prenne son temps. Elle donnait clairement l'impression de ne pas avoir trouvé le moyen de respirer depuis des jours. Ce qui me semble inquiétant. Doublement. Déjà, pour elle, mais aussi pour mon projet en cours. Je paraîtrais un peu monstrueux de lui demander, en l'état actuel des choses, un coup de main sur « Sortez découverts ».

– Bon, alors, en attendant maman, on va tenter le biberon, hein ? Mais avant cela…

Je jette un regard autour de moi. Que fait-on d'un bébé lorsque l'on a des choses à faire et uniquement deux bras ?

Je trouve le porte-bébé, certainement celui que nous lui avons offert l'autre jour, accroché à une patère derrière la porte. On va faire comme ça, alors.

Une fois harnaché, le bébé contre mon torse nu (soupirs dépités pour ma chemise), sa chaleur contre la mienne, je débarque dans la cuisine dévastée.

Là, la tâche s'avère ardue. Impossible de faire quoi que ce soit au milieu de ce bordel. D'ailleurs, faire quoi ? Comment prépare-t-on un biberon ? Comment donne-t-on un biberon ? Comment se protège-t-on d'un renvoi intempestif lors de l'avalage dudit biberon ?

Cette étape va me plaire, je le sens !

Dans ce cas de figure, une seule solution. Je récupère mon téléphone dans la poche de mon manteau et trouve tout naturellement le chemin vers… maman chérie…

Je cale l'appareil sur le plan de travail, caméra sur moi alors que ma sauveuse décroche déjà.

– Antoine ! Mon chéri… Comment ça… Que se passe-t-il dans ta cuisine ? s'arrête-t-elle, les yeux exorbités. Mais ce n'est pas ta cuisine, d'ailleurs ! Et… pourquoi portes-tu un bébé contre ton ventre ? Dois-je m'inquiéter ?

– Hein ? Oh, non, t'inquiète ! Babyboy n'est pas le mien, c'est le bébé de Valentine.

– Ah ! Mais oui, Zoé m'a prévenue de l'accouchement la semaine dernière. J'ai envoyé un paquet de la part de ton père et moi, elle l'a bien reçu ?

Je zieute machinalement autour de moi avant de répondre.
– Oui, non, j'en sais rien.
Tout en discutant, j'ouvre ses tiroirs pour trouver un ou vingt sacs-poubelle. Sans succès. Puis les placards.
– C'est chez Valentine, là ? Seigneur, mais quel foutoir !
– Nous sommes d'accord. Dis-moi, j'ai besoin de tes lumières pour préparer un biberon.
– Dois-je m'inquiéter ou me réjouir du fait que tu me demandes ça ? Quelle heure est-il en France ? Pourquoi es-tu présent chez cette jeune maman à cette heure ? Où est-elle ?
Je soupire en refermant la porte du dernier placard que j'inspectais. J'aurais dû me douter que les questions pleuvraient.
– Maman, ce n'est pas…
– Oh ! Salut, mon minot ! T'es encore plus beau que dans mes souvenirs.
Agatha, la femme qui se dit femme à tout faire de notre maison familiale alors qu'elle ne l'est plus depuis longtemps, débarque derrière ma mère, un carton entre les mains et m'adresse des signes joyeux de la main.
– Salut, la plus belle ! Tranquille, la vie ?
Vivement, elle se redresse en tournant la tête vers la porte de la cuisine.
– Non ! J'avais demandé à Elisabeth d'occuper Edgar ! Cette bourrique ne me lâche pas ! Impossible d'emballer son cadeau, il traîne partout ! Attends, je ferme la porte ! À clé ! Non, mais !
Ma mère lève les yeux au ciel en me souriant, attendant toujours sa réponse. Ou plutôt ses multiples réponses.
– Donc, pour faire court. J'avais besoin d'un renseignement, je suis passé chez Valentine. Elle dormait et le petit pleurait. Je crois qu'elle est malade. Ou fatiguée. Ou les deux.

– Valentine, c'est la collaboratrice de ton père, c'est ça ? demande Agatha en posant son carton sur le comptoir derrière ma mère.

– Oui, lui répond cette dernière. Tu sais, Antoine, je crois qu'elle est trop faible, c'est tout. Je me faisais déjà la réflexion lorsque je la croisais à l'agence ces derniers mois. Elle ne se ménageait pas du tout. Et durant sept mois, elle ne s'est arrondie que du ventre, rien d'autre. Sa famille n'est pas présente autour d'elle ? Et le père de cet enfant ?

– Je ne sais pas trop, et je ne tiens pas à entrer dans les détails de sa vie privée, m'man. Tout ce que je sais, c'est que son enfant a faim et que je veux lui laisser un peu de paix. J'ai l'impression qu'elle en a éperdument besoin.

– Baby blues, mon mignon ! nous interrompt Agatha en dégainant un rouleau de papier cadeau. De plus, si elle est faible physiquement, ça n'arrange rien. Cette femme doit avoir besoin de soutien. De sa famille, d'amis. Ce n'est jamais facile de rencontrer son enfant. N'oublions pas que ce genre de petite chose est livré sans note explicative. Et même si on les adore, au début, ils bousculent toutes nos habitudes de vie. J'ai lu dans un article que cela concerne, à différents niveaux, 80 % des jeunes mamans. Donc, grande nouvelle, votre Valentine est dans la norme.

Je ne sais pas réellement si cette nouvelle me rassure. Parce que, réellement, elle faisait peine à voir.

Machinalement, j'ouvre le frigo et tombe nez à nez avec un rouleau de sacs-poubelle. Alléluia !

– Bon, donc, revenons à nos moutons, recentré-je le débat en sentant Malo s'impatienter contre moi. Un biberon, ça se passe comment ?

J'arrache un sac et commence le grand nettoyage des surfaces encombrées de cette pièce. Mon instinct légèrement maniaque s'en donne à cœur joie. Chaque pot jeté dans les sacs (car, oui, il faut bien plusieurs sacs) me provoquerait presque une érection. Pendant ce temps, ma mère, entrecoupée par les interventions d'Agatha qui se bat avec son paquet, m'explique la température, le rot, le mélange presque scientifique de l'eau et du lait en poudre. Je note d'une oreille pendant que peu à peu l'espace dans cette pièce retrouve un semblant de netteté.

– Donc, il te suffit de lire à l'arrière de la boîte, tu as les dosages préconisés, selon le poids et l'âge du petit ange.

– D'accord. Dis-moi, au fait, chère mère…

Un détail me revient en tête. Elle n'y échappera pas.

– Oui, cher fils ?

– Si je te dis Bourvil, tu me dis quoi ?

Le rire d'Agatha résonne derrière elle tandis que ma mère s'empourpre.

– Comment ça ?

J'interromps mon activité pour lui lancer un regard désabusé qui se passe de commentaire.

– Comment as-tu pu me faire un truc pareil ?

– Non, mais ce n'est pas ce que tu crois, Antoine.

– Et qu'est-ce que je devrais croire ?

– Euh… bafouille-t-elle en se dandinant sur sa chaise. Rien, en réalité. Ici, ce film n'est pas réellement connu, voire pas du tout.

– Mais toi, tu le connaissais ?

Malo émet un cri perçant à ce moment, nous interrompant dans notre règlement de comptes.

– Sauvé par Babyboy ! Pour cette fois !

Je balance le dernier sac devant la porte, me lave les mains et saisis un biberon propre dans ce que je pense être un stérilisateur.

– Voilà ! Bon, maintenant que tout est opérationnel, on peut voir cette merveille ou tu le caches volontairement ?

J'adresse un sourire machiavélique à ma mère.

– Je ne sais pas si tu le mérites, franchement. Je te rappelle que tu as abandonné ton fils cadet tout seul à l'autre bout du globe pour Noël.

Je plaisante, mais nous savons tous les trois que je ne suis pas totalement ravi de passer les fêtes tout seul. Je ne suis pas tellement habitué à la solitude.

– Oh… mon chéri, pleurniche ma mère en penchant la tête avec tendresse. Tu peux rentrer, si tu veux.

– Non, pas le temps. Bon, OK, vous l'avez mérité… Voici le petit Babyboy!

J'extirpe avec précaution le petit être qui semblait se plaire contre moi pour le montrer aux deux mamies en plein instant « choupinou »…

– Oh, mais qu'est-ce qu'il est chouuuu…

– On le croquerait…

Pas faux. Mais ce n'est pas le sujet.

– Donc, tu disais, de l'eau de source, c'est ça?

12

Valentine

J'avoue avoir abusé du temps sous cette douche miraculeuse. Je sais qu'encore une fois, j'assure pas du tout. Mais le fait de savoir que Malo se trouvait entre de bonnes mains – parce que je fais une confiance totale à Antoine, sans trop de raisons probantes, d'ailleurs – m'a ôté un poids sur la poitrine. Et, égoïstement, j'ai pensé que peut-être je ne pourrais plus m'octroyer de moment comme celui-ci avant longtemps.

Cependant, une fois sortie de cette fontaine de jouvence, essuyée et habillée, même très légèrement maquillée et parfumée, alors que je me retrouve un peu dans le reflet du miroir, la culpabilité revient encore plus fortement.

Quelle mère abandonnerait son enfant de la sorte ? À son patron, qui plus est ? Je me persuade qu'Antoine Maréchal est un homme de confiance, mais n'est-ce pas surtout pour me déculpabiliser, moi ?

Face à ma propre nullité, j'inspire lourdement en m'attachant les cheveux. Une grande part de moi se montre impatiente de retrouver mon fils et de le prendre dans mes bras pour m'excuser de ne pas assurer auprès de lui. De l'avoir laissé, livré à des mains inconnues. Mais la honte, cuisante, me rattrape elle aussi, vis-à-vis de mon boss. Quelle image lui ai-je présentée? J'appréhende également de me retrouver face à mes responsabilités. De replonger dans le cauchemar de ces derniers jours.

Je ne vois pas d'issue. Je suis épuisée. Je n'arrive tout simplement plus à suivre. J'ai l'impression de ne pas comprendre les besoins de mon bébé. De tout faire de travers. De ne rien maîtriser.

Et enfin, un tout petit morceau de moi me pousse à retourner auprès d'Antoine, l'homme. Au-delà du boss et de l'inconnu, du jour où il a mis sa main dans la mienne pour me ramener à la maison, il a acquis ce pouvoir sur moi. Cette sorte de réconfort qu'il m'a offert inconsciemment agit comme un baume bienfaiteur sur mes frayeurs. Alors que je ne le connais pas du tout.

Allez comprendre!

Prenant mon courage à deux mains, je me décide à sortir de ma cachette et à rejoindre les deux hommes occupant cette maison. Vésuve miaulant dans mon sillage, je me dirige vers la cuisine, qui, depuis mon angle de vue, semble propre et rangée. Mais un mouvement dans le salon interrompt mon avancée.

Au milieu de la presque pénombre de la pièce, à peine éclairés par quelques lampes d'appoint, ils sont là. Au calme et absolument pas perdus. Antoine. Malo. Le premier nourrissant le second, installé dans le vieux fauteuil de ma grand-mère, devant la fenêtre. Je m'immobilise pour observer le spectacle. Tout semble en ordre. Malo boit en laissant échapper ses petits soupirs de bonheur, ou de satiété, bien caractéristiques. Torse nu, pour je ne sais quelle raison, Antoine ne m'a même pas entendue arriver, concentré sur sa tâche, une cheville posée sur son genou d'un air nonchalant, en totale maîtrise de l'acte, tenant mon petit bout confortablement enveloppé dans son plaid.

La scène a de quoi m'ôter tout mot et toute pensée cohérente. Ils sont tout simplement beaux. Je réalise que, peut-être, j'ai agi comme une égoïste en persévérant dans mon idée de donner une chance à ce bébé qui grandissait en moi. Sans papa. Mais il était là, et la situation était telle qu'il m'était impossible de renoncer à cette grossesse. Simplement parce que moi-même, je…

– Oh ! Vous êtes revenue parmi nous ?

La voix grave et basse d'Antoine, presque sensuelle, me rappelle à la réalité.

– Oui…

Il capte mon regard qui s'attarde sur son torse, ses épaules dénudées, ses bras… Un frisson me traverse malgré moi. Pourquoi faut-il que cet homme, en plus d'être toujours là au bon moment, soit aussi attirant ?

– Euh… Malo m'a pris pour un urinoir, s'excuse-t-il en jetant un regard sur son buste.

– Oh ! m'exclamé-je, confuse. Je suis désolée. Je vais vous trouver quelque chose à enfiler.

Mais je ne bouge pas d'un poil. Hypnotisée. Presque timide, j'ose à peine avancer vers eux.

– Pas d'urgence. Je vous préfère nettement comme ça, ajoute mon boss, des étincelles se réverbérant dans ses yeux. Je veux dire… coiffée, lavée et, surtout, détendue.

Le moment me semble lourd de sens. Mon cœur se met à battre, enivré par les compliments prononcés dans un accent abominablement sexy par un homme torse nu au corps parfait.

Je hoche la tête en repoussant une vague de chaleur qui tente de s'imposer sur mes joues.

– Oui, merci. Grâce à vous. Vous avez besoin que je prenne le relais ? Vous avez déjà largement trop fait et…

– Il a presque terminé, répond-il calmement. C'est bon pour

moi, je peux pousser jusqu'à la fin du biberon. Je vais bientôt me retrouver tonton, c'est un bon entraînement. Babyboy et moi avons fait un deal. Je tâtonne, il pardonne. Ça fonctionne pas mal.

Le sourire qu'il adresse à mon bébé a de quoi faire fondre la femme à la sensibilité exacerbée que je suis devenue depuis la naissance de Malo. Je me vois dans l'obligation de m'occuper les mains, sous peine de lui sauter dessus pour un câlin général. En fait, je suis jalouse des deux. D'Antoine car il tient Malo dans ses bras et que je connais le sentiment profond que procurent ces moments tranquilles et sereins avec mon fils. Et de Malo parce que lui a droit aux bras du beau mec assis dans mon salon, sans que cela pose de problème de morale ou de logique. Alors que si moi, je réclamais un câlin… Ce serait forcément mal venu. Enfin, je crois.

J'aurais dû m'accrocher à lui beaucoup plus tout à l'heure. Comme une mante religieuse, j'aurais dû en profiter pour lui voler son énergie, sa force et sa douceur. L'enfermer dans une boîte et l'utiliser en cas de besoin urgent. Au lieu de ça, le moment est passé et sa chaleur m'a déjà désertée.

Je tourne les talons rapidement en décidant, justement, de retrouver un peu de chaleur, tandis que Vésuve se frotte à mes chevilles en se dandinant. Mon chat sait ce qui se trame en moi. Mon meilleur allié, en connexion directe avec mon cerveau.

– Hello, Vévé ! Tu viens avec moi, on va faire crépiter quelques bûches.

Je l'attrape pour lui refourguer l'intégralité de mon besoin d'affection dans une étreinte presque violente. Mais il se laisse faire en ronronnant, et je le vénère pour ça.

– Je peux vous laisser quelques minutes ?

– Faites !

Je n'attends pas davantage et m'éclipse vers l'arrière-cuisine pour récupérer du bois sec en passant par la lingerie dans laquelle je garde toujours quelques sweaters de mon père (il oublierait sa tête sans ma mère).

***

Malo émet un rot magnifique sur l'épaule d'Antoine au moment où les flammes s'élèvent dans l'âtre. J'adore ce chalet. J'adore la montagne. La neige tombant doucement derrière la fenêtre, la douceur du bois sur les murs, le crépitement du feu.

– Tenez, il commence à s'endormir, j'ai l'impression.

Je récupère mon fils et m'installe confortablement sur mon canapé, relevant mon plaid favori sur nous deux. Vésuve s'invite évidemment à la fête et se roule en boule sur mes pieds, le dos offert à la caresse de la chaleur émanant de la cheminée.

Mon cœur me semble lourd de tout un tas de sentiments moelleux et cotonneux. Après ma crise ridicule, je me sens libérée et apaisée. Sans doute pour un court laps de temps, mais justement. Je compte bien en profiter.

– Merci, murmuré-je à l'attention d'Antoine en caressant le duvet de Malo. Je ne sais pas ce qui m'a pris, je…

– Valentine, vous ne pouvez pas rester comme ça. Vous avez besoin d'un coup de main pour reprendre pied, tente-t-il de me persuader d'une voix douce. Votre mère, ou l'une de vos sœurs, ne pourrait pas venir quelque temps pour que vous vous reposiez? Je me suis renseigné et le baby blues est logique. Il ne faut pas en avoir honte.

– Vous vous êtes renseigné?

Quand, comment? Et surtout pourquoi?

– Une mère, même à Savannah, reste une mère. Elle connaît les réponses à beaucoup de choses.

Il me sourit avant de se lever pour s'approcher du feu

alors qu'il me laisse mortifiée par son annonce. Il a appelé Mme Maréchal, ma patronne par alliance, pour lui parler de mon manque effroyable d'instinct maternel ? Je vais mourir !

– Votre mère... Seigneur !

– Elle ne juge pas, Valentine ! Loin de là. Simplement, elle m'a expliqué et je crois que vous devriez appeler quelqu'un. On n'en a pas reparlé, mais le papa est... ?

– Il ne faut pas compter sur le père, rétorqué-je rapidement, encore une fois un peu embarrassée de lui exposer mes choix de vie discutables. C'est... Malo n'était pas prévu et lui est reparti sans laisser d'adresse. Il ne savait pas, moi non plus. C'est... Et puis, vous avez vu ma mère ? Vous devez certainement comprendre que l'avoir ici au quotidien sera plus compliqué que salvateur.

Hors de question que je quémande de l'aide à ma mère. Tout simplement parce que, elle, n'en a pas eu besoin. Ensuite, parce que je veux lui prouver que je suis capable de gérer une famille, même si elle pense que je donne trop à mon travail et pas assez à ma vie privée. Et puis, pour le moment, elle reste persuadée qu'Antoine est le père de Malo et qu'il vit avec moi. Je n'ai jamais démenti ce fait lors de ses appels. Je n'y arrive tout simplement pas. Pour ça aussi, j'ai honte. Mentir à ma famille n'est pas un choix évident et chaque jour qui passe me pèse davantage. Je me suis embourbée dans cette histoire et je ne réalise qu'à présent la difficulté de tout révéler.

Encore une chose que je préfère ne pas affronter maintenant. Pas une priorité vitale. Même si... Bref.

Depuis ma place, j'observe le profil de mon patron, sur lequel les flammes projettent une lumière chaleureuse et enveloppante. Son torse subit le même traitement mais j'évite de m'y attarder. Concentrée sur son visage, j'aperçois un rictus amusé à l'évocation de ma mère. Oui, il a sans doute assez bien cerné le personnage.

– Une amie, peut-être ? Une nounou ?

– Les seules en qui j'ai confiance se trouvent en ce moment même en pleine tempête de neige en Russie. Et la nounou est prévue, oui, mais à partir de février. Une jeune fille au pair, en quelque sorte. Une Anglaise hébergée chez des voisins pour ses études. Elle les termine en janvier, doit repartir chez elle quelques semaines et ensuite, elle sera disponible. Mais pas là… Mais je vais bien, Antoine. Je vous l'assure.

Il se tourne vers moi, son visage trahissant son scepticisme.

– Je vous le promets.

Je ne sais pas lequel des deux je cherche le plus à convaincre. Sans doute moi. C'est même certain. Je préfère changer de sujet, car quelque chose m'intrigue quand même.

– Mais, au fait… Pourquoi êtes-vous venu ? Ne me dites pas que je vous ai envoyé un message incohérent avant de m'effondrer ?

– Non ! réfute-t-il en ravalant un petit rire. Disons que je passais par là et que je voulais prendre des nouvelles ? Zoé s'inquiète un peu…

– Ah ?

J'analyse ses traits. Quelque chose m'indique qu'il ne me dit pas tout. Mais le contrecoup de cette soirée, associé au feu et au petit corps endormi contre ma poitrine, me prennent en traître. Un bâillement s'impose à moi.

– Je crois que vous devriez aller vous coucher à présent. Je vais rentrer chez moi.

– Je peux vous offrir quelque chose à boire ?

– Merci mais non. Vous, en revanche, j'espère que vous allez manger.

Sa phrase ressemble plus à un ordre.

– Oui, oui. Je couche Malo et je dévore. Promis.

J'espère convaincre quelqu'un comme ça ?

Par chance, il n'insiste pas, récupère le sweater que j'avais laissé à son intention sur la table basse, l'enfile rapidement et part chercher son manteau, ce qui me remémore l'état presque nickel de la cuisine.

– Merci, au fait, pour le rangement.

Mon boss qui joue à la soubrette chez moi. M'en remettrai-je un jour de celle-là ? Rien n'est moins certain.

– De rien. Je vous laisse, inutile de vous lever, je connais le chemin. Bon week-end, Valentine. Prenez soin de vous.

Et sans me laisser le temps de rétorquer quoi que ce soit, il disparaît.

Et me revoilà seule face à ma vie.

Un frisson me glace le sang. Fin de la parenthèse enchantée.

13

Antoine

Mon téléphone se met à sonner pour la troisième fois lorsque j'arrive chez moi.

Étienne, forcément, en visio. Je passe l'appel sur l'écran dans mon salon avant de me délester des boîtes à pizza qui encombrent mes bras et de mon pardessus.

– Ah merde, t'es chez toi ! m'accueille mon frère sans prendre la peine de cacher sa déception.

– Et tu voulais que je sois où, exactement ? En orbite dans une fusée, en pleine compétition de twirling bâton ?

Je vais ranger ma veste tandis qu'il soupire en levant les yeux au ciel.

– Les scoops de maman arrivent toujours trop tard ! Elle m'a appelé pour me prévenir que tu pouponnais. C'est quoi, ces fringues ? Tu es certain que tout va bien, Antoine ?

Je jette un œil au sweater que Valentine m'a donné tout à l'heure. Sur le coup, j'ai voulu me montrer poli, je n'ai pas analysé l'objet, mais là...

– Putain !

Je porte un vieux truc violet affichant un slogan particulier :

Cordonnerie Nobel, la vie est belle, j'ai de bonnes semelles.

D'un geste, je retire le vêtement qui me démange soudainement l'épiderme et le balance sur mon canapé.

– C'est Valentine qui m'a prêté une fringue de Gérard, ma chemise était…

– Oh ! me coupe-t-il, goguenard. Un changement de vêtement chez une inconnue. Je vois ! Gérard, donc ?

J'inspecte son regard pétillant de conneries.

– Non, tu ne vois rien du tout. Gérard, c'est son père. Son père qui d'ailleurs croit que je suis le père du gamin. Gamin qui m'a pissé dessus pendant que je le changeais parce que Valentine prenait son temps sous la douche.

– Intéressant…

Merde, je m'enfonce !

– Tu sais quoi ? Oublie tout ce que tu viens d'entendre, ce n'est pas ce que tu crois ! Je suis allé la trouver parce que j'ai besoin de discuter avec elle à propos d'une campagne. N'en parle pas à papa, d'ailleurs, je ne veux pas qu'il s'en mêle.

– D'accord, mais comment passe-t-on d'une visite professionnelle à toi portant un truc appartenant au père de la jolie dame ? Parce qu'elle est jolie, n'est-ce pas ? Et donc, tu serais le père de son enfant ?

Il joue de ses sourcils en m'offrant un sourire super agaçant.

– Autre question, réponds-je en attrapant mon téléphone d'un air menaçant. Comment passe-t-on d'un frère au téléphone à un frère plus au téléphone ? Salut !

Je raccroche alors qu'il éclate de rire. Ce n'est pas le moment. Je suis relativement en rogne contre moi-même et contre ma situation. Déjà parce que j'ai passé je ne sais combien de temps chez Valentine Bertot dans un but bien précis : l'entretenir à propos du dossier Spencer, pour finalement rentrer chez moi sans aucune info ni promesse. D'ailleurs, je n'ai même pas évoqué le sujet. Et vu son état, je risquais, dans tous les cas, de ne pas obtenir gain de cause. L'idée me paraissait déplacée, à vrai dire.

Et ensuite, ce qui n'arrange rien, je me retrouve un vendredi soir seul avec deux boîtes à pizza, tout simplement parce que je ne savais pas choisir entre la Diabolique et la Savoyarde, dans un appartement épuré et sans âme dans lequel je ne me sens même pas chez moi. Plus d'un an que je squatte ces murs, mais rien ne se passe. J'ai acheté des trucs au début, dont certains se trouvent encore dans leurs emballages. Tout est trop neuf, gris et impersonnel. Et en plus d'un an, je n'ai même pas trouvé le temps de m'approprier les lieux.

Bref.

Je passe dans ma salle de bains hi-tech, allume l'eau de la douche, dégage mes fringues et me coule sous le jet.

Journée de merde. Semaine à la con. Mois pourri.

Et week-end boulot en perspective puisque je n'ai rien de mieux à faire.

Mais bosser sur quoi, d'ailleurs ? Le seul vrai dossier que j'ai envie de potasser, je ne peux pas avancer dessus puisque, justement, j'ai besoin de Valentine.

Je laisse mes mains s'évader sur mon corps en penchant la tête vers le pommeau de douche, laissant la pluie brûlante balayer mon visage, mes cheveux. Mes doigts descendent le long de mon ventre, s'éparpillent autour de ma queue vaguement intéressée.

Autant profiter du bon, pour une fois que j'ai le temps.

Malheureusement, la magie de la branlette ne passera pas par moi ce soir. L'esprit ailleurs, je ne bande même pas.

– Fait chier !

Je déteste les échecs ! Si j'ai tout plaqué en Géorgie pour venir m'installer ici, autant que ce soit pour réussir dans mes objectifs. Pas pour m'enterrer dans un appart sordide. Mais il est clair que Valentine a besoin de se bouger pour retrouver le moral. Et seule, enfermée dans son chalet, tout aussi accueillant qu'il soit, elle n'arrivera à rien. Et comme elle ne semble pas vouloir, ou pouvoir, reprendre le dessus sur ce foutu baby blues, je risque de poireauter un sacré bout de temps avant de pouvoir abuser de son talent et surtout de ses idées dont Spencer prétend être accro.

Ce qui signifie que si je veux choper ce contrat, il ne me reste que peu de choix de manœuvres.

Je coupe l'eau d'un geste brusque, sors de ma douche et file dans mon dressing pour choisir un jean propre et un sweater un peu plus seyant que celui que je portais tout à l'heure. Une paire de sneakers plus tard, je me retrouve à nouveau dans ma voiture, mes deux pizzas posées sur le siège passager.

14

Valentine

– Alors… Tu ne veux pas dormir, c'est ça ? Pourtant, tu as mangé. Tu as pris un bain. Musique douce également dans ta chambre. Humidificateur d'air opérationnel. C'est quoi ton problème, Malo ?

Je tente de lui faire les gros yeux, mais rien n'y fait. Mon fils m'observe, en pleine forme. Et moi, je bâille comme une damnée.

La fatigue est revenue en force, et après une microsieste commune devant le feu, nous revoilà partis pour un tour. Cet enfant ne dort jamais ! Et moi non plus, d'ailleurs, je ne dors jamais. Sauf que, pour moi, c'est un calvaire. Alors que lui, il semble bien le vivre.

Je traverse de long en large mon salon, je monte et je redescends, puis la cuisine, le patio, la chambre d'amis, la mienne, la sienne, et hop on recommence, mon fils calé entre mes bras.

Pas mieux.

À travers les fenêtres, j'observe, presque avec envie, la vie des gens au loin. Les lumières du centre-ville. Des gens. Avec une véritable activité. Des phares de véhicules se croisent en contrebas, dans la vallée. Ils rentrent sans doute du boulot ou partent en soirée. Chez des amis, en famille. Peu importe. Ils ont un but. Je ressens l'impression, grandissante au fil des jours, de ne plus avoir de rôle à jouer dans l'incessant tumulte de l'existence. Comme si le destin m'avait mise en touche.

Lorsque la sonnette de ma porte d'entrée retentit, j'ai presque envie de crier de joie.

Enfin, il se passe un truc! Après la visite de mon boss, on pourrait presque considérer cette journée comme faste et riche en rebondissements.

P.A.T.H.É.T.I.Q.U.E! Valentine, la warrior qui défie la vie, est partie bien loin.

Je dévale les escaliers quatre à quatre pour me ruer sur la porte et l'ouvrir comme si ma vie en dépendait (ce qui est pratiquement le cas, avouons-le).

Antoine, un bonnet ultra sexy sur le crâne, un duffle-coat marine sur le dos et un jean habillant magnifiquement ses jambes musclées se trouve là, planté dans la neige et deux boîtes à pizza sur les bras.

– Antoine?

– Bon, écoutez! commence-t-il avec détermination. Je n'étais pas venu pour rien! Pas non plus parce que Zoé s'inquiète. Même si, effectivement, elle s'inquiète. Je suis venu, à la base, parce que j'ai besoin de vous. Spencer nous veut tous les deux sur le projet, et même si je lui ai expliqué que vous n'étiez pas disponible, il m'a imposé le 23 décembre pour un premier rendu de projet. Alors, oui, je suis un homme sans doute misérable et sans cœur de venir vous demander ça alors que vous avez clairement d'autres chats à fouetter, mais voilà. Je veux remporter ce contrat et je ne pourrai le faire qu'avec vous. Donc, je propose de vous aider à gérer Malo. Pendant ce temps, vous vous reposez. Et quand vous vous sentez prête, on bosse. En gros, on se file un coup de main mutuel, ça reste entre nous et tout le monde est content.

Il marque une pause, se mord la lèvre inférieure puis reprend en me tendant les cartons de pizza, toujours aussi autoritaire.

– Et donc, le programme de remise en forme commence maintenant. On mange. Surtout vous. Et après, vous vous couchez. Et moi, je veille.

Il a terminé, visiblement. Et moi, je fronce les sourcils. Parce que…

Merde !

– Vous feriez ça ?

J'ai envie de lui sauter au cou. J'existe, finalement !

– Le dossier Spencer ? Il est intéressé ?

Il hoche la tête pour confirmer, ne sachant pas trop s'il peut se réjouir ou pas.

– C'est vous le boss, reprends-je en m'écartant de la porte pour le laisser passer. Opérationnelle, monsieur Maréchal…

Je n'ai même pas honte d'accepter son aide. Parce qu'il a besoin de moi, lui aussi. Parce que j'ai vraiment apprécié sa présence et l'atmosphère qu'elle confère à mon chez-moi. Et puis merde ! Quiconque verrait la manière dont ce bonnet, ce manteau et ce jean le mettent en valeur n'aurait même pas cherché à comprendre avant de l'enfermer chez soi à double tour. De plus, je suis prête à faire la roue totalement nue dans la neige au milieu du marché de Noël si ça me permet de bosser. De retrouver ma vie de femme accomplie, celle qui me manque cruellement.

Joyeux Noël, Valentine !

***

J'ai l'impression d'avoir été heurtée par un immeuble lancé à grande vitesse lorsque j'ouvre un œil. Enroulée dans ma couette, le visage incrusté dans mon oreiller, tout muscle détendu et léger, le cerveau lourd d'une brume anesthésiante, je me sens projetée très loin de mon quotidien. Loin de mon corps, même.

Peu à peu, je reprends mes bases dans la réalité et les grands moments de ma soirée se rappellent à moi, brièvement.

***

– Vous avez terminé ?

Les yeux déstabilisants de mon boss. Son sourire alors qu'il me surveille discrètement, tandis que je mange sa pizza. Sa silhouette se découpant dans la lueur du feu de bois illuminant mon salon. Son parfum auquel je commence à m'habituer dangereusement.

– Oui, je crois que je suis gavée…

– Super, alors. Dodo !

– Mais nous devons discuter de…

– De rien du tout. Je veux votre cerveau 100 % opérationnel ! Oust, dégagez, je gère le reste !

– Mais Malo va bientôt se réveiller.

– Je serai là. J'ai dit : disparaissez, je ne veux plus vous voir avant au moins… lundi matin !

– Nous sommes encore vendredi, je vous signale !

– Pas mon problème, mais le vôtre…

***

J'avise mon téléphone, posé sur ma table de chevet. Midi et des brouettes.

Ah oui, quand même !

Je tends une oreille afin de déceler derrière ma porte les pleurs de Malo. Mais rien ne se produit.

Un sourire soulagé s'invite sur mes lèvres, mais surtout

dans mon esprit. Pourrais-je, ce matin, enfin, ce midi, profiter sans culpabilité du repos que je viens de m'offrir? Qu'il vient de m'offrir, plus précisément? Cet homme est un don du ciel. Mon ange de Noël!

On se calme, Val, il a besoin de bosser et est simplement venu te débaucher en souriant pour que ça passe mieux!

Oui, OK, mais je m'en fous. Le résultat est là. J'ai dormi!

Totalement ivre de sommeil, avec des gestes lents et compliqués, je repousse ma couette, pose les pieds sur mon tapis, tente de me lever, titube jusqu'à la salle de bains et attrape une brosse à dents.

Mon boss rôde quelque part dans le coin, ne l'oublions pas.

Coup d'œil à ma coiffure improbable. C'est pas gagné. Je pourrais prendre une douche… Mais j'ai peut-être un peu abusé de son temps. Cela dit… Je sais me montrer rapide lorsque ça urge.

J'ouvre la porte vitrée en ôtant ma vieille chemise de nuit en pilou assortie à celle de mon fils (nounours et pompons à volonté), allume l'eau, shampooing dans une main, gel douche dans l'autre, et c'est parti!

Trois minutes plus tard, je trouve une petite fripe (tee-shirt en coton tout neuf que je comptais m'offrir à Noël, *oversized* spécial tombé épaule nue) et des jambières en laine fine… La nana sur la pub de ces trucs semblait carrément sexy avec sa tasse de je ne sais quoi et son écharpe.

Coup d'œil dans le miroir. Blush? Mascara? Brushing?

Bon, stop, Val, c'est ridicule.

Les jambières, beaucoup trop *too much* (le pléonasme est volontaire)! Même si elles sont en laine, la couleur rouge agresse carrément le regard. J'ai l'impression d'être prête à jouer dans un mauvais film porno (comme s'il en existait des bons!). C'est mon boss, merde, pas mon rencard.

Changement de stratégie. Faisons simple.

Cinq... Vingt minutes plus tard, après avoir trouvé la chambre de Malo vide, tout comme toutes les chambres d'amis que je possède, je descends l'escalier, me laissant guider vers une musique sourde berçant le silence, vêtue d'une nuisette grise en coton, les épaules recouvertes d'un gilet. Et, bien entendu, chaussettes antidérapantes qui vont bien (manquerait plus que je me vautre lamentablement sur le parquet). À mi-chemin entre la nana sexy et ma mère. J'ai jugé le mélange intéressant.

Le feu est toujours allumé dans la cheminée. Gary Moore se donne en concert sur l'écran de ma télé, en sourdine. Pratiquement seules les basses se font entendre et meublent agréablement l'atmosphère de mon salon. Un petit hoquet que je connais par cœur attire mon attention vers le sofa. Ma vue étant dérangée par le dossier, je le contourne pour m'arrêter net, le souffle coupé par le spectacle qui m'attend.

Torse nu, Antoine est allongé de tout son long, endormi, la télécommande dans une main et mon bébé calé fermement sous l'étreinte de son autre bras. Mon bébé qui semble lui aussi sortir d'un sommeil profond, la joue écrasée contre l'un des pectoraux de mon boss. Je ne peux m'empêcher de longer du regard, à défaut d'autre chose, le torse cette fois offert à la pleine lumière du jour jaillissant par la fenêtre. Sa peau hâlée, ses biceps bien taillés, son ventre plat, ou plutôt vallonné très, très harmonieusement, et cette petite ligne de poils qui aurait tendance à faire partie de mes fantasmes ultimes...

J'ai subitement l'impression que les flammes crépitant dans la cheminée projettent une chaleur presque étouffante dans cette pièce. Mauvaise idée, le gilet.

Je continue mon examen. Son jean, je n'en parlerai même pas, c'est inhumain, un truc pareil ! Et ses pieds... nus...

Pff… Les Américains font vraiment tout dans le gigantisme. La sexytude n'y échappe pas, visiblement. Jamais je n'ai rencontré un Français de cet acabit. Le charme d'Antoine est proportionnel à la taille de son pays. Ce type représente tout son continent à lui tout seul. Tout comme ce qu'il cache sous ce foutu jean, également proportionnellement conforme. Vive les grandes plaines de l'Ouest et l'Empire State Building!

Et pourquoi mes foutues pensées prennent-elles cette direction, exactement?

Mon fils réitère un appel dont il a le secret en se mettant à agiter ses bras et ses jambes toutes potelées. Parce que lui se la joue mec sexy dans un body gris foncé à l'effigie d'ACDC. Un cadeau de naissance de Justine qui va très bien à cet enfant terrible.

Antoine soulève lascivement une paupière, me surprend en plein matage honteux et se contente de m'adresser un sourire endormi.

C'est maintenant que je craque et me jette sur lui?

Je crois que l'abus de sommeil me rend un peu trop sensible à certaines choses, finalement. Mes sens en ressortent un peu exagérément affûtés et en alerte.

– *Hello*, murmure-t-il en s'étirant d'un seul bras, prenant soin de ne pas perturber Malo. *Slept well?*[1]

Cette voix… Et cet accent lorsqu'il parle dans sa langue natale…

– Euh… Oui. Vous savez que cette maison met à votre disposition deux chambres d'amis plus un canapé convertible dans la chambre de Malo?

– Oui, mais Babyboy avait une folle envie d'écouter Gary. Je crois que ça le berce.

– Oh. Je note.

1. « Bien dormi? »

Je me précipite sur eux pour récupérer mon fils en prenant bien garde à ne pas effleurer la peau satinée de l'homme qui se la joue transat humain pour mon petit chanceux de bébé, dont je pourrais presque me montrer jalouse. Et en même temps, je ressens une reconnaissance incommensurable pour cet homme qui s'est occupé de lui toute la nuit.

– Il n'a pas été trop embêtant?

– Pas trop. Un réveil à deux heures, puis une microsieste jusqu'à quatre. Biberon à sept et enfin petit concert en boucle... Voilà. On en est là.

J'embrasse le front de mon bonhomme tandis que sa *nanny* se redresse en s'étirant totalement cette fois.

Seigneur, protégez-moi!

– Je vais préparer son biberon. Un café?

– Je peux emprunter votre douche avant?

– Oui, faites comme chez vous! Vous avez le choix, il y en a deux à l'étage.

Il se lève, trop près, pose son regard sur moi.

– Merci. Peut-être pourrait-on se tutoyer? Je viens d'emmener votre fils en concert. Je pense que niveau intimité, on est bon. De plus, les formules de politesse guindées me gonflent. Dans mon pays, on ne s'embarrasse pas de...

– Pas de problème pour moi. Je m'occupe de Malo et lorsque tu seras prêt, je pense que l'on pourra bosser?

Parce que je suis partante pour tout ce qu'il veut, même sans doute pour ce qu'il ne veut pas, mais pas pour en discuter là, devant la cheminée, avec un blues torride en arrière-fond et mon nez presque planté sur ce buste qui pourrait vraisemblablement me faire baver et bégayer très prochainement.

– On verra. Peut-être que ce sera moi qui ne serai pas trop en état. La réponse après la douche et un double expresso.

Il pivote, attrape son sweater posé sur le rebord de l'accoudoir et grimpe à l'étage, comme s'il connaissait cette maison comme sa poche.

Comme s'il était chez lui, presque. Moi, si on me demande mon avis, je veux bien envisager l'idée. Un réveil avec Antoine Maréchal dans les parages est une très bonne chose. Vraiment.

15

Antoine

De : A. Maréchal, Bestcom
À : T. Louvier
Re : Rencontre dès lundi dans vos locaux pour finalisation du contrat N + 1

Cher monsieur Louvier,
Comme convenu, je vous confirme ma présence dans vos locaux de Marseille dès lundi, neuf heures, et pour plusieurs jours afin de valider ensemble le projet de votre prochaine campagne nationale.
Bien à vous,
Antoine Maréchal,
Bestcom, votre communication au top de sa forme !

Je ne peux toujours pas supporter ce slogan.

Bref, en attendant, le dossier Louvier arrive à son terme et, même si ce n'est absolument pas le moment de partir à des kilomètres de l'agence, ce déplacement clôturera pas mal de choses. Ce qui est un bon point.

Next!

– Non, il y a trop de couleurs, Jean-Louis, t'as vraiment un goût de chiotte niveau déco, c'est pas possible!

– Parce que tu trouves que trois trucs dorés qui se battent en duel, c'est joli? On croirait un sapin de cimetière, ton sapin!

– Du calme, les enfants! Je propose de prendre bleu cette année.

– Nan!

– Bleu, c'est moche!

Planqué dans mon bureau, je lève les yeux au ciel en me laissant tomber la tête la première sur mon clavier.

Bordel! Mais foutez-lui le feu à ce sapin de malheur!

– ZOÉ! LUC! JEAN-LOUIS!

Je hurle sans bouger mon cul de mon siège. Ma porte est fermée, mais si je les entends aussi bien, je suppose que la réciproque est vraie.

J'en ai marre, je suis crevé. Et tout ça pour finalement pas grand-chose.

– Oui, patron? roucoule Zoé en ouvrant ma porte.

– Ramenez vos fesses ici tout de suite! Tous les trois!

– Bien, chef! Les gars!

Ma secrétaire fait signe aux deux autres gais lurons de la rejoindre devant moi. Je claque l'écran de mon PC et croise les bras en les toisant de toute la froideur dont je suis capable. Et ce soir, parce que je n'ai pas vu la semaine passer et que je suis en retard sur à peu près tout mon planning alors que je n'ai pas fermé l'œil depuis des jours, je n'ai aucun mal à trouver la mauvaise humeur en moi. Même, je crois qu'ils vont prendre pour tout ce qui me gonfle.

– C'est quoi, le problème, bordel de merde? Vous vous êtes crus dans un poulailler ou quoi?

– Le problème, c'est que Jean-Louis a des goûts de merde!

– ZOÉ ! la reprends-je alors qu'elle croise les bras à son tour en tentant d'assassiner du regard son collègue.

– Je fais avec ce que l'on a, ma grande ! se défend Jean-Louis, prêt à mordre. Je n'ai rien contre le doré, mais nous n'avons pas grand-chose de cette couleur, ça fait moche !

– Le bleu, c'est bien ! tente Luc.

– Oh, toi, ta gueule !

– ZOÉ ! Second avertissement ! Et… Nous parlons d'une histoire de décoration de Noël, c'est bien ça ?

– Ben, forcément !

Cette nénette commence à me fatiguer.

– Bon… Ce sont les finances qui manquent ?

– Non, nous avons cotisé, dix euros chacun. Mais ça n'est pas assez pour décorer toute une agence. Et nous avons fouillé nos propres placards chez nous, et tout ce que nous avons ramené ne va pas.

– Ben, si on choisissait bleu… Enfin, moi, ce que j'en dis…

Luc est sur le point de se faire empaler vivant par les regards acérés de ses collègues.

– D'accord. Mais vous savez quoi ? Je me contrefous de vos problèmes de boules et de guirlandes. Je dois encore travailler et avec vos cris d'ânes, c'est impossible ! Allez vous entre-tuer sur la place ou bien rentrez chez vous !

– Mais il n'est que seize heures, Antoine, s'étonne Jean-Louis.

– Oui, tout à fait ! Il est seize heures et je n'ai pas encore commencé à bosser à cause de vos hurlements. De toute manière, c'est bien simple, si j'entends encore l'un de vous discuter ne serait-ce qu'un demi-ton au-dessus de la norme nationale, j'appelle les flics et porte plainte pour tapage diurne ! Vous irez discuter de la couleur de la déco d'une ou deux cellules, ça vous calmera !

Les yeux de la femme de l'équipe s'écarquillent.

– Vous n'avez aucun droit de faire une chose pareille ! Si nous échangeons avec entrain…

– C'est comme ça que vous appelez ça, vous ?

– Oui, tout à fait. Je disais donc, si nous échangeons, c'est pour la gloire de Bestcom !

– Je ne vois pas quelle gloire Bestcom tirera de tout ça ! Sauf peut-être les honneurs pour réussir à continuer de marcher malgré les employés complètement siphonnés qui la composent !

Luc plisse les yeux en posant furieusement ses poings sur ses hanches.

– C'est une insulte, ça, ou je ne m'y connais pas !

– Et ? le contré-je. Si ça vous pose un problème, allez donc repeindre votre bureau en bleu ! Du moment que vous le faites en silence, tout me va ! Ou, je le répète une dernière fois, rentrez chez vous ! Week-end en avance !

– Et dans tout ça, qui gagne ? Je vous le demande ? Ces vendus d'Immobilier de l'Enclos !

Jamais elle n'arrête, cette secrétaire ?

– Zoé, allez vous emporter dans la rue. On se fiche de cette agence immobilière ! Maintenant, sortez ! Et bon week-end !

Jean-Louis ne se fait pas prier. Luc suit de près. Zoé tente d'ouvrir la bouche pour rétorquer, certainement de manière très intelligente, mais le regard que je lui adresse lui coupe toute envie. Elle tourne les talons et sort de mon bureau en n'oubliant pas de claquer la porte.

Le silence à peu près revenu, j'ouvre mon PC en tentant de faire le point sur le dossier Spencer. J'imaginais qu'il suffirait de quelques jours pour établir une véritable proposition au client. Je pensais balayer tout ce que Valentine avait dans la tête, éventuellement évoquer avec elle mes propres idées, mais au lieu de ça…

C'est bien simple. Lorsqu'elle dort, je gère Malo. Lorsque

je pars bosser, après être passé chez moi pour prendre une douche et me changer, elle gère Malo. Ensuite, je la rejoins pour le dîner, nous discutons de beaucoup de choses, mais certainement pas de Spencer. Ou très peu. Puis je réalise qu'il est tard, je bâille. Elle insiste pour que j'aille me coucher, je refuse, ça prend des plombes, elle part dormir et je gère Malo.

Bref, rien n'avance. Je dirais même que tout recule. Je pensais sincèrement que mon plan était le bon, mais…

Je crois que j'ai besoin d'aide. Simplement, pas du genre d'aide qui risquerait de m'apporter des questions et des sourires débiles si j'en disais de trop. Et pour ça, je ne connais qu'une personne de confiance. Même si, au sujet des enfants décalés, il n'est pas l'interlocuteur idéal.

Mais je tente quand même. Je dégaine mon téléphone pour lancer un appel longue distance.

Edgar, le mari d'Agatha et jardinier de la maison familiale, répond immédiatement.

– Eh, salut, gamin ! Alors ? Comment va ?

– Salut. Bien et toi ?

– Parfaitement. Sauf Agatha qui fait des siennes, mais tu sais comment elle est ? Toujours à vouloir en faire trop ! En ce moment, elle disparaît plusieurs heures, je la soupçonne de bricoler des trucs dans mon dos.

– Ah oui ? Ce n'est pas son genre, pourtant.

– Mouais. Bon, sinon, t'appelais pour quoi, gamin ? Un problème ?

C'est là que tout se joue. Le but étant de poser la bonne question, qui n'appellerait pas des réponses inadéquates. Parce que si j'en dis trop, il va forcément en toucher deux mots à Agatha qui ne manquera pas d'alerter maman, Ophélie et Lizy, et dans tout ça, papa et Étienne en seront informés aussi. Et je n'ai absolument pas le temps de recevoir coup de fil après coup de fil pour les entendre ricaner comme des hyènes par téléphones interposés.

– Alors. Tu te souviens lorsque tu dis qu'Étienne était un gosse insupportable qui ne dormait jamais ?

Il marque une pause, le temps de remettre les wagons dans le bon ordre.

– Ah, mais non, ça, c'était toi ! Étienne était un bébé très calme. Toi, tu braillais jusqu'à plus d'heures.

Eh merde ! Je pensais qu'il ne remettrait plus les bons noms sur les bons mômes.

– Oui, bon, OK, admettons. Comment faisiez-vous pour me faire taire ?

– Oh, ben ça, c'était facile ! Ta mère te mettait à la tétée. On n'a jamais vu un gamin adorer autant téter les seins que toi !

Étienne ajouterait sans doute que rien n'a vraiment changé de ce côté-là. Malheureusement, Valentine n'allaite pas. Ceci dit, c'est presque dommage. Pas forcément pour Malo…

Une pensée, fugace mais déboussolante, me passe par la tête. Valentine, dans l'une de ses nuisettes sages qui la rendent sexy en diable, sa poitrine à l'air, opulente et belle à croquer. Parce que j'en suis certain, j'ai, l'air de rien, bien étudié le sujet. Cette femme doit posséder une paire de seins incroyable. Quelque chose dans lequel on aimerait se perdre. Lécher, téter, sentir, caresser…

Bordel, c'est pas faux, j'ai vraiment un truc avec les seins ! Et clairement, il va falloir que je baise rapidement. Ma presque colocation dans ce chalet commence à me monter au cerveau. C'est inhumain de m'enfermer avec une femme pareille sans me laisser entrevoir autre chose qu'une alliance professionnelle. J'essaie de me persuader tous les soirs qu'elle garde une tronche de photocopieuse, de pot à stylos ou de boîte à archive, mais ça ne fonctionne pas vraiment.

Valentine, je la vois trop en dehors du bureau. Je n'arrive plus à visualiser autre chose que ses foutues nuisettes et j'ajouterais qu'il n'y a rien que je déteste plus que ces gilets à la con qu'elle porte systématiquement. Je n'arrive pas à entrevoir quoi que ce soit, mais en revanche, qu'est-ce que j'imagine ! Un véritable passe-temps !

Bref!

Je réajuste mon début d'érection tandis qu'Edgar s'inquiète de mon silence.

– T'es toujours là, gamin?

– Oui, mais je réfléchis. Maman ne m'allaitait pas systématiquement, si?

– Non, parfois elle était partie en soirée avec ton père. Dans ce cas, je t'emmenais faire des tours de brouette.

– Des tours de brouette?

De mieux en mieux. Je crois que je n'aurais jamais dû poser cette question, finalement. J'ai peur d'apprendre qu'ils me lavaient dans la mare aux grenouilles ou qu'ils me baladaient à poil pour me détendre.

– Oui, tu adorais ça. On mettait plein de couvertures, on te posait et hop ! On faisait le tour du jardin. Et après ça, tu t'effondrais comme une masse. Mais la meilleure technique restait quand même ta mère.

– Oui, j'imagine.

En attendant, je note.

– Tu sais, le véritable problème, Antoine, c'est que tu avais besoin de grand air. De faire quelque chose de ta journée. Quand tu as commencé à marcher, tu dormais tout le temps. Une vraie marmotte. Là, c'était l'inverse, on était obligé d'ouvrir tes volets pour te réveiller. Et ensuite, ton frère a eu l'idée de mettre des crapauds dans ta chambre après huit heures et tu as trouvé ton rythme.

– Des crapauds dans ma chambre?

– C'est ça!

L'espèce d'enfoiré!

– Très bien, je note aussi. Merci, Edgar. Sinon, comment vas-tu? Le jardin?

– Oh, eh bien, tu sais, rien de neuf. Ton père va m'aider à installer des guirlandes dans le jardin ce week-end et…

Je note surtout que je vais pourrir mon neveu pour qu'il devienne l'instrument de ma vengeance. Des crapauds dans ma chambre? D'accord, d'accord.

16

Valentine

Attention, passage censuré par la protagoniste elle-même.

– Oh… Elle est où, maman ? Attention… Elle est là !

Allongé sur son tapis d'éveil, Malo pose ses yeux sur moi, étonné. Ses deux jambes se mettent à battre l'air frénétiquement, tandis que je m'approche de lui à quatre pattes, en imitant un grognement de mère louve (enfin, j'imagine qu'une mère louve fait ce genre de chose).

– Maman, elle va manger les jolies cuisses potelées de petit Malo d'amour… Attentioooon…

Je pose mes lèvres sur les petits pieds nus de mon bébé, qui sentent bon le lait de toilette à l'odeur inimitable.

Vésuve rôde autour de nous, scrutateur, se demandant sans doute s'il ne serait pas temps d'appeler les secours, vu le ridicule de la scène que je lui offre.

– Miam… Les petits petons succulents…

Mon fils pousse un cri trahissant son enchantement… Et moi, je suis amoureuse de mon fils.

La sonnette résonne depuis l'entrée.

Fin de la scène censurée.

Je me redresse en vitesse, retape rapidement mon chignon et replace mon tee-shirt correctement.

– Oui, oui ?

Il n'est qu'un peu plus de seize heures et je n'attends personne, c'est donc avec curiosité que j'ouvre au nouvel arrivant. Qui n'est autre que mon boss.

– Oh… *Hello.*

C'est étrange qu'il sonne avant d'entrer. Depuis une semaine, à présent, il gère ce chalet autant que moi. Il refuse de poser ne serait-ce qu'un gel douche dans la salle de bains ou même un boxer de rechange dans un tiroir. Pourtant, j'ai l'impression que toute la maison s'est parée de sa présence. Son parfum plane dans chaque pièce – sauf dans ma chambre, malheureusement –, aucune vaisselle ne traîne jamais dans l'évier et mon plaid préféré, celui à grosses mailles, se retrouve plié soigneusement sur l'accoudoir de mon vieux canapé, à attendre qu'il s'en serve (moi, je le pose sur le dossier quand je le range moi-même). Et Malo… Malo passe presque toute la journée vêtu comme Antoine l'a décidé le matin puisque les trois quarts du temps, mon boss s'arrange pour gérer cette partie avant de partir.

Et malgré tout ça, il sonne encore avant d'entrer. Cette situation revêt un caractère particulier, à n'en pas douter. Ou peut-être est-ce moi qui vois en lui un être parfait qui s'accorde trop bien à mon paysage. Peut-être souffré-je aussi du syndrome du preux chevalier, à savoir, son aide précieuse pourrait m'avoir envoûtée et rendue dépendante de lui.

Je n'en sais rien. Et honnêtement, je préfère ne pas trop y penser.

– Je ne dérange pas ?

Il m'adresse un de ces sourires dévastateurs dont il a le secret et provoque comme chaque fois un remue-ménage peu catholique en moi. Mais, ça aussi, je refuse d'y réfléchir trop longtemps.

– Non, pas du tout, je… ne faisais rien. Rien du tout. Pas de choses honteusement ridicules ni potentiellement inavouables. Tu as déjà terminé ou il se passe quelque chose de grave ?

– Grave, non, déclare-t-il en entrant pour que je puisse fermer la porte et garder la chaleur entre mes murs. Mais j'ai décidé que j'avais besoin d'un blouson. Je n'ai pas envie de faire du shopping tout seul.

– Ah… Mais je ne peux pas… Enfin, Malo ne dort pas et…

– Justement. Je pense que ce petit ne serait pas contre une sortie. L'air frais, l'exercice, ça ne peut qu'être bon pour lui.

– Oui, enfin, il restera dans sa poussette, lui. L'exercice sera pour nous, ce qui en soi…

– Peu importe ! On y va ! Va te préparer, je m'occupe de Malo.

Et sans me demander mon avis, il se dirige vers mon fils confortablement installé, en body, à quelques pas du feu de cheminée et l'emporte à l'étage, suivi de près par Vésuve qui, lui aussi, l'a adopté.

17

Antoine

Nos pas crissent sur la neige recouvrant les trottoirs. La soirée s'installe doucement dans les rues de ce village ô combien typique et correspondant totalement à l'image que je me faisais des villages de montagne français. Pas ou peu de voitures dans la rue. Des devantures décorées pour accueillir Noël. Des lumières rouges et dorées scintillent de toute part. Des branches de sapin ornées de nœuds rouge et or parent les boiseries des échoppes que nous longeons.

Et les flocons. D'infimes particules de neige virevoltent au-dessus de nos têtes sans réussir à nous ensevelir réellement.

Une sorte de magie gagne peu à peu du terrain en moi, alors que nous descendons l'artère principale de cette petite ville que je ne veux déjà plus quitter. À côté de moi, Valentine reste silencieuse, sans doute gagnée elle aussi par le merveilleux de l'instant. J'observe du coin de l'œil son visage caressé par la brise légère de décembre qui balaie paisiblement la rue. Son teint frais, ses yeux étincelants sous les lueurs de Noël, ses cheveux flous dévalant ses épaules.

Et Malo... Au dernier moment, il a été décidé que le

porte-bébé serait plus adéquat que la poussette pour notre virée sous la neige. Pelotonné contre la poitrine maternelle généreuse, il découvre la vie, sans en manquer une miette.

J'ai tout à coup l'impression d'avoir atterri dans une toute nouvelle dimension. Il y a quelques semaines, seul au fond de mon bureau, oubliant ce qui m'entourait, me préparant à un Noël triste et sans saveur. Ce soir, déambulant à flanc de montagne en compagnie d'une collègue que je n'avais même pas pris le temps de considérer comme un être humain avant son accouchement.

Quelle erreur !

Elle est belle. Pulpeuse. Douce. Gentille et lumineuse, lorsqu'elle sort de son baby blues. Bandante, à n'en pas douter. Ses lèvres m'inspirent mille mots, mille images. Mille suppositions déplacées mais ô combien intéressantes. Le genre de femme sur laquelle je m'arrêterais si je la rencontrais à un moment opportun. Et d'ailleurs, je crois bien que je me suis arrêté sur elle. Ce qu'elle m'inspire me dépasse. Le reste du temps, entre le bébé, le boulot et ma place vis-à-vis d'elle, je refuse de me laisser aller à fantasmer plus que de raison. Mais mon corps, lui, s'en donne à cœur joie. Et une partie de ma mémoire également. Le fameux moment, cet instant imprévu qui a sans doute changé beaucoup de choses dans ma perception de cette femme, tourne en boucle dans mon crâne lorsque je me retrouve près d'elle. Ses lèvres qui ont trouvé les miennes. Son corps contre le mien. Ces quelques secondes durant lesquelles elle s'est amusée à balayer ce que je m'efforce de construire depuis que je suis entré dans la vie professionnelle, à savoir une distance savamment étudiée que j'impose entre mes collaborateurs et moi. La chaleur de ses mains sur moi, son regard déstabilisant, sa fragilité et sa force… Tout ça ne se trouve jamais très loin et revient toujours au mauvais moment, forcément ! Et je n'y peux pas grand-chose. Ce combat interne, je m'y emploie quotidiennement, mais encore plus ce soir. Je repousse pour la énième fois depuis huit jours tout ce qui commence à grandir en moi lorsque je perds mon regard sur elle.

Collègue. C'est tout ce qu'il y a réellement à noter.

Pourtant, Valentine Bertot n'a plus une tronche de graphique financier, et depuis longtemps.

Mon regard s'attarde une nouvelle fois sur sa poitrine et j'en viens à jalouser ce gosse qui ne mesure pas sa chance. Il soupire lourdement avant de laisser tomber ses paupières. Machinalement, j'oublie que je ne devrais même pas me trouver dans sa vie, tends le bras vers lui et caresse sa joue fraîche. Mon petit doigt frôlant innocemment les reliefs proéminents de sa mère que sa doudoune fine n'arrive pas à cacher.

Il serait tellement simple de...

Mû par une volonté que j'ai du mal à trouver, je retire vivement ma main de cet espace dans lequel je n'ai rien à faire, la fourre dans ma poche et reprends mon observation des lieux.

– Je n'avais aucune idée de l'existence de cette ville, murmuré-je alors que nous arrivons sur une petite place au centre de laquelle trône un sapin d'une taille démesurée, orné d'une multitude d'étoiles scintillantes.

– Eh ! plaisante-t-elle en m'offrant un sourire détendu. Ici, nous protégeons nos petits trésors et laissons les grandes villes inintéressantes aux touristes !

– Touriste...

J'ai pourtant l'impression, pour la première fois depuis mon arrivée en France, d'avoir trouvé ma place. Jusqu'à présent, tout me paraissait étranger, hostile et impersonnel. Empli de solitude et de désillusions. Alors qu'à l'instant, tout prend un sens.

La seule question, c'est lequel ?

– Et donc, pourquoi me faire découvrir ce village ? Je reste l'Américain envahisseur, non ?

Elle ralentit ses pas, passe une main dans le dos de son fils et pose ses yeux dans les miens. J'attends la suite, le cœur battant plus vite et plus fort que nécessaire. Comme si j'attendais des mots qui me lieraient à cet instant si particulier. Une sorte d'acceptation, ou d'invitation. Une espérance que je n'arrive pas à traduire moi-même. Comme s'il me manquait quelque chose qu'elle pouvait me donner, là, à l'instant. Un truc qui me délivrerait de je ne sais quoi.

– Tu voulais un blouson. Ici, tu pourras trouver ce que tu souhaites, je pense. Et la place commerciale chez nous est sans doute en plein chambardement. Le marché de Noël se prépare là-bas aussi. Pas vraiment calme pour Malo.

Pas la réponse escomptée. Nous reprenons notre marche, mon cœur absolument pas rassasié et presque déçu.

– Un marché de Noël dans notre ville ?

C'est étonnant, je ne vois pas l'once de cette ambiance là-bas. Elle hausse les épaules alors qu'un attroupement semble se former à quelques mètres de nous.

– Oh, regarde ! s'exclame-t-elle en m'entraînant vers le cœur de la place. Ou plutôt, écoute ! Ils préparent les chants pour la manifestation de Noël !

Elle m'entraîne jusqu'à un petit groupe de personnes de tous âges, le nez plongé dans des documents, entamant un chant classique de la saison sous la direction d'une femme d'un certain âge emmitouflée dans une cape rouge à bordures de moumoute blanche.

– Tellement cliché ! m'amusé-je en souriant comme un gosse.

Les voix s'élèvent, inégales mais féeriques, contant « La

belle nuit de Noël ». Un chant que nous fredonnait ma mère lorsque nous préparions la maison pour les fêtes, quand j'étais môme.

La mélodie douce et presque magique fait naître une sorte de mélancolie quelque part en moi. Je me souviens de mon frère, de ma sœur. De mes parents et de mes proches. La décoration du sapin. Peut-être que cette scène s'est produite sans moi déjà, cette année. Les rires et les moments où nous mettions nos soucis de côté pour laisser la place à la joie simple d'un moment unique dans notre maison.

Mais là-bas, aussi merveilleux que ces instants pouvaient être, il manquait…

– La neige !

Les flocons se sont épaissis. Le froid réveillé, plus incisif et cinglant. La nuit commence à s'imposer sur le blanc du ciel.

La chorale en face de nous termine son couplet et entame un chant que je connais mieux, en anglais : *« I'm dreaming of a white Christmas*[1]*»* (Je rêve d'un Noël en blanc).

Valentine me jette un regard amusé alors que je lève le visage pour recueillir les larmes des nuages sur ma peau.

– Tu vas bien ?

Elle me rappelle à notre moment présent. Je l'observe, le cœur un peu en berne, mais trouve un sourire à lui offrir quelque part en moi.

– Je n'ai jamais fêté Noël sous la neige. Savannah n'a pas un climat propice pour cela. Habituellement, nous prenons l'apéro du réveillon en terrasse. Ma sœur adorerait voir ça.

Je l'imagine trépigner dans son pull moche traditionnel en nous exhortant de nous lancer dans un concours de bonhomme de neige.

---

1. Parolier : Irving Berlin. Paroles de « White Christmas » © Universal Music Publishing Group, Concord Music Publishing LLC.

Merde, me voilà rendu à une sorte de nostalgie stupide.

Valentine passe son bras sous le mien d'un air attendri.

– La boutique que je voulais te montrer se trouve juste là. Je crois que Malo va commencer à s'impatienter si nous nous attardons.

***

– Non, Valentine.

Non, sérieusement, non !

– Je suis franchement désolée, Antoine, mais si tu veux rester dans l'esprit de Noël, il faut obligatoirement passer par cette étape. Ce serait quand même dommage de ne pas découvrir les fêtes de fin d'année « à la française » comme il se doit.

Valentine sort Malo de son cosy alors que je referme la porte derrière nous avant de pendre mon manteau à une patère de l'entrée.

– Je ne suis pas réellement certain de vouloir tout savoir sur vos habitudes, finalement.

Elle m'offre un regard goguenard en caressant le crâne de Babyboy.

– Aurais-tu peur d'aimer ça ?

Je plisse les yeux en sondant les siens.

– C'est un défi ?

– Simplement une supposition… Je ne pensais pas qu'un homme comme toi tremblerait devant une si simple activité…

Elle me cherche, c'est une évidence. Très bien, alors allons-y.

– Je dirais plutôt une activité dangereuse.

– Pas du tout ! Sensuelle et romantique !

– Déplacée !

– Parfaitement dans le thème. Ça réchauffe, sous la neige.

– Pas devant un bébé, il risquerait d'être choqué à vie ! Non, mais sérieusement ! Un feu de cheminée, c'est moins… mal placé.

– Tu as peur d'aimer ça, avoue…

– Pas du tout. C'est toi qui vas sans doute tomber amoureuse… C'est même déjà fait, je suppose.

Elle se mord la lèvre sans trouver quoi rétorquer. Il semblerait que je gagne cette bataille venue d'on ne sait où.

– Eh bien… reprend-elle, l'air triomphant. Disons que je suis chez moi, et possible que j'ai envie de mourir d'amour le temps d'une soirée sur un acteur de seconde zone jouant dans un téléfilm guimauve. Je pense que ça ferait du bien à mon baby blues. Adjugé, vendu ! Soirée romance de Noël. Mais comme je suis bonne joueuse, je te laisse le choix du menu. Dans la malle, derrière toi.

Je jette un coup d'œil au coin de la pièce qu'elle désigne, absolument pas d'accord pour une soirée devant des conneries pareilles.

Cependant, lorsque je m'apprête à rétorquer un truc, elle tourne les talons et s'enfuit dans la cuisine pour nourrir son fils.

Je crois qu'elle gagne.

Dépité, je m'agenouille devant le coffre aux horreurs pour trouver « le moins pire » des DVD qui s'amoncellent sous mes yeux.

Si ça lui fait plaisir, après tout. Je suis là pour ça.

Je suis surtout très, très faible. Et très intéressé par l'idée de me retrouver sur un canapé juste à côté d'elle, peut-être sous un plaid, peut-être dans la pénombre, peut-être devant un feu de cheminée. J'aurai largement autre chose à faire que de regarder ce foutu téléfilm à la con.

Pourtant, lorsqu'après avoir nourri et couché Malo qui s'est endormi sur son biberon, elle s'installe dans le canapé, un fond de bienséance me pousse à me comporter correctement et à m'asseoir à ma place, contre un accoudoir, tandis qu'elle s'installe auprès de l'autre.

Le générique totalement cucul est à peine amorcé sur l'écran que je regrette mon choix d'avoir laissé presque cinquante centimètres entre nous. Mes doigts me démangent d'aller la chercher pour l'attirer contre moi, nous enrouler davantage dans le plaid et nous laisser couler dans cette douce tentation. Mais je n'en fais rien. Beaucoup trop conscient de sa présence à proximité, je me concentre avec dépit sur les images à l'écran en détendant mes muscles.

Pot à crayons, Antoine. Pense pot à crayons. Valentine et sa tronche de pot à crayons.

18

Valentine

Des coups à la porte me sortent d'un sommeil étrange. Quelques rayons d'un soleil pâle d'hiver ont envahi mon salon. Ma nuque m'informe que ma posture de cette nuit a dû laisser à désirer. Tout comme ma position actuelle, coincée entre le dossier du canapé, les pieds dans le vide, pendant depuis l'accoudoir.

Ma main se pose sur Antoine…

Attends une minute!

Je me redresse vivement alors que l'on cogne une nouvelle fois à la porte. Enfin, je me redresse autant que je le peux, étant donné que son bras enroulé à mes hanches me contraint dans mes gestes et que, de toute manière, je suis prise en tenailles entre Antoine et le canapé.

Mode sardines activé.

Ah, qu'est-ce qu'on est serrés, au fond de cette boîte, chantent les sardines…[1]

La chanson préférée de ma mère.

---

1. Je n'ai pas trouvé le parolier, mais je suppose qu'il s'agit de Patrick lui-même. Bon sang ne saurait mentir!

(Merci, Patrick Sébastien, pour la référence et l'air insupportable qui va me coller à la tête au moins la journée entière, si ce n'est jusqu'à la fin de l'année.)

Bref, ce n'est absolument pas le sujet.

Troisième appel sur ma porte. Je suppose qu'il s'agit du facteur et de ses calendriers p'tits chats. Ce type aime venir quémander son dû de bonne heure. Parce que logiquement à cette heure, enfin, à l'heure que je suppose qu'il est, je n'ai pas de temps à lui accorder, lui demande de choisir pendant que je chope le premier billet venu dans mon sac. Il me refourgue ses trucs les plus moches et repart souvent avec vingt euros. Tout bénéf !

Maman m'a toujours dit que le calendrier de La Poste, c'était la vie ! Elle-même y note tous les anniversaires, les rendez-vous, les événements importants et j'en passe. Cela dit, avec huit enfants et presque autant de gendres et belles-filles, les cousins, les tantes… y a du boulot pour se souvenir de toutes les dates cruciales. Elle est devenue, grâce à son infaillible sérieux en tenue de calendrier, la pierre angulaire des événements familiaux. Une véritable référence. Un exemple. Alors tous les ans, comme elle, je prends en me promettant de faire de même. J'accepte aussi ceux des éboueurs, des pompiers, des flics, de l'école maternelle du coin et parfois celui de l'association des vétérans. Question de principe. Je les accroche tous à la file indienne dans ma buanderie, sans rien noter dedans, bien entendu. Je cherche encore ma propre technique. Je crois d'ailleurs que tous les revendeurs de calendriers de la région se sont donné le mot : ils viennent tous, de plus en plus nombreux chaque année.

Passons.

Normalement, je devrais me dégager de cette position fâcheuse, mais… Antoine. Contre moi. Ma main sur son torse à peine recouvert d'un tee-shirt près du corps noir. Sa hanche contre la mienne. Sa main, même, sur ma hanche. Sa grande main, belle et immense. La chaleur qu'elle dégage. Et ce torse qui monte et descend lentement, son visage endormi, presque innocemment. La jeune barbe qui s'en prend à son visage. Ses paupières closes.

Pas de doute, j'ai un problème de taille avec la collaboration franco-américaine en cours dans ce chalet. Je hume son odeur comme une affamée, pendant qu'il n'est pas là (mentalement parlant, j'entends) pour s'en apercevoir. Cette odeur qu'il laisse derrière lui sans le réaliser. Sur mon plaid, mes coussins, dans ma cuisine et même sur mon fils. Une fragrance envoûtante et addictive.

Quatrième appel au niveau de la porte.

J'ai envie de hurler que « y a personne », remonter le plaid sur nous et simuler un sommeil profond jusqu'à son propre réveil.

Machinalement, je caresse son abdomen ferme. J'aimerais tellement soulever ce tee-shirt pour apercevoir une nouvelle fois cette petite ligne velue. Je l'imagine sous le tissu. Peut-être même la frôler, juste pour m'assurer qu'elle existe bien. Juste pour être certaine que je n'ai pas rêvé et que je fantasme bien honteusement sur une réalité absolue. Après tout, je ne l'ai aperçue que deux fois, mais il ne faisait pas totalement jour, alors bon…

La personne derrière ma porte va bientôt la défoncer, je le sens. Le coup qui retentit fait sursauter Vésuve que je n'avais même pas remarqué, allongé peinard sur un fauteuil devant moi.

Antoine ouvre les yeux et, comme moi il y a quelques minutes, met un temps pour prendre la mesure de la situation. Son regard embrumé passe sur moi, descend jusqu'à ma main, odieusement posée là où elle ne devrait pas l'être.

– Bon, je crois que je vais aller ouvrir ! déclaré-je en fuyant ce canapé, cuisante de honte. Voilà, voilà !

Je traverse l'espace qui me sépare de mon hall en replaçant rapidement mes vêtements, mon chignon, ou en tout cas ce qu'il en reste, et arrive enfin devant cette satanée porte briseuse de rêves.

J'ouvre en préparant ma tête des mauvais jours pour écourter le moment mais…

– COUCOU ! C'est nous !

Ma mère ! Mon père ! Tous les deux, les bras chargés de colis.

Je leur referme la porte au nez dans un mouvement fluide et rapide.

C'est pas possible. À ce moment précis, les faits se listent tout seuls dans ma tête :

1) Ma mère est là !

2) Antoine est avachi dans mon salon, puant la sexytude à dix kilomètres.

3) Ma mère ! Juste là, derrière ma porte !

4) Je n'ai toujours pas démenti le fait qu'Antoine était le père de Malo.

5) Ma mère ! Qui hurle d'ailleurs comme une poissonnière depuis mon perron pour que j'ouvre à nouveau.

6) Malo dort depuis… Hier soir ! Ça, c'est tout simplement incroyable. Le grand air l'a liquidé ! Antoine a trouvé la solution.

7) Ma mère, bordel de merde de chiotte d'année pourrie !

– Que se passe-t-il ? Un problème ?

Antoine arrive derrière moi, et rien que sa voix, encore endormie, me fait vibrer dans tous les sens.

– Valentine ! On sait que c'est toi ! Ouvre ou je défonce la porte. Enfin, pas moi, ton père !

– Tes parents ?

Le visage d'Antoine se tend instantanément. Quelque chose entre l'angoisse et le dépit. L'effet habituel que ma mère produit sur toute personne normalement constituée.

– Gérard, donne-moi les boîtes et ouvre cette porte !

– Bon, décide mon boss en se reprenant, il serait sans doute judicieux de les laisser entrer, non ?

– Certainement pas ! réfuté-je, horrifiée. On peut peut-être s'enfuir par la porte de l'arrière-cuisine.

– Valentine ? Dernier avertissement ! Papa va entrer !

Antoine me jette un regard amusé.

– Non, mais, sérieusement, insisté-je face à sa demande muette, ce n'est franchement pas une bonne idée…

Ils ne savent même pas que tu n'es pas le père…

Je réalise toutefois que cette situation est ridicule. Que va-t-il penser de moi ? Je refuse d'apparaître aussi timbrée qu'*elle* aux yeux de mon patron sexy. Surtout que cette histoire pourrait me coûter une porte.

Je tourne donc la poignée pour libérer le passage et me retrouve face à mon père en train de retirer son blouson.

– Ma porte s'ouvre des deux côtés, il suffisait de tourner la poignée ! soupiré-je en m'écartant pour les laisser passer. Que nous vaut le plaisir ?

Ma mère embrasse ma joue avant de pénétrer chez moi, suivie du patriarche de la famille.

– Oh, mais Antoine ! Mélinda raconte n'importe quoi, elle a certifié que le papa n'était pas là ! Nous sommes ravis de vous voir ici ! Je pensais que vous seriez en déplacement puisque Mélinda a dit à sa mère qui l'a dit à sa sœur qui me l'a rapporté que tu sombrais dans une dépression post-partum inquiétante, Valentine. Et comme personne ne répond jamais à ce fichu téléphone !

On pensera à remercier Mélinda, au passage.

– Je vous demande pardon ? s'étrangle Antoine, resté bloqué sur sa première phrase. Le papa ?

Il me jette un regard noir. Mon ventre se serre violemment. Je me momifie sur place.

Oui, Antoine, je sais, je suis une vilaine fille, je n'ai pas jugé utile d'effectuer l'effroyable révélation depuis ma sortie de la clinique... J'avais promis, oui. Je suis minable. Toujours OK avec ça.

Mon père m'embrasse. Ils me parlent, tentent vainement de communiquer, mais je bugge, dans l'attente de la suite. Je prie intérieurement pour que mon boss, dans son incroyable clémence, continue à jouer le jeu. Chose qu'il n'a absolument pas à faire. Moi, à sa place, j'enfilerais mes chaussures, mon manteau et je me rendrais directement au bureau pour rédiger un avenant de fin de contrat à mon intention.

Mon père lui serre vigoureusement la main tandis qu'il semble toujours hésitant sur la conduite à adopter.

– Ravi de vous trouver ici, Antoine. J'espère que nous aurons l'occasion de faire connaissance pendant ces deux jours.

– Quoi? m'étranglé-je tandis que le pseudo-papa semble pétrifié, incapable de bouger. Deux jours? Et pourquoi pas deux mois?

Ma mère m'adresse un regard empli de reproches.

– Nous venons de parcourir presque trois cents kilomètres! Nous dormons ici cette nuit, ton père n'est plus tout jeune, je te ferai remarquer, et si tu ne voulais pas nous voir, il te suffisait de répondre à nos appels! Je te rappelle que Malo est mon petit-fils, j'ai quand même mérité un tant soit peu de considération, non? Où est-il d'ailleurs, le petit ange?

– Dans... dans sa chambre.

Pourquoi ai-je décidé le blocus total de mon portable, moi, déjà? Ah oui. J'avais envie de l'exploser contre un mur dès qu'il se manifestait.

Ma mère se pare d'un sourire réjoui et me demande

muettement si elle peut monter alors qu'Antoine semble enfin sortir de sa transe.

– Valentine, il faut absolument que nous ayons une petite discussion ! déclare-t-il en attrapant mon coude d'un geste autoritaire. Tout de suite !

– Oui, oui ! Bon, maman, tout le monde, vous pouvez aller réveiller Malo et le changer aussi, c'est l'heure de son biberon.

– Oh ! Génial ! Qui c'est qui va donner son bib's à ti bouchon chouchou ? C'est maminette…

Je n'ai pas l'occasion d'entendre mon père se foutre d'elle proprement, car Antoine m'entraîne déjà vers l'arrière-cuisine, Vésuve sur nos talons. Je vais en prendre pour mon grade, c'est certain. Et mérité. Mais bon, je suis sympa dans le fond, j'espère qu'il garde bien ce point en considération.

19

Antoine

Je referme la porte derrière Valentine en m'exhortant au calme.

– Est-ce que tu peux m'expliquer pourquoi cet homme, qui porte un sweater sur lequel est inscrit « Papy sans frontières » vient de m'appeler « papa »?

– Rectification, croit-elle malin de préciser, c'est ma mère qui t'a appelé « papa ». Mon père n'a rien à voir dans l'histoire.

– J'en ai rien à foutre de qui a dit quoi! tonné-je en la toisant d'un regard noir. Valentine, je pensais que tu leur avais expliqué la méprise concernant ce point!

Elle se mord la lèvre, dans une mimique adorable et enfantine avant de soupirer en relâchant ses épaules.

– Je te jure que c'était mon attention, mais... Enfin, je n'ai pas trouvé le courage jusqu'à présent et ça ne me paraissait pas primordial!

– Pas primordial? éructé-je, au bord de l'implosion. Mais je ne suis pas le père de Malo!

– Oui, ça, je suis au courant, oui! souffle-t-elle en levant les yeux au ciel.

– Visiblement, ce n'est pas si clair que ça !

Je pivote sur moi-même pour arpenter la pièce et tenter de me calmer.

– Je n'ai pas d'enfant, Valentine. Et pour une bonne raison ! Je n'en veux pas !

En réalité, je ne me suis jamais posé la question, mais pour le moment, non, je ne me vois pas dans le rôle. Enfin, d'ailleurs, je ne devrais même pas me poser ce genre de question ! Elle va me rendre barge avec ses plans débiles !

– Eh ben, c'est bien imité alors ! Tu agis avec Malo comme si tu avais fait ça toute ta vie !

Son regard se trouble légèrement, comme si je venais de la blesser.

– Non, mais oui, mais... J'aime beaucoup Malo, ce n'est pas le problème, mais...

Bon, bref, je n'ai rien à ajouter. Aucune raison ou explication à donner. Malo est tombé là, elle avait besoin d'un coup de main et le gosse est craquant.

– Et d'ailleurs, ce n'est pas le sujet, de base ! me reprends-je en croisant les bras sur ma poitrine, les yeux rivés sur elle, en mode patron court d'esprit. Je ne suis pas son père, point barre. Tu vas rectifier la situation immédiatement !

– Oui, bien entendu. Tout de suite.

Elle pivote, ouvre la porte, s'immobilise un instant, puis la referme.

– J'ai droit à quelques minutes ou vraiment tout de suite ?

– Tout de suite !

– S'il te plaît, supplie-t-elle, je n'ai pas encore bu mon premier café, ni pris ma douche. Je vais annoncer ça n'importe comment et ensuite, il faudra que je pare aux inquiétudes de ma mère.

Je ne sais pas pourquoi je prends la peine d'écouter et de prendre en compte son réquisitoire. Je n'en ai aucune espèce d'idée. Pourtant, je pèse le pour et le contre. Me laisse attendrir par son regard désespéré. Et je me souviens de la tornade qu'elle nomme maman. Et du choc qu'aurait ma mère si on lui apprenait un truc pareil. Et pour parfaire le tout, mes yeux se posent sur la poitrine de Valentine.

De plus, j'ai besoin d'elle, nous n'avons pas avancé sur le dossier Spencer. Si je ne me montre pas un peu coulant, alors elle pourrait ne pas l'être non plus et m'envoyer proprement chier. Ce qui n'arrangerait pas mes affaires et, comme je me suis mis en retard sur à peu près tous mes autres dossiers en cours en venant ici tous les soirs, me planter sur Spencer passerait très mal au niveau de mon ego.

– D'accord. Je pars. Arrange-toi comme tu veux, mais mets un terme à cette supercherie !

– Mais comment vais-je expliquer que tu pars, alors que tu es censé être le père ? pleurniche-t-elle en tentant une nouvelle fois de m'attendrir.

Mais ça ne fonctionne pas.

– Une parfaite occasion de leur avouer la vérité ! déclaré-je en la contournant pour sortir de cette pièce.

Si je reste, elle va m'avoir. C'est une certitude. Je me sens déjà légèrement vacillant dans ma détermination. Une petite voix au fond de moi m'explique qu'après tout, ce n'est pas mon problème, que simuler le rôle de père vis-à-vis de Malo servira Valentine, ne me coûtera rien et n'aura aucune incidence sur ma propre existence.

Et, surtout, ces seins… Lorsqu'elle dormait contre moi, je les ai sentis puissance dix. Je crois même que mes mains sont passées dans leur périmètre, malencontreusement, quelques fois. Mais je dormais, alors… Tout reste hypothétique, aucunement vérifiable.

Satané problème de passion irraisonnée pour cette partie

de l'anatomie féminine. Surtout la sienne ! Merci Edgar de l'avoir souligné, je focalise, à présent.

Lorsque nous rejoignons la cuisine, Christine est en place, assise sur une chaise, Malo dans les bras. Les yeux de la grand-mère scintillent de fierté et de bonheur. Gérard, lui, reste en retrait, plus observateur que sa femme. Il inspecte et semble perplexe. Quant à la jeune maman qui me suit, elle me contourne nerveusement et prend clairement la poudre d'escampette vers le hall.

– Super ! Il mange ! ricane-t-elle maladroitement. Euh... Je vais préparer son bain et ses affaires, comme ça tout sera prêt, hein ? Voilà, voilà ! J'y vais.

Valentine disparaît, ou plutôt s'enfuit presque de la pièce sans me jeter un œil.

Ben voyons.

Je reste calme.

– Oh, regarde comme il est mignon, Gérard, murmure la grand-mère en posant le biberon vide sur la table devant elle. Vous savez, Antoine, nous nous faisions du souci pour notre fille aînée. C'est vrai, elle n'a jamais suivi les chemins logiques et s'est souvent compliqué la vie. Pour ses études, elle a choisi Paris, loin de son Auvergne natale. Puis, une fois qu'elle a eu son diplôme, elle a choisi de repartir là-bas. Seule. Pour finalement venir s'enterrer ici, loin de nous et de ses amies, encore une fois. Vous savez, pour une mère, c'est stressant de voir ses enfants partir. Même si j'ai confiance en ma fille et en son jugement, je ne cacherai pas que je suis soulagée de constater que cet enfant part avec beaucoup de stabilité autour de lui. Vous semblez extrêmement sérieux et bon. J'en suis heureuse.

Elle ponctue son petit discours en m'adressant un sourire mignon et sincère.

– Bienvenue dans la famille, Antoine.

Eh merde ! Comment fait cette femme pour arriver comme une folle furieuse et agacer tout le monde comme pas permis, puis me faire regretter quelques minutes après d'être un connard sans cœur ?

– Le bain de *baby* Malo est presque près, il ne manque plus que lui ! déclare Valentine en revenant dans la cuisine, l'air décidé. Bon, alors ! Papa, maman, il faut que je vous annonce quelque chose.

Mais non, pas maintenant ! Très mauvais timing, Valentine !

Cela dit, j'ai l'impression que les mauvais timings sont le mot d'ordre de ma vie depuis quelques semaines. Je ne suis plus à ça près. Et je suis faible. Très faible envers cette famille qui finalement me plaît. Ce qui m'agace encore plus.

J'attrape ma pseudo-compagne par la taille et l'attire à moi fermement.

– Non, je crois que ce n'est pas le moment ! glissé-je à son oreille avant de lui embrasser la joue. On va attendre… quinze ou vingt minutes. Ou alors, attends que je m'éclipse !

Elle hoche la tête, ses yeux clairs m'envoyant toute sa gratitude. Mais je suis déjà passé à autre chose. Son corps contre le mien me semble trop parfaitement à sa place. Sa main qui s'est posée machinalement sur la mienne me donne envie de ne pas m'écarter. Et le regard guimauve que Christine jette sur nous me perturbe. Valentine ne semble pas plus assurée que moi, d'ailleurs. Pourtant, c'est elle qui s'échappe de mes bras pour reprendre la suite de l'histoire.

– Bon, il semble bien réveillé. Alors on va passer au bain. Mais tu sais, maman, Annie m'a bien dit que normalement, on prend le bain avant le lait. Ça évite de provoquer des vomissements lorsqu'on le bouge de trop.

– Il avait atrocement faim, se récrie Christine en se levant pour se rendre vers l'escalier, précédée de sa fille.

C'est LE moment pour moi de laisser Valentine se débrouiller avec ses mensonges et cette situation.

– Christine, je vous dis au revoir, je rentre chez moi.

La grand-mère s'arrête pour se tourner vers moi, l'air perplexe.

– Vous n'habitez pas dans cette maison?

Euh...

– Euh...

Je jette un regard à ma pseudo-fiancée qui, elle, semble incroyablement intéressée par le mur du fond de sa cuisine. Donc, je suppose que je dois me démerder tout seul.

Je ronge mon frein, prêt à oublier mes gentilles résolutions d'il y a à peine cinq minutes.

Antoine, pense Spencer.

– Je... je viens d'acquérir mon appartement et nous hésitons sur lequel des deux logements garder. Et puis, je travaille le week-end, j'ai besoin de calme. Surtout en ce moment. Et je reçois du monde. Beaucoup de monde. Ce que nous avons jugé perturbant pour un bébé. Nous préférons rester dans cette configuration jusqu'à ce que mes affaires se calment un peu, que mon père rentre, aussi. J'ai dû reprendre ses dossiers au pied levé, voyez-vous?

J'espère qu'elle voit très bien parce que je n'ai rien d'autre à lui servir. Déjà qu'il me semble que je m'enfonce plus que je n'arrange l'histoire avec mes conneries.

Valentine me glisse un sourire désolé mais je suis actuellement trop furax pour lui répondre quoi que ce soit d'engageant.

– Vous resterez bien pour le petit déjeuner? me propose son père, visiblement heureux de pouvoir me connaître un peu mieux. Nous avons apporté des croissants et des pains au chocolat pour quinze, au bas mot.

Je déteste Valentine Bertot et les situations qu'elle m'impose.

– Et tant qu'on y est, si on se tutoyait ? soupiré-je en me rendant à la machine à café. Boisson chaude, Gérard ?

– Avec plaisir ! Café au lait, s'il te plaît, Antoine.

Les femmes haussent les épaules, je jette un regard noir à la maîtresse de maison avant qu'elles s'éclipsent par l'escalier.

Trente minutes ! Je leur donne trente minutes et ensuite je rentre chez moi. Elle se débrouillera avec ses parents, qui ne sont pas les miens et à qui je ne dois absolument rien.

***

– Un autre café, Antoine ?

Deux heures plus tard, nous stagnons toujours dans la cuisine. J'ai envie de me laver, de changer de fringues et de me vautrer dans mon salon, seul. Notre nuit, à deux sur un canapé, n'a pas occasionné que des pelotages de poitrine intempestifs. Mon dos me tire et ma nuque ne supporte plus certains angles.

Heureusement, j'ai quand même réussi à aller me laver les dents et à me passer un peu d'eau sur le corps. En prétextant un besoin urgent.

J'en ai marre, clairement. De plus, ces gens sont gentils et je n'aime pas leur mentir. Et me voilà encore en face-à-face, pendant que Valentine a une nouvelle fois disparu, pour prendre une douche, soi-disant. Je la soupçonne de ne rien assumer du tout et de penser que moi, je gère grave ses conneries. Elle se trompe, je n'ai aucune envie de prendre le contrôle de la situation. D'ailleurs, je ne le peux pas, car si je l'ouvre, je balance la totale et je résous le problème. Et je me mets ma collaboratrice sexy à dos.

Pas un très bon plan.

– Allons-y pour un troisième.

Ou peut-être quatrième. Je ne compte plus vraiment.

Christine s'empresse de me servir tandis que je fais le vide en moi. J'ai réussi à mettre en route la musique et Gary Moore joue depuis le salon « I love you more than you'll ever know ». Mon petit moyen à moi de me détendre.

– Dites, mon petit Antoine, je peux vous poser une question? me demande la mère de Valentine en se rasseyant en face de moi. Si j'en parle à Valentine, elle va encore se mettre à hurler.

– Dites toujours?

Qu'est-ce qu'elle va encore me sortir?

– En ce qui concerne… commence-t-elle, embarrassée, au niveau physionomique… Tout va bien?

Je manque d'avaler mon café de travers. Sérieusement?

– Je vous demande pardon?

– Oui, je m'inquiète parce qu'elle était faible, voyez-vous? Et même encore ce matin, ses joues me semblent creuses et ses yeux un peu cernés. Elle a déjà accouché en avance et ne produisait pas suffisamment de lait, alors… Qu'en est-il, exactement? Vous ne la fatiguez pas trop, n'est-ce pas? Je veux dire… dans l'intimité…

Je l'inspecte longuement, en tentant de déceler si elle se fout de ma gueule ou non. Mais elle semble sérieuse et convaincue par la normalité de sa question.

Cette fois, c'est trop!

– Veuillez m'excuser un moment.

Je me lève, grimpe à l'étage quatre à quatre et rejoins la chambre de ma fiancée qui va devoir se bouger le cul parce que je craque.

– Valentine! grogné-je en claquant la porte derrière moi. Tu… Pourquoi t'es pas dans ta salle de bains?!

Elle se trouve plantée là, au milieu de sa chambre, nue, totalement nue, du genre, des pieds à la tête, gouttant sur son plancher ou ses tapis, je ne détaille pas. Ma queue se dresse instantanément comme le bon soldat qu'elle est et moi, je n'en loupe pas une miette. En blocage complet devant son corps parfait, et surtout, enfin, devant ses seins érigés, lourds et magnifiques. Ceux sur lesquels je m'imagine tout un tas de possibilités, de formes et de couleurs.

– Antoine ! s'offusque-t-elle en se précipitant sur son lit pour récupérer la serviette. Qu'est-ce que tu fous là ?

Ses joues adoptent une couleur vermillon tandis qu'elle enroule autour d'elle le drap de bain.

– Tu pourrais fermer !

– Je suis chez moi ! rétorque-t-elle. Je cherchais mes affaires de la journée. Bon, bref.

Elle tente de reprendre ses esprits et sa fierté, et je fais de même. Mais c'est peine perdue. Mon attention se pose sans honte sur son décolleté dans lequel elle a coincé le nœud qui retient sa foutue serviette. La bouche asséchée, je tente de me souvenir de la raison de mon intrusion dans son espace personnel.

Ah oui !

– Ta mère me demande si tu es gynécologiquement remise de ton accouchement. Et si je ne te baise pas trop fort. Je réponds quoi ?

Elle blêmit. Je soupire.

Je veux rentrer chez moi.

20

Valentine

Je crois que cette fois, le mot « exaspéré » n'est plus assez fort pour décrire l'état d'Antoine. Il est presque dix-sept heures et il se trouve encore avec nous. Nous sommes sortis pour promener Malo. C'est mon père qui le porte alors que nous suivons un petit chemin peu emprunté et encore fortement enneigé pour nous rendre chez mon voisin qui vend quelques sapins tous les ans, pour les gens du coin.

Le visage de papa m'émeut plus que de raison. La fierté avec laquelle il porte mon fils contre son ventre, ses deux mains posées sur son dos pour le maintenir au cas où… Il a toujours été un père extraordinaire. J'en suis encore plus consciente que ses autres enfants. Nous échangeons un regard et j'espère faire passer dans le mien tout l'amour que je ressens pour lui. Tout ce qui nous unit de manière si particulière.

Antoine se racle la gorge à mes côtés, les mains dans les poches, le regard porté au loin, sur la ferme que nous tentons de rejoindre à travers la forêt.

– Je dois admettre que c'est joli.

Il m'a avoué que la neige à Noël est pour lui une première,

et je peux comprendre que cela a de quoi émerveiller, même dans la situation si particulière dans laquelle nous nous trouvons. Je dois reconnaître qu'il a réellement bon caractère car, à aucun moment, il n'a bronché. Certes, il a tenté de m'assassiner du regard une bonne douzaine de fois, mais il n'a pas trahi mon secret.

Sans exagérer, je pense que je peux dire adieu à mon poste chez Bestcom. Je n'arrive pas à cracher le morceau à mes parents. Je pense connaître leur réaction lorsque je me résoudrai enfin à tout dire, et je ne veux pas voir cette lueur dans les iris de ma mère. Celle qui me fera me sentir plus nulle que nulle. Celle qui me fera comprendre qu'elle s'en veut pour tout ça. Alors qu'elle n'y est pour rien.

Depuis leur arrivée, chaque fois que j'arrive à mettre mes appréhensions de côté et tente de me lancer, il se passe un truc qui m'oblige à repousser. C'est pour ça que nous sommes là, à présent devant la ferme de mon voisin, prêts à choisir un arbre de Noël pour le réveillon.

Ma mère m'attrape par le bras alors que nous entrons dans la cour remplie de sapins et déneigée partiellement.

– Il y a un problème, Valentine ? murmure-t-elle en m'écartant de notre petite troupe.

– Pourquoi crois-tu une chose pareille ?

D'après toi, Val ? Antoine serait plus souriant à un enterrement !

– Vous… Un couple se touche, lorsque tout va bien, ma fille. Or, vous ne vous êtes presque pas frôlés depuis notre arrivée. Même pas parlé.

Je hausse les épaules d'un air faussement détaché alors que nous suivons mon père sous l'arche réservée aux clients. Ce serait le parfait moment, non ? Mais l'endroit n'est pas propice non plus aux grandes révélations ! Pas du tout, même.

– Tu sais, il y a des hauts et des bas dans un couple, maman.

Malo commence à peine à dormir la nuit et Antoine travaille beaucoup. Nous sommes simplement épuisés.

Dis-lui, Valentine! Tu n'auras pas de meilleure occasion!

– Ma petite chérie, reprend ma mère, toute son affection inscrite sur son visage, je l'aime bien, cet homme.

La culpabilité de lui mentir, à elle comme à tous les autres, commence franchement à me dévorer de l'intérieur.

– Maman, il faut que je te dise un truc important…

– Et tu le regardes avec un air qui ne me trompe pas. Fais attention à lui.

Je rougis malgré moi en oubliant pour la énième fois ma tentative de tout avouer. Si mon regard trahit l'attirance de plus en plus forte que je ressens pour lui, alors je suis fichue. Parce que même si toute cette journée s'apparente à une gigantesque farce, une chose n'est pas feinte chez moi. J'aime qu'Antoine occupe ma maison. J'aime l'avoir près de moi. J'aime l'idée de me retrouver en couple avec lui. J'aime tout ça et bien plus. Et c'est très mauvais signe.

– Pas de « mais », Valentine, me sermonne ma mère. Un homme, ça se choie. Et celui-là en particulier! Attends!

Elle s'écarte de moi pour se diriger vers l'objet de notre discussion, sans me laisser le temps de rétorquer.

– Oh! Antoine, attendez!

Au milieu des sapins, mon pseudo-petit ami s'immobilise en se tournant vers nous, pendant que mon père discute déjà avec le bûcheron. Ma mère m'entraîne jusqu'à lui, un sourire machiavélique étirant ses lèvres jusqu'aux oreilles.

Là, je flippe totalement.

– Il y a une tradition que tout couple se doit de respecter, commence-t-elle en me lançant un clin d'œil. Regardez!

Elle s'écarte en pointant son index au-dessus de nos têtes.

Du gui!

Bordel de merde!

– Tradition! répète-t-elle en attendant la suite. Ça porte bonheur, surtout aux jeunes couples.

– Non, mais, maman, je…

Le bras d'Antoine s'enroule autour de mes hanches et, d'un geste vif, m'attire contre son torse parfait. Son regard plongé dans le mien, il se penche vers moi, résigné.

– Je crois que toute résistance s'avérera inutile, Valentine.

Et sans rien ajouter, à froid, comme ça, il pose ses lèvres sur les miennes.

Nous pourrions nous arrêter là. Mais j'ai gardé un souvenir mémorable de notre premier baiser et Antoine est loin de me laisser insensible. Alors, plutôt que de rester sage et détachée, j'offre à ma mère, et à moi-même, le spectacle qu'elle attend. De toute manière, perdu pour perdu… C'est sans doute la dernière occasion qui me sera donnée d'effleurer ces lèvres parfaites. De toucher cet homme encore plus parfait que ses lèvres.

Perdue dans son parfum, j'enlace sa nuque et tente une approche plus approfondie. Sa main remonte sur l'arrière de mon crâne. Se perd dans mes cheveux détachés. S'y agrippe. Il décadenasse sa bouche et s'empare de moi sans prévenir.

Et je replonge dans le divin. J'accentue mon addiction en le goûtant une nouvelle fois. Il m'emporte dans un paradis, encore une fois. Les flocons se remettent à tomber sur nos visages. Ses mains parcourent mon dos, nos corps se soudent et je perds pied. Nos langues valsent l'une contre l'autre, parfaitement accordées. Les paupières closes, j'entrevois tout ce qui me fait craquer chez lui, en plus de le sentir contre moi. Son torse ferme, ses bras puissants. Son sexe… dur contre mon ventre.

Il s'écarte doucement mais, alors que je désespère déjà du vide qu'il va créer en reprenant ses distances, il m'observe un instant d'un regard étrange puis m'offre un nouveau baiser. Plus féroce. Revendicateur. Profond. Mon cœur s'emballe, ma raison s'effrite et j'oublie les circonstances étranges qui nous ont poussés l'un vers l'autre. L'unique instant que je ressens se passe entre nous, entre nos deux êtres scellés comme si nous ne pouvions plus jamais nous éloigner l'un de l'autre.

Perdue dans ce tourbillon aussi inattendu que parfait, je laisse échapper un gémissement traître et un peu trop empli de désir. À ma grande surprise, il y répond, sur le même ton, attisant cette passion qui se déploie en moi chaque fois qu'il me touche.

Mes doigts remontent sous son bonnet. Son bassin remue, imperceptiblement. Je regrette la présence de ma mère derrière nous. Du vendeur et de ses clients dans les parages. Je ne voudrais que la neige, les sapins et ses baisers. Juste pour un moment. Un infime instant durant lequel il m'ouvrirait les accès habituellement interdits.

Quelques secondes, plusieurs minutes ou même peut-être une heure dérobée à la réalité, je ne pourrais le dire. Vol qui se termine, à un moment, car il le faut bien et que le bonheur n'a de sens que parce qu'il est éphémère.

Mon père revient de sa négociation et, sans le savoir, tue le moment.

– Bon, j'ai commandé et réglé la note. Ils te livreront à la prochaine coupe, dans une semaine.

Antoine recule enfin sans me lâcher de son regard troublé. Je ne dois pas être plus stable que lui. Il s'assure que mes jambes ne m'ont pas abandonnée pendant notre échange et s'écarte significativement pour rejoindre mon père à quelques pas.

– Nous le réceptionnerons, Gérard. Merci pour le cadeau.

Mon père lui assène une accolade affectueuse. Antoine, lui, me jette un regard qui suffit à m'embraser totalement, les lèvres légèrement entrouvertes, ses pupilles assombries par le désir.

Ma mère semble ravie.

Je tremble des pieds à la tête, en liquéfaction totale, tendue et moite. Les mains d'Antoine sur moi me manquent et je maudis la terre entière de n'ouvrir que si peu la frontière entre nous. Cet accès limité n'a rien assouvi du tout, c'est même l'exact contraire.

La situation se complique.

***

Nous terminons de dîner. Antoine est toujours parmi nous. Il a bien tenté de partir en prétextant le besoin urgent de se doucher et de changer de fringues après notre petite traversée des bois, mais mon père a proposé de l'accompagner et il n'a pas su dire non.

Et moi, j'ai perdu le fil. Depuis notre baiser sous le gui, je n'arrive plus à mettre un ordre dans mes priorités. Non pas que j'y arrivais avant cela, mais à présent c'est pire. J'ai partiellement oublié toutes mes promesses concernant ce secret. À ce moment précis, je focalise totalement sur l'homme assis à ma gauche alors que mon père lui narre je ne sais quelle histoire à propos de la forêt qui entoure notre maison en Auvergne. Poli, mon boss écoute sans broncher, l'air détaché et plutôt neutre. La seule chose que je note, c'est qu'il évite clairement mon regard. Il s'est installé à côté de moi à table pour donner le change, je le sais, mais au fond de lui, je peux lire qu'il préférerait se trouver loin. Très loin de ma famille et surtout de moi.

Je sais que c'est totalement compréhensible, cependant mon cœur se serre à cette idée. Et la seule chose qui me permet de ne pas me rouler par terre en hurlant à l'injustice parce qu'il n'a visiblement pas gardé un souvenir impérissable de ce dernier baiser, c'est que justement, il est toujours là, alors que le plus compliqué arrive.

– Bon, les enfants, je m'occupe de la vaisselle et de remettre en ordre le rez-de-chaussée. Vous avez l'air crevés, profitez de notre présence et allez vous coucher.

Trop tard. Le compliqué est là, sous le sourire naïf de ma mère qui croit nous offrir un cadeau en nous permettant de nous enfermer dans une chambre. Tous les deux.

Subrepticement, Antoine se fige sur sa chaise. Je tente de sonder son regard sans en avoir l'air, mais il se tourne brusquement vers moi, ses yeux sombres reflétant quelque chose d'atrocement sexy et dangereux.

Les flammes qui rongeaient déjà mes nerfs depuis notre retour au chalet se mettent à prendre de la hardiesse. Mon cœur s'élance dans un marathon dont lui seul connaît le but et mes mains se mettent à trembler, trahissant mon état d'embrasement général. Je préfère baisser les yeux, ne me sentant clairement pas de taille à me battre contre ce qui me démange l'intérieur ni ce que son regard tente de me dire.

Portée sur le bûcher, autant cramer sans demander son reste. Parfois, le combat est vain. On verra bien ce qu'il adviendra de moi et de ma carcasse totalement asservie aux aléas du destin.

– Tu… tu es certaine que ça ne te dérange pas, maman?

Je déglutis pour humidifier un tant soit peu ma bouche et chiffonne ma serviette en papier nerveusement.

– Oui, certaine! Nous allons décharger les caisses de décorations de Noël que nous t'avons apportées, avec ton père, et ensuite nous coucher à notre tour. Ne vous inquiétez pas pour nous, et pas de chichis. Quand on est fatigué, on dort.

« Fatigué » n'est pas le mot exact que j'emploierais, mais soit. Si maman l'ordonne, qui suis-je pour désobéir? De toute manière, cette situation rocambolesque a assez duré. Je ne sais plus quoi faire ou dire pour améliorer les choses ou les empirer. Lâchement, je laisse Antoine se dépatouiller de son côté et moi du mien. C'est le maximum que j'arrive encore à gérer. Car, au fond de moi, je n'ai plus du tout envie qu'il parte. J'ai envie qu'il dorme dans ma chambre, sous ma couette, que l'on s'embrasse toute la nuit et de m'endormir au petit matin dans ses bras.

Après tout, c'est Noël, merde ! Si on ne peut plus rêver à cette période, autant oublier tout espoir de vie heureuse.

Et puis, d'abord, il n'avait pas à m'embrasser non plus ! D'accord, j'ai menti, et ensuite je me suis dégonflée en nous mettant et surtout en nous laissant moisir dans une situation originale et chaotique. MAIS…

Y a pas de mais, 100 % ma faute !

Cependant, je n'ai pas envie de me montrer honnête et logique. Quand le cœur parle, plus rien n'a de sens. Surtout moi !

Bref, pour en revenir à la proposition de ma mère.

– D'accord. Merci. Alors, bonne nuit.

Advienne que pourra, j'abdique. Je déclare forfait. Je ne contrôle plus rien et n'essaie même plus de prétendre le contraire.

Je les embrasse tous les deux et monte dans ma chambre sans jeter un seul regard à l'homme dont la présence me perturbe beaucoup trop.

Je passe embrasser Malo qui, lui, dort du sommeil du juste, loin de toutes ces complications stupides, puis je passe une nuisette et m'enferme dans ma salle de bains, brosse à dents en main et espoir en tête. Je passe frénétiquement sur chaque chicot en tendant l'oreille. La norme communément établie pour un brossage efficace est trois minutes. Je multiplie le soin par dix, au bas mot. Trois minutes oui, mais par dent.

Jusqu'à ce que…

La porte de ma chambre s'ouvre et se referme.

Je clos les yeux en soufflant de soulagement. Et d'angoisse. Que faire à partir de maintenant ?

La porte de ma salle de bains s'ouvre à son tour pour laisser apparaître un Antoine plus beau que jamais dans la lumière indirecte de la pièce. Il pose son sac dans un coin et en dégaine sa propre brosse à dents, puis, sans un mot, s'attelle à la tâche. Planté face au miroir, à quelques centimètres de moi.

Pas un mot, regard neutre. J'essaie de faire de même. Impassible, je repasse sur chaque dent déjà rutilante, frénétiquement. Me concentrer sur ma bouche m'empêche de focaliser sur autre chose. Comme… des muscles, de la peau, des muscles, une barbe naissante, des muscles, un parfum, des muscles, son regard de malade. Bref, les dents, c'est tellement passionnant !

Côte à côte, nous n'échangeons pas un mot, par respect sans doute pour la règle de politesse de base : on ne parle pas la bouche pleine. Ce qui n'empêche pas mon esprit de cogiter, au rythme du frottement enragé des poils de ma brosse sur l'émail. Alors que mon boss me semble faussement imperturbable, comme résigné pour la suite, et que je chasse de mes pensées toute idée inconvenante et dangereuse, j'ai l'impression que ma salle de bains rapetisse de seconde en seconde. Que la présence de cet Américain déroutant devient de plus en plus imposante, palpable et surtout déstabilisante. Mes yeux n'arrivent plus à lâcher les siens par le biais de nos reflets devant nous.

Nos épaules se touchent presque, sa peau dégage une sorte de chaleur qui tente de se répandre sur la mienne et je prie intérieurement pour que mon corps n'y réagisse pas. Comme mes seins, par exemple, à fleur de nuisette et déjà en mode garde-à-vous. J'imagine que la meilleure option serait la fuite, mais mes pieds semblent englués dans le tapis sur lequel ils sont posés.

Et lui, il frotte. Il brosse. Quel self-control !

Ou alors, il s'en fout totalement… Le monde est cruel et souvent injuste. Je ne suis pas loin de finir en flaque informe de désir et de tension alors que lui semble passer en revue mentalement sa liste de courses pour la semaine. Et le pire de tout, c'est qu'il en devient encore plus séduisant. L'insaisissable *Mister* Maréchal.

Cette nuit sonnera mon glas !

Je me résous à terminer de mon côté et fuis le local aux murs rétractables (première nouvelle) devenu trop exigu pour accueillir mon émoi débordant de toute part. Troublée et en plein questionnement, j'ouvre mon lit, retape les oreillers en me demandant ce que je suis censée faire ensuite.

Me coucher dans une posture de super star du porno ? M'ensevelir sous ma couette en ne laissant sortir que mon nez pour survivre à la nuit ? Sauter par la fenêtre ? Chialer ?

Dernière solution.

J'attrape un oreiller et le balance sur un autre pour calmer mes nerfs qui n'en peuvent plus. Et encore. Toute cette histoire me saoule !

Re, la porte s'ouvre derrière moi. Celle de la salle de bains, cette fois.

Je n'en peux plus. Plus qu'une solution, affronter. Je me retourne vivement et lâche un hoquet de surprise en constatant qu'il ne porte qu'un short noir et… rien d'autre. La fameuse petite ligne de poils, cette infâme traîtresse, attire mon regard sans sommation.

Merde. Je n'ai même plus ma brosse à dents pour me calmer. C'est la cata. Totalement démunie face à cette vision venue des antres du paradis auquel je n'ai pas le droit d'accéder, je perds toute idée rationnelle.

– Que…

Rien d'autre ne me vient.

Heureusement pour moi, mon boss est un boss, justement, et lui ne se laisse pas dépasser par les événements. D'un air détaché (un peu trop, même), il prend la parole qui me manque.

– J'ai compris que les grandes révélations ne seront pas pour ce week-end. Et pour des raisons qui me regardent, je n'ai pas envie de te mettre dans une situation inconfortable. Rien d'autre à dire.

– D'accord.

Je reste plantée là, sur mon tapis, tandis qu'il scelle notre accord d'un hochement de tête. Puis il traverse la pièce, vers moi. Mon cœur manque de s'étouffer sous l'angoisse. Mes tempes s'échauffent et mes membres se dissocient de tout contrôle. Mes doigts s'agrippent à ma nuisette, mes jambes flageolent et ma bouche se met à sourire connement.

Il approche, ses yeux me fixent. Je crois, l'espace d'un instant, que je vais m'étaler au sol sous la pression, mais juste à temps, il dévie et contourne le lit.

– Je prends un oreiller et le dessus-de-lit. J'espère que tu n'auras pas froid.

Hein ?

– Hein ? Comment ça ?

– Tes parents nous pensent en couple, OK. Je ne compte pas les détromper, comme je viens de te l'expliquer. Tu le feras le moment venu. Quand tu seras prête. Mais comme nous ne sommes définitivement pas en couple, l'illusion s'arrête à cette porte. Je dors sur le tapis.

– N'importe quoi !

Je grimpe sur le lit pour le rejoindre de l'autre côté et récupérer mon oreiller et ma courtepointe.

– Non, je refuse que tu dormes par terre ! Déjà que toute

cette semaine tu as opté pour le canapé, je pense que c'est logiquement à moi de récolter le plancher.

– Hors de question ! Si je te laisse dormir par terre, je ne fermerai pas l'œil de la nuit. Ce n'est pas mon genre d'accepter une telle situation !

Il ne lâche pas le tissu et le tire à nouveau vers lui. Mais je m'y agrippe fortement, refusant de capituler. J'ai quand même mon honneur.

– Je pense que nous avons passé le cap des convenances et des bonnes manières. Déjà que tu acceptes cette situation grotesque, on va limiter la casse !

Je tire vivement de mon côté en me levant sur mon matelas pour plus de stabilité.

– Justement, Valentine, j'accepte, alors laisse-moi décider pour le reste !

Brusque contre-attaque de sa part qui me fait presque perdre l'équilibre.

– J'ai dit non !

Je tire de nouveau vers moi le plaid.

– C'est un ordre ! grogne-t-il en montrant clairement son exaspération.

– C'est de l'abus de pouvoir !

– J'm'en tape !

Cette fois, il me surprend en me frappant avec l'oreiller (bien entendu, ça le fait beaucoup rire au passage). Le temps de rejeter le projectile, je me sens entraînée avec la couverture, trébuche, les pieds entravés par ma couette, et chancelle vers lui en lâchant ma proie.

Emporté par son propre geste, il se retrouve projeté en arrière au moment où je n'oppose plus de résistance.

– Oh, merde !

– Antoine !

Je me sens chuter sur lui, alors que lui-même s'écroule, dos contre le sol. Tout se passe très vite et avant que je le réalise, je me retrouve affalée sur son corps ferme, les cuisses écartées, à califourchon sur mon boss, nuisette relevée jusqu'au nombril, la poitrine écrasée contre la sienne, mon visage à quelques centimètres du sien, prise d'un fou rire nerveux.

C'est soit ça, soit je le viole sans sommation.

Il éclate de rire lui aussi en réalisant sans doute le ridicule de la situation.

Ma mère frappe à la porte à ce moment précis.

– Tout va bien ? On vous entend depuis le salon !

Je m'essuie les yeux en reprenant mon calme.

– Oui, m'man ! Tout va bien !

Mes yeux le dévorent et mon cerveau remarque que lorsqu'il rit, il devient magnétique. Époustouflant de charme. Trop pour mon petit cœur qui manque de défaillir définitivement.

– Ah ! Tant mieux ! Dites, Antoine, le boum que nous venons d'entendre… Vous prenez bien soin de ma fille, hein ? Elle sort de couches !

– MAMAN ! répliqué-je, honteuse et embarrassée.

Rien de tel pour calmer une libido en forme… Merci, m'man !

– D'accord, d'accord. Je m'occupe de mes propres affaires, j'ai bien compris ! Bonne nuit !

Oui, voilà !

– Bonne nuit.

Ses pas semblent la ramener jusqu'à l'escalier, je me reconcentre sur l'homme entre mes jambes, sous moi, totalement offert.

L'ambiance change radicalement dans la pièce lorsque nos yeux se croisent. Je réalise que ses mains sont posées sur ma taille. Que son souffle balaie mes joues et mes lèvres dans un rythme chaotique. Que mes paumes sont plaquées sur la peau douce et chaude de ses épaules. Et que son…

Putain, il bande. Il bande contre mon clitoris écrasé sur son membre sans aucune pudeur.

J'ai soudain l'impression que la température de la pièce devient étouffante. Ses doigts se crispent sur le coton de ma nuisette. Ses lèvres m'hypnotisent et j'en perds ma respiration.

Chaque parcelle de mon épiderme se charge en tension. Chaque partie de moi en contact avec lui m'irrite, me démange, me consume. Et mon cerveau, quant à lui, déclare forfait. Et ses yeux… L'azur pailleté magnifique, l'abîme sur lequel je brûle de m'échouer sans retour possible, m'appelle comme jamais. Mes résistances s'écroulent pour ne laisser entre nous que l'attirance brute et animale, le désir palpable et intransigeant.

Il soulève discrètement son bassin, frottant ainsi ma chair en état avancé d'excitation. Ses doigts glissent sur mes fesses, longent la dentelle de mon tanga.

– Antoine, je…

Il baisse les paupières sur ses yeux pour rompre notre échange visuel.

– Je vais dormir ici, soupire-t-il en laissant tomber ses mains sur le tapis. Remonte dans ton lit, Valentine.

– Non, murmuré-je sans oser bouger. Si tu dors au sol, alors moi aussi.

– Tête de mule, en plus de tout le reste ! Très bien ! déclare-t-il en attrapant mes épaules pour me pousser doucement. Comme tu le sens ! Moi, je suis fatigué, je pourrais même dormir debout.

Il tend le bras pour saisir ma couette et l'attire vers nous. Ce faisant, tous les muscles de son abdomen se mettent en action, sous mes pauvres yeux totalement subjugués.

– Bonne nuit, Valentine !

Sans demander son reste, il récupère l'oreiller déjà au sol, fourre sa tête dedans en soupirant d'aise, tandis que de son autre main, il remonte la couette sur nous deux.

Perplexe, je ne sais plus quoi faire de moi-même. La lumière de ma table de chevet est encore allumée, je me trouve toujours à califourchon sur son corps incroyablement sensuel et sexy et, lui, il s'endort paisiblement, à en croire le rythme de sa respiration qui se calme significativement.

D'accord.

Une chose est certaine, je n'ai plus beaucoup le choix. Soit je dors seule dans la fraîcheur de la pièce sur mon lit, soit… contre lui, au chaud et… au chaud.

– Et puis merde !

De toute manière, niveau situation improbable, nous ne sommes plus à ça près. Je me détends, me recroqueville contre sa poitrine, hume une nouvelle fois l'odeur étourdissante de sa peau et ferme les yeux.

21

Antoine

À un moment donné au milieu de notre nuit, je ne sais pas exactement comment, nous avons migré vers son lit et la lampe de chevet s'est éteinte comme par magie.

À présent, alors que le jour pointe à peine derrière ses rideaux entrouverts, je me retrouve contre elle, endormie et sereine, le nez collé au creux de mon cou. Nos jambes se sont emmêlées, mes bras ont décidé de l'enlacer. Et ma queue, elle, a décrété que tout ça lui plaisait beaucoup.

Son souffle chatouille ma peau et embrase mes nerfs. C'est une des premières fois que je me réveille avec une femme dans mon lit. Ou, plutôt, c'est la première fois que je passe une nuit entière dans le lit d'une femme. D'habitude, je ne perds pas trop de temps ailleurs que chez moi.

Le souci, c'est que justement, ici, dans ce chalet, je commence fortement à me trouver chez moi. Et il ne faudrait pas grand-chose pour que j'apprécie autant sa couette que la mienne. Contrairement aux relations que je noue et dénoue tout aussi facilement avec la gent féminine, ce qui m'unit à Valentine est d'un nouveau genre. Enfin, si, elle attise mes sens avec dextérité, c'est un fait. Mais en plus de cela, elle m'apporte tout un éventail de nouveautés. La discussion, le confort douillet et enivrant, une sorte de connivence et de besoin de l'autre mutuel. Et une bonne dose de trouble également. Je n'arrive souvent pas à anticiper ses mots ou ses réactions. Elle me surprend constamment.

À quel moment ce déclic s'est-il produit ? Quand a-t-elle commencé à allumer un autre feu en moi ? Je n'ai rien vu venir.

Et franchement, ça me fout les boules. Et pas qu'un peu. Nous travaillons ensemble. Mon père l'estime énormément et moi-même je la trouve brillante. Mais elle n'en reste pas moins un *paperboard*, une photocopieuse, un Stabilo Boss (cette appellation me plaît pas mal ! lol).

Mes doigts dévalent son épaule pour longer son bras menu posé sur ma hanche. Sa nuisette a glissé sur sa poitrine, laissant apparaître la courbe parfaite de l'un de ses seins – quand je dis que j'adore ses petites nuisettes, elles me le rendent bien. Je laisse mon pouce l'effleurer, en apprécier l'ovale, la douceur.

Il serait si simple de tirer un peu plus sur le coton et de me pencher pour goûter à cette friandise qui me fout la trique bien proprement. Je sais qu'elle ne dirait pas non. Je suppose même qu'elle m'accueillerait d'une manière plus qu'agréable. Elle m'embrasserait avec ces lèvres qui forment à l'instant même une moue adorable et me donnent envie de la croquer. Elle glisserait ses mains sur mon ventre comme elle l'a fait hier matin. Cette fois, elle ne s'arrêterait pas à la ceinture de mon pantalon.

La simple image qui m'arrive en tête provoque une tension difficile à contrôler entre mes jambes et au bout de mes doigts. Ma peau frémit de désir pour elle. Et mon âme me fait comprendre qu'elle ne serait pas contre un assouvissement de ces fantasmes qui commencent à fleurir en trop grand nombre ces derniers temps.

Toute la journée à me retenir de la toucher hier. Me montrer proche sans dépasser la limite induite entre nous. J'ai vécu un véritable calvaire. Et je préfère ne pas évoquer cette nuit, lorsque nous nous sommes couchés. Alors que…

Il serait si simple…

Et ensuite, quoi ? Je la baise et je me barre ? Il s'agit d'une maman, d'une femme sérieuse qui doit certainement savoir ce qu'elle veut dans la vie. Alors que moi… Tout ce dont je suis certain, c'est que j'ai un job qui occupe toute ma vie et toute ma tête, et que me rapprocher d'elle n'est certainement pas une bonne chose.

Ou peut-être que…

J'observe son visage.

…

Hésite.

…

Merde !

Je me dégage avec précaution du nœud que nos jambes tentent de former malgré nous, m'écarte de ses bras et roule sur le dos pour m'échapper de ce lit trop accueillant. Pour ne pas être tenté, le mieux, c'est encore de ne pas jouer. Mes limites s'épuisent fortement depuis quelques heures, je vais finir par faire une connerie si je flirte trop avec la tentation.

Après une halte rapide et silencieuse dans la salle de bains pour les mises à jour matinales d'usage, je sors de sa chambre dans l'intention de descendre me préparer un café, mais mon instinct me fait prendre un autre chemin. Je pousse la porte de la chambre de Malo pour vérifier qu'il dort bien. Ou peut-être pour l'observer, lui aussi, tout simplement. Après tout, nous sommes potes, tous les deux. Nous regardons la télé la nuit ensemble et adorons Gary Moore comme de vieux addicts.

Le garçon a terminé sa nuit, visiblement. Il gesticule dans son lit pour m'accueillir.

OK, Babyboy ! Ce sera donc entre toi et moi ce matin ! À l'ancienne.

J'éteins le babyphone pour ne pas réveiller la grand-mère à l'autre bout et attrape le colis malodorant.

J'avais presque oublié cette étape obligée d'un réveil façon Malo.

– Tu sais quoi, mon pote ? Dès demain, je t'apprends à aller aux toilettes ! Ces trucs que tu nous fais sont atroces !

Apparemment, ça ne dérange que moi dans cette pièce, car il cherche tranquillement son pouce alors que je lui écarte les jambes pour faire place nette entre ses petits bourrelets, tout en prenant grand soin de sécuriser son robinet avec une serviette. Depuis notre première fois chaotique, il ne m'a plus jamais eu avec son petit jeu.

***

Je balade Babyboy pour l'aider à sa digestion d'après bib dans la cuisine lorsque Valentine descend me rejoindre, suivie par Christine.

– Oh, quel beau spectacle ! Le papa et son fils en tête-à-tête ! s'exclame la grand-mère, un sourire charmé étirant ses lèvres. Vous avez besoin que je prenne le relais ?

Ses yeux trahissent son impatience et je n'ai aucune raison de lui refuser ce plaisir. Encore moins qu'elle le pense. En lui confiant Malo, j'intercepte le regard vide de Valentine sur sa mère. Je pense que je lis assez bien en elle et ce que je vois me déprime un peu.

Je pourrais lui en vouloir pour la situation improbable dans laquelle elle nous a plongés. Mais je crois très fermement qu'elle en souffre bien plus que moi. Tout le drame se joue entre elle et ceux auxquels elle cache la réalité. C'est elle qui devra affronter, à un moment ou à un autre, ses propres mensonges. En ce qui me concerne, à part me sentir mal à l'aise face à ces gens qui, finalement, ont réussi à me toucher, je n'en retire pas de désagrément majeur. Jouer la comédie pourrait presque se résumer à un jeu de rôle amusant.

Et fortement stimulant. N'écartons pas ce point.

Surtout lorsqu'elle lève son regard vert sur moi, qu'elle semble hésitante, toujours aussi mignonne dans sa nuisette faussement sage et neutre. Elle me semble aussi attirante que perdue, seule au seuil de cette pièce. Mes sens réagissent autant que ma raison lorsqu'elle me trouble. Encore une chose à laquelle je n'ai pas l'habitude d'être sensible.

Cependant, si je ne suis certain que d'une seule chose dans ma vie, c'est bien que je suis devenu le roi de l'adaptation sauvage. Pas besoin de règles préétablies, le tout, c'est de rester maître du jeu.

Et à cet instant, alors que j'ai passé une bonne partie de ma nuit à combattre mon envie de me l'approprier, alors qu'une partie de sa famille se trouve avec nous, ce qui justifie donc tout rapprochement intime, je considère que je n'ai plus à me retenir.

Pour l'image et servir son dessein, bien entendu.

Je traverse la pièce en souriant, presque jovial, pour la rejoindre.

– *Hello*, toi… Bien dormi ?

Elle écarquille ses yeux, surprise et en même temps frémissante, lorsque je remonte lentement mon doigt le long de son bras avant de l'enlacer pour la rapprocher de moi.

– Euh… oui ? se reprend-elle. Et toi ?

– Pas mal. Il m'a manqué quelque chose, néanmoins.

Elle me demande sans un mot de préciser, chose tout à fait à ma portée.

Je m'approche de ses lèvres closes, impatient d'y goûter à nouveau.

– Suis-je autorisé à t'embrasser? soufflé-je pour elle seule en plongeant dans son regard.

Sa seule réponse est de soupirer silencieusement en descellant ses lèvres. Simple geste qui m'embrase complètement. Décidément, je crois que cette femme a trouvé l'exacte manière de jouer de moi. Un frisson agréable remonte jusqu'à ma nuque alors que je me penche pour rejoindre cette bouche qui me nargue un peu trop depuis notre dernier baiser.

Elle s'accroche à moi et me laisse la revendiquer sans m'imposer aucune limite. Au contraire, ses doigts glissent à la naissance de mes cheveux pour m'encourager à prendre tout d'elle. Comme chaque fois. Je la ressens consentante, en demande et totalement en accord avec mon besoin dès que nous nous rapprochons. Ce qui, clairement, ne va pas m'encourager à rester sage et à ma place aujourd'hui.

Parce que j'ai besoin d'évacuer ma frustration. De soulager cette gaule qui commence à devenir permanente. Et même si quelques baisers ne sauront jamais assouvir mon envie de sexe avec cette femme, je prends tout ce qui pourra calmer ou, avec un peu de chance, tromper mes ardeurs. Je compte même abuser de la situation, à cet instant précis. Après tout, je ne suis que la victime de ses machinations machiavéliques. Normal que j'y trouve moi aussi une compensation.

On se justifie comme on peut, n'est-ce pas?

La vérité, c'est que j'ai du mal à contrôler mon envie d'elle, alors que je la rapproche encore de moi pour que nos corps, à demi dénudés, fusionnent entre eux. Je sens la fièvre en elle, l'urgence en moi. Elle remonte subrepticement sa jambe et colle son ventre à mon érection. Mes mains dévient vers ses fesses, mais je reprends le contrôle en les stabilisant au creux de ses reins. Nous ne sommes pas seuls, ses parents, ainsi que son fils, sont aux premières loges.

Paradoxe incroyable. Je ne peux la toucher qu'en leur présence, puisqu'eux seuls justifient nos baisers. Et en même temps, à cause de cette maudite présence, je dois me contraindre à la pudeur.

J'ai envie de hurler lorsqu'elle me cherche en ondulant discrètement du bassin.

Je la hais.

Par réflexe, j'interromps notre baiser en serrant la mâchoire et en me planquant un instant derrière mes paupières baissées, afin de retrouver un semblant de maîtrise de moi-même.

Antoine, on se calme.

J'inspire lourdement en me fichant éperdument de ses yeux posés sur moi qui n'en loupent pas une miette. Elle laisse échapper un rire en attrapant mes joues pour déposer un dernier baiser sur mes lèvres, fière d'elle visiblement.

– Effectivement, ça manquait, minaude-t-elle en jouant effrontément de ses charmes. Mais tu sais, il suffit de demander… Après tout, un couple, c'est fait pour ça, non ?

Sa mère laisse échapper un petit rire, au loin, quelque part dans la pièce derrière moi. Et elle se contente de me gratifier d'un regard à mi-chemin entre le défi et la gourmandise…

Ah, tu veux jouer, ma Valentine ? Tu viens de frapper à la mauvaise porte… Je m'adapte à toutes les situations, pour rappel.

Alors on va jouer. Ce qui me convient tout à fait. Si je n'ai qu'une unique journée avec toi, ma belle, elle sera à noter dans les annales.

Autant en profiter avant d'oublier tout ça car demain je clos définitivement l'épisode *Antoine, papa modèle.*

Je m'écarte d'elle à mon tour en lui lançant un regard joueur. Elle plisse le nez et se faufile jusqu'à son fils.

OK… Let's play!

***

Je n'ai pas à chercher bien longtemps pour lancer les premières hostilités. En effet, Gérard nous rejoint l'air embarrassé, tandis que nous nous apprêtons à préparer le petit déjeuner.

– Il a neigé cette nuit ! déclare-t-il d'un air grave. L'allée est impraticable en l'état. Je me suis garé pas trop loin pour éviter les longs allers-retours avec les cartons hier, mais à présent la voiture est bloquée.

– Oui, papa, c'est un peu normal, la neige dans les Alpes à cette période ! ricane sa fille en remplissant la cafetière d'eau.

– Oui, mais je voulais aller acheter des croissants. Tu sais bien que ta mère aime les croissants.

– Forcément, c'est ma faute ! grommelle cette dernière en reposant le biberon de Malo sur la table. Je te signale que toi aussi, tu as pris cette mauvaise habitude. Tu n'avais qu'à bouger cette voiture une fois les boîtes déposées ici.

– Si tu veux, papa, j'ai une pelle dans le cellier.

– Je vais le faire ! proposé-je, une idée très claire en tête. Ne bougez pas, dans quelques minutes, vous pourrez rouler.

– Mais, Antoine… commence Valentine sans comprendre.

– C'est bon, je peux bien faire ça pour ton père.

Je n'attends pas plus longtemps pour grimper à l'étage, enfiler un jean et un sweater, redescends, récupère la pelle susmentionnée, enfile mes baskets et me précipite sur le perron. Il a effectivement beaucoup neigé. Parfait.

J'entame le déblayage, très motivé. J'enfonce ma pelle dans la neige pour l'envoyer sur les côtés, sans manquer de m'en asperger copieusement, « par inadvertance », bien entendu. L'exercice se révèle un peu plus compliqué que prévu, mais l'idée de mettre Valentine à l'épreuve dans quelques minutes passe avant tout le reste et j'en oublie l'effet d'un tel exercice au saut du lit. D'ailleurs, j'avoue que ça me fait un bien fou de me fendre de quelques efforts physiques car ces derniers temps, j'ai dû mettre le sport de côté à cause des besoins de Bestcom.

Quinze minutes plus tard, le chemin est dégagé et je rentre, tel un héros, dans le chalet.

– Gérard, la voie est praticable !

– Merci, Antoine, me remercie chaleureusement l'homme en souriant. Quelle ardeur ! Vous avez bien bossé ! Double dose de viennoiseries pour vous, jeune homme. Je reviens tout de suite.

Ses clés déjà en main, il s'éclipse à l'extérieur sans attendre et me laisse face aux deux femmes de la maison.

– Mon pauvre Antoine ! déplore Christine en me détaillant de la tête aux pieds. Vous êtes trempé ! Il faut vous changer d'urgence, sinon vous risquez d'attraper du mal !

– Je n'ai malheureusement pas pensé à prendre un change, réponds-je d'un air dépité.

– Je vais allumer un feu ! décide la matriarche en se rendant dans le salon. Malo va digérer dans son transat pendant quelques minutes ! Valentine, aide Antoine à retirer ce jean et ce tricot, voyons ! Il faut prendre soin de son homme, surtout lorsqu'il se montre aussi adorable !

Et voilà !

Antoine Maréchal, l'impro élevée au paroxysme de la classe. Ma fausse fiancée, ou mère de mon pseudo-fils, ou je ne sais trop quel rôle nous sommes censés jouer, laisse échapper une grimace de défaite mais ne se démonte pas le moins du monde. Au contraire, son regard planté dans le mien m'indique qu'elle entre dans le *game*.

Doucement, elle s'avance vers moi, une expression indéfinissable figée sur le visage.

– Viens dans le salon, donc, grince-t-elle en me fusillant du regard. Retire tes chaussures avant.

Je m'exécute et la suis jusque devant l'âtre déjà en train de crépiter. Ma collaboratrice inspire lourdement, puis, sous les regards en coin de sa mère qui jette une poignée de brindilles dans la cheminée, elle saisit le bas de mon sweater pour le faire glisser le long de mon torse. Je retiens mon souffle, docile et moi-même impatient de découvrir la suite.

Je sens ses doigts frôler ma peau glacée. Chaleureux, fins et presque caressants, bien qu'ils ne me touchent pas. Son souffle, en revanche, se heurte à ma peau, plus lourd qu'à l'accoutumée.

Elle prend son temps. Remonte le tissu centimètre par centimètre. À cet instant, je crois que sa mère marmonne quelque chose et se relève pour emporter Malo dans la cuisine. Je ne suis même pas certain que sa fille le remarque. Plongée dans cet échange étrange, alors que les flammes s'élèvent à nos côtés, elle semble totalement happée par ce tête-à-tête forcé.

Je réalise que je joue avec le feu lorsque ses mains arrivent en haut de mes côtes. Une sorte de tension s'en prend à mes sens tandis que je lève mes bras pour l'aider un peu et que le coton se relève jusque devant mes yeux. Aveuglé un court instant, je sens un passage presque imperceptible sur mes abdos. Le bout de ses doigts effleurant ma peau, comme une brise fugace et électrisante.

Cette femme est une adversaire de taille. Je repousse au dernier moment un frémissement le long de ma colonne tandis qu'elle me débarrasse de mon sweater trempé.

Sans attendre, elle attrape la ceinture de mon jean des deux mains pour m'attirer vers elle. Surpris, je suis le mouvement qu'elle m'impose, mes yeux presque hypnotisés par les siens.

Vert orageux. Sombres et mystérieux. Sauvages. Indociles. J'en avale difficilement ma salive et retiens de peu mes propres mains qui n'attendent qu'un signal pour attraper ses hanches.

Mais je n'en fais rien. Je laisse son regard s'aventurer lascivement sur ma peau. Le parfum de son épiderme s'envoler jusqu'à mes sens. La lueur des flammes se refléter sur ses cheveux. L'air se charger d'un nouveau désir interdit, aussi envoûtant que frustrant.

À ce stade de la situation, je me sens incapable de choisir entre la sagesse et le jeu. Ni elle ni moi n'avons fixé de limites. Prétendre que les barrières n'existent pas est possible. Se borner à offrir à ses parents une simple image sans conséquence aussi. Je lui laisse ce choix. Ce jeu est le sien. Elle nous a poussés dans les faux-semblants. À elle de gérer le reste.

Machinalement, je ferme les yeux alors que ses doigts s'occupent d'ouvrir mon jean. Lentement. Bouton après bouton. Sous son toucher, impossible de cacher l'effet que chacun de ses gestes provoque. Je retiens mon souffle alors qu'elle écarte enfin ses mains, mon froc largement ouvert sur une magnifique érection qui lui est totalement dédiée.

Ses doigts se posent enfin sur mes hanches et ce premier vrai contact serait capable de me faire suffoquer. D'éliminer définitivement mes dernières retenues. Une sueur de désir apparaît le long de ma colonne, provoquant une nuée de frissons perturbants sur mes muscles.

Agrafeuse ! Pense agrafeuse, Antoine, merde ! Valentine ressemble à une agrafeuse grise et moche.

Sans se presser, elle commence à faire glisser mon jean, la tête relevée, étudiant mes réactions.

Putain !

Je ravale un juron en abdiquant. Mes mains se posent sur ses épaules pour éradiquer cette distance qui nous sépare encore, dans l'unique but d'en terminer avec cette tension qui m'étouffe.

Mais… La porte claque dans le hall d'entrée et son père apparaît rapidement dans le salon.

– Les croissants sont servis.

Rapidement, je réalise mon état, ce pieu qu'elle a planté elle-même sous mon boxer et mon jean tombé au milieu de mes cuisses.

Presque figé entre l'excitation et le malaise de bander devant lui, je fais pivoter brusquement Valentine face à son père et la place devant moi pour planquer le carnage qu'elle vient de foutre dans mon calbut.

Et, parce que je ne suis pas du genre à me laisser vaincre sans me battre, je la plaque contre moi, ses fesses bien placées autour de mon pénis en pleine forme, alors que son père retire son bonnet et son blouson sous nos yeux.

– J'espère que le café est prêt, les jeunes? Vous étiez un peu mouillé, Antoine? En attendant, super boulot, l'allée est praticable.

– À votre service, marmonné-je d'une voix éraillée avant de me racler la gorge.

Christine débarque à son tour, Malo toujours coincé entre ses bras.

– Ah! Les hostilités vont pouvoir commencer. Vous venez?

– On… on arrive! déclare Valentine, presque soulagée, en tentant de se dégager de mon étreinte forcée.

– Oh, que non, ma jolie, tu ne me laisses pas dans cet état au milieu de ton salon! murmuré-je à son oreille tandis que ses parents repartent en cuisine. Trouve-moi une solution.

Je sens sa peau frémir sous mon souffle. Encore un réflexe qui me plaît un peu trop.

– D'accord! concède-t-elle en s'extirpant de mes bras pour plonger sur le canapé. Tiens, un plaid!

Elle me jette son truc à la tête en espérant que ça suffise.

– Voilà, nous sommes quittes, déclare-t-elle d'un ton ravi.

– Oh, non ! ricané-je en me débarrassant de mon froc. Tu as entendu ta mère, non ? Les hostilités vont justement commencer…

22

Valentine

Hostilités ? Je t'en foutrais, moi, des hostilités !

Notre déjeuner, le plus long du monde si vous voulez mon avis, se termine enfin. Malheureusement, il n'est que treize heures trente-huit. Mes parents ne vont pas remballer leurs valises tout de suite, c'est une évidence. Et ils ne laisseront pas partir Antoine non plus.

Je sens que je ne vais jamais survivre à cette journée.

Après la petite scène de ce matin, il ne m'a laissé aucun répit. Cela dit, moi non plus. Après le petit déjeuner, il a squatté ma chambre pendant que je prenais ma douche, en attendant son tour. J'ai cru malin de me balader presque à poil dans la chambre une bonne dizaine de fois, pour des prétextes stupides.

Grossière erreur, il me le fait payer depuis. Jeu de mains lors de la préparation du déjeuner, cuisse contre cuisse pendant ce foutu repas et doigts lascivement enlacés sur la table la moitié du temps. Et ce parfum… Cette voix douce qui va si bien avec le regard de mec amoureux qu'il m'offre presque mièvrement dès qu'il en trouve l'occasion depuis ce matin.

Il pense sans doute que son petit jeu est amusant, et c'est

sans doute le cas. Seulement, au bout d'un moment, mon corps n'est plus vraiment branché sur les ondes « bidonnage ». J'ai l'impression d'avoir chopé une fièvre subite et sévère. J'ai trop chaud alors que je me balade en débardeur depuis deux heures.

Mon boss est une fournaise. Très fort.

– Besoin d'aide ?

Bordel, c'est pas possible !

Sa voix glisse sur ma nuque, résonne à mon oreille et titille le creux de mon cou alors qu'il penche son visage sur mon épaule, son torse presque collé à mon dos.

Je plonge furieusement mes mains ainsi que mes avant-bras dans l'eau de vaisselle que j'ai fait couler glacée, volontairement, afin de calmer mes chaleurs.

Je ne sais pas si mon accouchement assez récent joue un rôle sur mon état, peut-être un retour d'hormones, ou je ne sais trop quoi, mais tout mon corps vibre dès qu'il m'approche. Et le phénomène ne se calme pas, loin de là. C'est même de pire en pire.

Antoine pose ses larges mains sur mes hanches en se penchant davantage.

Joue contre la mienne, il continue de papoter outrageusement de sa voix suave et virile à souhait, agrémentée d'un accent de tueur.

– Tu es certaine que tu vas bien ? Je te sens à fleur de peau.

À fleur de peau ? Il en a de bonnes ! Je serre les dents en m'acharnant avec mon tampon Gex sur une pauvre casserole qui n'a rien demandé.

Non, je ne réponds pas. Non, je ne me retourne pas pour lui sauter dessus. Non !

Ou bien…

Valentine, cet homme est ton boss qui a simplement décidé

d'être assez sympa pour te dépanner face à tes mensonges honteux. ON. SE. CALME!

Machinalement, je récupère l'une de mes mains trempées et mousseuses pour la passer sur mon front. De l'eau. Fraîche. Bordel, on grille sur place dans cette foutue cuisine! L'eau dégouline de mon front, à peine suffisante pour me détendre.

Antoine tourne son visage vers le mien pour m'observer tandis qu'impassible, je continue de jouer avec mon éponge et une spatule.

Je nettoie la spatule avec l'envie de plonger dans l'évier pour échapper à son regard perçant et à sa proximité.

Seconde spatule, il me détaille toujours sans un mot. J'arrive à la poêle sans qu'il ait changé d'attitude. Très, très déstabilisant.

– T'as de la mousse… là…

Je me fige en sentant subitement quelque chose sur mon front, à la racine de mes cheveux.

Peut-on paraître plus ridicule?

En prenant tout son temps, il tend la main jusqu'à ce truc qui se met à me démanger la peau.

– Attends.

Son index passe sur mon épiderme. Son regard fixe le mien. Ses lèvres esquissent un sourire de victoire.

Cette fois, c'est trop!

J'abandonne ma poêle dans son bain pour en finir une bonne fois pour toutes, mais c'est exactement cet instant que choisit ma mère pour se pointer derrière nous.

– Je propose une petite balade en forêt! Malo est réveillé, le grand air lui fera le plus grand bien. Antoine, vos vêtements ont séché. Vous êtes partants?

La neige! L'air froid, voire glacial. L'espace et la possibilité de calmer mes ardeurs débordantes.

– Oui! On y va!

Je laisse tomber définitivement ma vaisselle et me retourne promptement pour me retrouver le nez contre le torse de mon boss. Lisse. Ciselé. Vallonné. Magnifique.

Lentement, je redresse la tête pour trouver son visage.

Il sourit. D'un de ces sourires satisfaits et irrésistibles dont il a le secret.

Sans me laisser le temps de m'enfuir, il attrape mes joues et embrasse mon front chastement.

– Je vais m'habiller et nous vous suivons, Christine. Très bonne idée.

Là-dessus, au moins, nous sommes d'accord. Une très, très bonne idée.

***

Je n'aurais jamais dû le titiller.

Finalement, et malgré la neige dans laquelle j'ai presque plongé en sortant dans le jardin, je ne suis plus redescendue de cet état cotonneux et agréable qu'est le désir porté à son paroxysme.

Il n'a pas lâché sa garde une seule minute, même en plein air, et ne s'est privé à aucun moment pour me frôler, me toucher, s'emparer de mes lèvres et m'asséner tout un éventail de baisers allant systématiquement là où je ne les attendais pas. Ma nuque s'est recouverte de frissons un nombre incalculable de fois. Mon cœur s'est emballé tout autant, voire davantage. Ma peau a frémi, ma raison a défailli et ma gorge a laissé échapper tout un tas de sons étranges et traîtres.

J'ai aussi appris combien il était compliqué de se contraindre lorsque son corps se consume pour plus et que le moment ne s'y prête pas du tout.

Et à cet instant, je crois que le pire arrive. Épuisés par notre balade, pendant que Malo se repose du sommeil du juste dans sa chambre, nous avons tous atterri dans mon salon. Mes parents, installés sur le canapé, discutent entre eux de l'aménagement provisoire de la pièce pour Noël à grand renfort de plans et de dessins improbables sur un bloc-notes.

Pour ma part, je suis emmitouflée sous notre fameux plaid, sur les genoux de mon prétendu petit ami, père de mon fils. Il ne m'a pas laissé le choix et m'a attirée sur ses genoux alors que, à bout de nerfs et de tension, je comptais m'octroyer une pause loin de lui.

Et encore une fois, il joue, il gagne. Je n'ai aucune envie de repousser cette main qui longe langoureusement l'intérieur de ma cuisse, à l'abri des regards sous mon plaid. Ses bras me réchauffent et me protègent de la réalité, et je me laisse porter. J'écarte même les jambes lorsqu'il remonte en prenant son temps vers mon intimité. Certes, je porte un jean. Mais je pourrais me planquer sous une combinaison de ski triple épaisseur que ça ne changerait rien. J'ai bien trop conscience de sa présence, de son souffle balayant mon cou et mes cheveux, de son parfum étourdissant, de son torse large collé à mon dos. Et cette main… Ces doigts…

Ils passent juste là. Trop près, ou plutôt pas assez.

Les flammes s'animent dans l'âtre à notre droite. Leur jeu entre les bûches m'hypnotise. Leur chaleur me détend et m'exhorte à m'abandonner au moment.

Sa main frôle mon entrejambe, puis redescend.

Ma mère pousse un soupir et secoue la tête en écoutant mon père, à fond dans ses explications. Je ne suis plus articulée, totalement avachie entre les bras d'Antoine. Espérant secrètement que cette foutue main se décide à déboutonner mon jean et à s'emparer de mon intimité.

Mais elle n'en fait rien. Elle va, vient, frôle, promet sans jamais donner.

J'ai accroché un sourire à mes lèvres pour le public, mais en moi, plus rien de cohérent ne se passe.

Haletante malgré moi, je glisse ma main sur la sienne, beaucoup trop joueuse à mon goût. Vibrante du besoin qu'il continue, ou qu'il stoppe tout de suite, j'emmêle mes doigts aux siens en les pressant contre ma cuisse. Je n'arrive même plus à comprendre les signaux que les différentes parts de moi m'envoient. La raison m'ordonne de le repousser, mes parents se trouvant beaucoup trop près. Mais d'un autre côté, le petit diable que j'abrite souffle à mes instincts de diriger ses doigts vers mon besoin.

Du coup, j'opte pour l'immobilisme, le temps de décider.

Il me devance en laissant échapper un petit rire satisfait et en desserrant sa prise autour de moi. En repoussant le plaid qui nous recouvre, il porte ma main à ses lèvres et y dépose un baiser aussi léger que sensuel.

– Je vais devoir vous laisser, cette fois, déclare-t-il en attrapant mes hanches pour m'aider à libérer ses jambes. Je dois me rendre à Marseille dès ce soir pour honorer un rendez-vous demain et je n'ai pas encore pu préparer quoi que ce soit. Plus le choix.

Il se lève, créant un vide glacial autour de moi. Et une si grande déception au fond de mon âme.

Je le savais, c'était évident que le jeu n'allait pas continuer indéfiniment. Et j'aurais dû m'attendre à ce qu'il évite une seconde nuit avec moi. Déjà parce qu'il a un rendez-vous important demain matin, mais aussi parce que notre petit jeu est allé trop loin. Se glisser sous une couette pour clôturer la journée est le meilleur moyen de briser définitivement notre relation patron-employée. Je comprends très bien tout ça.

Mais merde !

Il embrasse mes parents en expliquant qu'il n'aura sans doute pas le temps de revenir ce soir et qu'il a grandement apprécié de passer du temps avec eux ce week-end.

Je pensais que ce départ me soulagerait, mais il n'en est rien. Avec du recul, je dois bien admettre que j'ai adoré la journée que nous avons passée. Totalement indécente et *borderline*, mais… tellement grisante. Pour la première fois depuis longtemps, je me suis sentie femme et désirée. Même si ce n'était qu'un jeu de rôle, l'intention était là quand même. Enfin, je tente de m'en persuader.

Mais soyons honnêtes, dans une vraie vie, sans ce mensonge honteux au-dessus de ma tête, il ne m'aurait même pas approchée. La preuve, il s'enfuit. Mon corps n'est plus ce qu'il était il y a plusieurs mois, je ne peux pas lui en vouloir pour ça. Ce qu'il m'a donné durant quelques heures est déjà mieux que n'importe laquelle de mes attentes.

J'essaie de m'en persuader, en tout cas. Et je n'ai pas envie que cette petite parenthèse durant laquelle je me suis sentie si bien se termine. Dépitée et au bord du désespoir, je cherche quelque chose. N'importe quoi pour le retenir, même si je sais que c'est stupide et que rien ne fonctionnera de toute manière.

Il monte à l'étage pour récupérer son sac, redescend, enfile son manteau ainsi que son écharpe et me rejoint alors que je suis restée plantée là, derrière mes parents, à cogiter inutilement.

– Tu m'accompagnes ? me demande-t-il de son air tellement poli et enjôleur.

Il me tend mon blouson, que j'accepte, le cœur en berne.

À quoi t'attendais-tu, Valentine ?

Je le suis jusqu'à sa voiture. Il lance son sac sur les sièges arrière et revient me trouver. Sans un mot, il attrape mes hanches pour m'attirer à lui. Il m'offre un baiser tendre et délicat. Le parfait baiser d'adieu. Celui que l'on garde enfoncé dans le cœur un bon moment avant de réussir à l'effacer. Ses lèvres, son goût, la manière autoritaire dont il me fait sienne dès qu'il me touche… Tout me bouscule et me retourne la tête. J'aime tout ce qu'il est, ce qu'il dégage et ce qu'il promet. Sauf à cet instant, alors qu'il recule pour que nous nous fassions face et que sa dernière promesse se discerne déjà dans ses iris.

– Je crois qu'il est préférable que j'écourte cette journée, Valentine.

Je hoche la tête en ravalant mes envies de hurler. Ou de lui sauter dessus pour l'attacher à l'arbre non loin de nous. J'ai tellement envie qu'il m'annonce que ce n'était pas un simple jeu. Que tout est bien réel.

Malheureusement…

– Valentine, reprend-il de sa voix chaleureuse et chantante. Nous bossons ensemble et je ne suis pas doué pour tout ça… Mieux vaut éviter de tenter le diable davantage.

Foutu accent qui m'ensorcelle. Foutue sagesse qui me gonfle. Foutue vie de merde !

– Oui, oui, bien entendu. Restons professionnels.

Il hoche la tête en enfilant ses gants en cuir fin.

Ça aussi, c'est trop sensuel pour moi.

Puis il juge utile de caresser ma joue affectueusement une dernière fois. Je ressens une sorte d'hésitation dans ses gestes. Une envie d'arrêter le temps, juste pour nous laisser l'occasion de trouver une excuse. Mais il n'y en a aucune à trouver.

– Tout ceci… C'est parti d'une mauvaise blague, ou deux, peut-être. Un ensemble de conjonctures qui ont fait que. Mais demain… Enfin, je bosse tout le temps et je n'y connais rien en gosses. Et je suppose que tu as envie de profiter de Babyboy… Je pense que si j'en étais réellement le père, je serais dingue de ce gamin.

Certes. Bien entendu que j'en suis dingue. Mais l'affection ne diminue pas proportionnellement au nombre de personnes auxquelles on l'offre. Au contraire. Le cœur a cette faculté, magique, de s'élargir sans limites. Et le mien a aménagé une place de choix pour cet homme en son centre, à en croire le vide que je sens déjà s'établir en moi.

– Je comprends.

Après tout, que puis-je lui opposer? Je ne suis qu'une mère, à peine sortie de son baby blues, déformée aussi bien à l'intérieur qu'à l'extérieur par son accouchement et son changement de vie.

Peut-être d'ailleurs que mon attachement à cet homme vient aussi du fait qu'il s'est trouvé présent à ce moment charnière dans ma vie.

Non. Je suis reconnaissante envers mes amies pour plein de choses. Mais ce n'est pas pour ça que j'ai envie de leur toucher les poils et de leur lécher les…

– Je crois que nous devrions continuer nos brainstormings sur le dossier Spencer par téléphone. Nous pourrions envisager un rendez-vous tous les soirs? Qu'en penses-tu?

J'en pense que c'est l'idée la plus pourrie du siècle.

– Bien. C'est sans doute mieux, effectivement.

– Super! Alors, je t'envoie un lien demain pour une réunion Zoom? Tu me donneras ton heure.

– Oui, sans faute!

– Génial! déclare-t-il sans aucun entrain. Je vais… y aller maintenant. Embrasse Babyboy pour moi? Je n'ai pas voulu le réveiller.

– Sans problème.

Oh, non, je ne vais pas « l'embrasser » pour lui. Je vais le câliner, le recouvrir de bisous, de papouilles, l'étouffer de tendresse et passer tout ce que j'ai envie de donner à cet homme sur lui.

Voilà! Ça, c'est une excellente idée. Et si ma mère m'en empêche, je l'enferme dans l'arrière-cuisine. Elle gèlera et sera moins bruyante, ce qui n'est pas une mince consolation.

Il s'apprête à entrer dans sa voiture en me laissant là, dans la neige, sous la neige, au milieu de la neige, mais marque une pause et se retourne en m'interpellant.

– Au fait, Valentine…

– Oui?

Calme-toi, foutu cœur, il a sans doute oublié un caleçon dans la chambre, ou son mouchoir sous l'oreiller, c'est tout!

– Je ne jouerai plus le papa de Malo. J'aimerais que tu avoues tout à tes parents avant Noël. Je trouve ça plus correct et, dans tous les cas, je refuse de mentir une minute de plus. Excuse-moi auprès d'eux pour tout ce cinéma.

– Oui, lui réponds-je la gorge serrée d'appréhension.

Ce qui signifie également que nous n'aurons plus l'occasion de jouer à ce jeu tellement bon. C'est plus raisonnable, c'est vrai. Mais putain…

– Bon courage pour cette épreuve.

– Merci…

Il s'enferme dans sa voiture après avoir hésité un moment, démarre son tank et, après quelques manœuvres, s'éloigne sur la route qui le ramène à sa véritable vie.

Il ne me reste plus qu'une chose raisonnable à faire. Comme il l'a dit, mettre un terme à tous ces mensonges.

Je remonte le chemin jusqu'à mon chalet, déterminée, ouvre la porte vivement en annonçant:

– Papa, maman, j'ai un truc à vous dire!

23

Antoine

– Il serait intéressant que nous proposions plusieurs scènes. Pas juste un thème, en quelque sorte.

Valentine laisse planer son regard au loin, pensive.

Moi, j'attends sans forcer mon talent. Avachi dans mon fauteuil de ministre, que j'ai enfin retrouvé après trois jours d'absence, je scrute ses traits, presque heureux de les revoir. Tout comme son sourire. Je crois que ce vert m'a manqué.

Ou pas.

Non, forcément qu'il ne m'a pas manqué ! J'étais simplement pressé de boucler ce contrat avec mon client et trop conscient que d'autres dossiers m'attendaient ici pour apprécier de m'absenter autant de jours. J'ai l'impression que j'ai quitté ce centre-ville depuis une éternité et je suis presque étonné moi-même d'apprécier autant mon retour.

Et notre petite visio de travail.

Je me demande comment ses parents ont pris la nouvelle, mais je n'ose pas lancer le sujet. Tout simplement parce que j'ai décidé d'arrêter les frais. Nos rapports doivent revenir au professionnel. Ce n'est pas si facile que ça en a l'air, car nous ne pouvons pas nier que notre petit « jeu » de ce week-end ait tourné en quelque chose de plus sérieux qu'une simple blague. À un moment donné durant ces deux jours, j'ai oublié le véritable but de tout ce manège et me suis réellement pris au jeu. Et j'ai adoré ça.

Cependant, je peux bien adorer quoi que ce soit, un seul fait reste immuable, c'est que j'avais bien un objectif, plus que clair, en m'engageant dans ce week-end : le boulot. Rien d'autre (ou presque). Je vois Spencer dans moins de deux semaines, lundi 23, et rien n'est prêt. Impossible de nous laisser distraire.

– Et si…

Un sourire apparaît sur mes lèvres malgré moi. J'adore lorsqu'elle commence ses phrases par ces mots. Les « et si » chez elle sont un peu comme mes « bref ». Lorsqu'elle n'en prononce aucun, c'est mauvais signe. Et comme d'habitude, elle attend que je lui confirme que je lui accorde toute mon attention avant de continuer.

– Je t'écoute ?

– Oui, donc, et si nous nous rapprochions du nom de cette campagne. Sortez découverts. On fait un truc, chaque fois avec un modèle en sous-vêtements, et à la fin, ils sortent du champ, et envoient valser le maillot qui lui, revient dans le champ en voltigeant dans les airs, tel un oiseau, libéré et léger…

– Genre front de libération des textiles ? Ouvrez la cage aux maillots ?

Elle écarquille ses paupières avant de grimacer.

– Tu tentes de me mettre Pierre Perret dans la tête, c'est ça ?

– Qui ça ?

– Pierre Perret ! Le chanteur ! Arrête de faire l'innocent, Antoine !

– Je n'ai aucune idée de ce dont tu parles ! Je ne connais pas ce Pierre machin !

– J'oubliais que tu n'étais pas d'ici, étranger ! Bon, alors, oui, en quelque sorte, c'est l'idée... T'en penses quoi?

Je tape nerveusement mon stylo contre le bois verni de mon bureau en réfléchissant à mon tour à... au plaisir de travailler avec elle.

Et merde! Rien ne me vient. Je focalise sur ses lèvres entrouvertes...

Je n'aurais jamais dû jouer à ce jeu dangereux ce week-end.

– Écoute, tenté-je malgré tout. J'en sais rien. Peut-être qu'il faudrait jouer avec les décalages. Montrer un mec qui prend le taxi en pleine ville avec son attaché-case, sa cravate et son *jokestrap*!

Elle glousse en remontant son pull qui découvrait l'une de ses épaules.

Dommage. Ou tant mieux, ça en fait moins à mater.

– Oui, j'aime cette idée. Ou peut-être une femme en plein milieu du rayon produits vaisselle d'un supermarché en bikini!

– *Yes!* m'enthousiasmé-je en me redressant pour résumer les idées sur mon calepin. Avec son chariot et ses enfants qui réclament des jouets! Je note. Je vais établir quelques planches, on y verra plus clair comme ça!

– Génial! J'oublie souvent que tu es graphiste. J'aime lorsque les retours sont rapides!

– À votre service, belle demoiselle. J'ai assez de matière pour bosser cette nuit. Je t'envoie ça demain. Si tu as des idées qui passent, envoie-moi un message!

– Je n'y manquerai pas!

Elle plisse les yeux pour inspecter mon environnement.

– Tu es encore au bureau?

Je me retourne machinalement pour observer mon mur.

– *Yep!* Je dois encore contacter mon père pour le point hebdo.

– Dire que je m'en faisais parce que tu ne dormais pas beaucoup lorsque tu venais chez moi! ronchonne-t-elle. Mais au moins, chez moi, tu faisais une pause ! Rentre chez toi, Antoine. Tu rentres à peine de Marseille.

– Ne t'inquiète pas pour moi. Je te laisse. Embrasse Babyboy pour moi.

– Oui, regarde, il n'a pas manqué une miette de notre séance de travail.

Elle tourne son PC pour me montrer Malo, allongé sur son tapis d'éveil, Vésuve installé à quelques pas (de chat) de lui, guettant comme une louve.

– *Hey ! Hello Babyboy !* Tu nous écoutais ? T'as été sage ! *Well done, boy!*

Je réalise qu'un sourire sincère étire mes lèvres et que je suis réellement content de le voir.

Il commence à s'agiter au son de ma voix. C'est... J'adore qu'il me reconnaisse. Trop mignon. Valentine reprend notre échange.

– Je ne vais pas le laisser s'énerver. Je te laisse ? On se recontacte demain ?

– On fait ça... Eh, Valentine ?

Elle s'interrompt alors qu'elle allait couper, en mordillant nerveusement sa lèvre. Je parierais sur le fait qu'elle a compris que j'allais m'éloigner du thème boulot et qu'elle appréhende légèrement, en tout cas autant que moi, le passage aux conversations privées.

Je pourrais ne pas entamer le sujet, mais j'ai besoin de savoir. Depuis plus d'une heure de webcam, nous avons sagement rempli nos rôles à la perfection, concentrés sur Spencer et ses demandes, et rien d'autre. Mais personne ne pourra nier qu'hier, il y avait autre chose.

– Tu vas bien ?

– Oui, souffle-t-elle en se dandinant sur son canapé. Je vais bien. Et toi ?

– Pas eu le temps de me poser la question, à vrai dire. C'est peut-être pas plus mal. Christine et Gérard sont repartis?

L'éclat de son regard se ternit imperceptiblement. Ou peut-être est-ce simplement le réseau, loin d'être fameux dans cette région.

– Oui, peu de temps après toi.

– Bien… Et… comment ont-ils pris la nouvelle?

Elle marque un temps avant de répondre, ce qui n'augure rien de bon.

– Antoine, tu as déjà assez fait comme ça. Ne t'inquiète pas à ce sujet, tout va bien. Bon, je dois te laisser, Malo s'énerve et Vésuve réclame aussi… Bonne soirée, prends soin de toi.

Elle raccroche et je reste là, à observer la fenêtre inactive.

Puis je me botte le cul mentalement pour arrêter mes conneries et en finir avec mes dossiers en cours et ce compte rendu que mon père attend. Elle a raison, je devrais être rentré chez moi depuis longtemps. Même si mon chez-moi ne me donne pas vraiment envie de le rejoindre, lui.

Un chalet douillet en bordure de forêt serait plus à même de susciter mon engouement. Sans parler de ceux qui l'habitent.

Stop, Antoine!

Je crois que j'ai passé trop de temps là-bas. Je me suis laissé charmer par l'esprit des lieux.

Encore une fois, je suis faible. Et certainement en manque de ma propre famille.

J'ai à peine envoyé mon compte rendu qu'une autre fenêtre se met à clignoter sur mon écran. Ça faisait longtemps. Enfin, non, pas trop en fait, elles m'ont appelé vendredi.

Je vérifie qu'aucune oreille ne traîne et réalise que cela ne risque pas puisque toutes les lumières sont éteintes derrière les vitres de mon bureau. Il est déjà presque vingt heures. Je suis seul.

Je réponds donc à mes minettes du bout du monde sans entraves.

– Salut, les *girls*!

– Salut, Antoine… Comment tu trouves nos tenues? On en a eu marre de Noël, on est passé à *rodeo girls*… T'en penses quoi?

Jenny porte un stetson et des jambières en cuir, sans rien d'autre, et Sally un gilet et une corde autour du cou. C'est son acolyte qui détient l'autre bout de cette corde et s'amuse à tirer dessus pour l'obliger à se pencher, sa poitrine opulente apparaissant en plein écran.

– Tu veux jouer au rodéo avec nous, beau Français?

Jenny se penche et sort sa langue pour titiller les tétons de sa copine en lançant à l'objectif tout un éventail de regards lubriques. Je me laisse aller au fond de mon fauteuil, écarte les cuisses, un coude sur l'accoudoir de mon siège et ma main libre se dirigeant entre mes jambes.

– Montrez-moi, mesdames les *cow girls*…

Jenny tire un peu plus sur la corde de Sally et lui fait faire demi-tour pour filmer sa croupe incroyable. Mais, malheureusement, après avoir boudé le léchage de sein en bonne et due forme qu'elles m'ont offert, ma queue ne réagit pas plus aux fessées que Jenny distribue allègrement au fessier de Sally.

Les cris trop surjoués me gonflent. En réalité, à part m'amuser, ces filles ne me font aucun effet. Ce qui est nouveau.

Nouveau, mais pas inexplicable. Je ne pense qu'à ma nuit avec Valentine. Je n'ai jamais autant bandé que cette nuit-là. Même lorsque je partageais mes nuits avec ces deux nanas totalement désinhibées et prêtes à tout.

Putain, je perds la tête proprement. C'est n'importe quoi!

– Les filles? Vous pouvez vous lécher pour moi?

On va tenter une autre approche.

24

Valentine

– Bon, écoutez, monsieur. Je suis désolée, mais je ne peux pas vous prendre ce calendrier. Je n'ai aucune affinité avec les serrures. Pas non plus avec les clés, d'ailleurs ! Revenez avec des sweat-shirts, mon père fait collection de sweaters improbables et moches !

Le serrurier me jette un regard outré en remballant son calendrier. Quand je dis qu'ils se sont donné le mot ! Depuis lundi, c'est le défilé des vendeurs de calendriers devant ma porte. Ce matin, j'ai craqué pour le douzième. Je n'ai plus de place sur mes murs !

– Eh bien, ma petite dame, sachez que mes calendriers ne sont pas moches et mes sweaters non plus !

– Parce que vous en faites réellement ?

– Non, mais si l'idée me prenait d'en commander, je ferais comme pour ces magnifiques exemplaires de calendriers qui en fait sont de véritables almanachs que je me suis donné de la peine à mettre en place. Vous avez tout, dessus. Les fêtes, les événements importants de la ville… Un travail de longue haleine, prenez-en bien conscience. Et je n'évoque même pas le papier qualité premium et les photos format numérique hautement HD imprimées avec la dernière technologie de mon imprimeur.

– « Hautement HD »?

Jamais entendu un truc pareil. Deux solutions. Soit il se fout de ma tronche, soit c'est son imprimeur qui l'a fait avant lui. Ou les deux, éventuellement.

– Tout à fait! Regardez-moi ces finitions, ces encadrements... Rien n'est moche là-dedans!

Cela dit... peut-être qu'un treizième de ces trucs pourrait trouver une petite place sur la porte de mes toilettes?

Et voilà! Cet homme me fait douter avec son air misérable. Je crois que je l'ai vexé.

– Je n'ai pas de monnaie...

Un sourire radieux réapparaît sur son visage. Je préfère ça.

– Moi, oui!

D'accord, mais j'ai quand même la sensation de me faire avoir.

– J'hésite...

– Prenez votre temps, me propose-t-il, très commercial, ce n'est pas urgent, mademoiselle. Je serai sur le marché de Noël, pour proposer mes modèles d'hiver. Passez me voir, et nous effectuerons la transaction à ce moment.

– Le marché de Noël?

Je me remémore l'avoir évoqué avec Antoine. Ce fameux marché qu'il n'a jamais vu à Savannah. Son regard un peu émerveillé devant les chanteurs et son visage tourné vers les flocons, l'air de rien. Il m'a émue ce jour-là et je me suis promis de lui faire découvrir le marché du coin. Parce que, si notre ville n'est pas très typique, le marché, lui, l'est tout à fait.

– Très bien, alors, on fait ça! Et si jamais vous faites imprimer des sweaters, surtout, prenez-en avec vous, mon bon monsieur! Il me manque un petit quelque chose pour mon père à mettre sous le sapin.

– Bon, d'accord, mais c'est samedi, quand même, je ne sais pas si…

– Comme vous voulez ! Je dois vous laisser ! Bonne fin de journée.

Samedi… Nous sommes jeudi matin. Ce qui me laisse du temps pour décider si oui ou non je peux trouver le courage, quelque part, d'inviter mon boss à m'y accompagner. Parce qu'il me manque atrocement. Et je crois que son absence fait quelque chose aussi à Malo. Parfois, je l'appelle Babyboy pour tromper le vide qu'il a créé en décidant de ne plus venir.

Je sais qu'il n'y a plus aucune raison valable de lui demander de passer. Déjà parce que nous travaillons mieux en visio. Sans doute parce que les moyens de perdre notre concentration s'avèrent beaucoup plus restreints de cette manière. Nous ne nous trouvons pas à proximité l'un de l'autre, je ne peux pas me pâmer sous le pouvoir de son parfum, ni fantasmer sur son ventre, entre autres choses…

– Mais si c'est pour une balade… Disons, pour le remercier de tout ce qu'il a bien voulu faire pour moi… Et surtout pour Malo ? Ça passe, non ?

Vésuve lève la queue et m'abandonne au milieu du hall avec mon aspirateur.

– Merci, Vévé ! Mais ne prends pas cet air supérieur, je te prie. Tu perds ton temps avec moi ! Le train de ton snobisme roule sur les rails de mon indifférence !

Ou quelque chose dans le genre.

Du bout du pied, j'appuie sur le bouton unique de mon aspi, décidée.

– Un coup de ménage rapide et j'appelle les Russes ! D'ailleurs, Mélinda va m'entendre avec ses commérages !

Elle a pourtant bien fait, dans son babillage incessant. Parce que si les parents n'étaient pas venus, je n'aurais pas couché avec Antoine. Enfin, je n'ai pas couché avec Antoine non plus.

Bref, je me comprends.

***

Organisation !

– Déjà, toi, tu rentres !

J'ouvre la portière arrière de ma voiture, détache le cosy et traverse ma cour jusqu'à la maison, deux sacs de courses au bout de mon second bras.

Malo commence à se plaindre de l'heure tardive pour son biberon. Vésuve vient se mêler de ce qui ne le regarde pas et me lance un regard torve.

– Ben vas-y, ne te gêne surtout pas ! Occupe-toi du biberon, Monsieur les grands principes ! l'engueulé-je proprement. Ou je ne vais pas chercher le reste des courses, mais je te préviens tout de suite, tes croquettes sont encore dans le coffre ! Choisis ! C'est lui ou toi !

Vévé lâche l'affaire et accessoirement son nouveau pote, abandonne le cosy au bébé hurlant et préfère s'allonger devant le feu mourant dans l'âtre.

– Ah, super ! Elle est belle, l'entraide, tiens ! Malo, tu notes bien qu'entre toi et son estomac, ce chat a tranché. Ce n'est pas toi !

Nous nous dévisageons un moment, le félin et moi, et je gagne le duel.

En attendant, Malo ne baisse pas les armes, lui, et continue son récital. Chaque note bien posée, là où ça heurte bien les tympans. Cet enfant est un ange quand il s'y met.

Je lui balance un hochet entre les mains. Interruption momentanée de ses programmes musicaux. J'en profite pour aller récupérer les cinq sacs qui m'attendent encore dans ma voiture.

Parce qu'évidemment, je n'avais besoin que de beurre et de croquettes, et j'ai fait l'erreur de passer par le rayon textile dans lequel, justement, se déroulait une opération flash. (Je voulais simplement couper à travers le magasin. Notons bien que l'idée de départ était de gagner du temps, et non de perdre de l'argent.)

Bref, une heure et des brouettes plus tard, me voilà avec des croquettes, des bodies *L'Empire contre-attaque*, trois peluches bonhomme de neige, deux pyjamas Père Noël, un truc qui fait de la musique, un bébé affamé et, bien entendu, j'ai oublié le beurre. Et j'ai conférence téléphonique avec Antoine dans moins d'une demi-heure et je ne me suis même pas remaquillée ni recoiffée. Quant à l'état de mon sweater… Bref. C'est le bordel.

Cependant, je note intérieurement en récupérant un biberon stérilisé après avoir posé mes sacs dans un coin, qu'il y a une semaine, je me serais sans doute effondrée en larmes devant l'ampleur de la tâche à venir. D'ailleurs, j'aurais commandé une livraison à cette époque, jamais je ne serais sortie seule avec mon fils. Et pour ça, je peux adresser un énorme merci à Antoine. Premièrement pour sa présence en mode preux chevalier, mais aussi parce qu'en me demandant de bosser sur le dossier Spencer, il m'a offert ce dont j'avais le plus besoin, un truc à moi. Un truc de femme accomplie et active. J'ai l'impression de servir à quelque chose et de garder un pied dans ma vie d'avant Malo.

Bref, il m'a offert pas moins que mon équilibre.

Je laisse échapper un rire en me souvenant des mots de Mélinda hier : « On dirait que ton boss se balade en collant bleu et rouge. Son petit nom, c'est Super-mec, c'est ça ? »

Ce n'est pas ma faute si Antoine est parfait à mes yeux.

Mon téléphone se met à vibrer sur la table derrière moi tandis que je secoue le bib de mon fils, à température parfaite.

– Déjà ?

Donc, je rectifie, Antoine a un défaut, il aime être en avance. C'est une qualité en soi, mais avec moi, ce serait plutôt un problème. Enfin, moi en mode maman. Le temps a la fâcheuse tendance de passer plus vite dès qu'un enfant rôde dans mes parages. C'est un fait.

– Bon, donc on va faire à la mode Maréchal, hein, Babyboy ? On va composer avec le bib et le boss.

J'attrape mon fils, son bavoir, pose son lait sur la table, décroche et m'installe sur une chaise tandis que le chat miaule devant son sac de croquettes non déballé.

– Tu attendras cinq minutes, OK ? Va miauler ailleurs, espèce de gouffre sans fond !

– Allô Valentine ? Je ne te dérange pas ?

Je soupire de soulagement en entendant la voix de mon père.

– Non, ça va… J'ai juste un appel de boulot à prendre dans quelques minutes. Mais en attendant, Malo se nourrit. Attends, je te mets en visio.

D'une main, l'autre tenant le biberon fermement, mon bras entourant le glouton, je lance une invitation vidéo à mon père qui y répond immédiatement. Mon fils ne s'arrête pas une seconde dans son festin alors que son grand-père pousse un cri d'adoration lorsqu'il l'aperçoit.

– Seigneur, qu'est-ce qu'il est mignon ! Tu sais que la boulangère du bout de la rue va lui faire imprimer un body à l'effigie de son enseigne ? Elle est pressée de le voir, ce petit bout.

– Micheline ? Papa, il faut quand même que tu t'inquiètes de ton fétichisme à propos des slogans de boutiques sur les fringues !

– Ah oui ? Mais d'après toi, ma fille, de qui tiens-tu ta vocation pour la publicité ? C'est totalement grâce à moi. Si tu n'avais pas porté mes vieux tee-shirts étant petite, tu n'en serais sans doute pas là !

Il est tellement sûr de lui que je n'ose pas le contredire. Il coupe court au sujet en se raclant la gorge.

– Bon, ma chérie, si je t'appelle, c'est parce que quelque chose me turlupine depuis samedi. Je n'ai pas trouvé le temps de te contacter avant, mais il me semble que, Noël approchant… Enfin, voilà. Je te demande par avance de m'excuser si je me trompe.

Je relève Malo qui se laisse tomber comme une loque sur mon bras en inspectant le visage de mon père et les rides d'inquiétude apparaissant sur son front.

– Que se passe-t-il, papa ?

– Eh bien, reprend-il en se grattant la barbe, c'est au sujet d'Antoine.

Eh merde ! Mon père possède cette particularité de ne pas forcément parler beaucoup en société, mais rien ne lui échappe. Je l'oublie systématiquement. Gérard Bertot est un patriarche qui veille et inspecte.

– Oui ?

Je tente de garder mon sang-froid, mais il me prend au dépourvu. Parce que, forcément, lorsque j'ai voulu tout dévoiler après le départ d'Antoine dimanche, Justine, restée à la maison, les a appelés en urgence pour je ne sais quel problème. Ah oui, fuite de la machine à laver. Inondation et tout le bordel. Bref, ce n'était qu'une histoire de filtre, mais ça, ils l'ont découvert après être rentrés sans me laisser le temps de tout avouer.

– Lorsque je l'ai accompagné chez lui… Enfin, Valentine, cet homme n'a pas une photo de toi chez lui. Ni de Malo. Et pire encore, il a encore un chez-lui ! Et je suis allé me balader sur tes réseaux sociaux, tu n'y as jamais publié une seule photo de lui. Je sais que ce n'est pas une obligation, qu'il peut exister tout un tas de raisons à cela, mais quand même. Valentine, es-tu certaine que tout va bien de ce côté ? L'appartement de ton boss ne ressemble à rien d'autre qu'à un appartement de célibataire.

– Papa... je...

Mon cœur se met à battre alors que Malo repousse son biberon en gesticulant. Je pose le biberon sur la table et redresse mon fils contre mon épaule pour l'aider à digérer.

– Écoute Valentine, tu n'as pas à me faire part de tes soucis privés si tu ne le souhaites pas. Je n'en ai d'ailleurs pas discuté avec ta mère car je sais qu'elle risquerait de venir te harceler jusqu'à ce que tu lui expliques je ne sais quoi.

– C'est pas ça, c'est... C'est compliqué avec Antoine, papa. Il...

Respire, Valentine, respire.

– Il n'est pas le père de Malo.

Voilà ! C'est lâché ! Une vague de soulagement me percute de plein fouet. Le visage de mon père reste de marbre. Imperturbable, puis il soupire lourdement.

– Est-ce un homme qui t'aurait abandonnée après avoir...

– Non ! Non, je te rassure, ça n'a rien à voir. Une soirée, pendant la visite de Mélinda et Jeanne en mars, tu te souviens? Nous nous sommes un peu invitées à une fête de vacanciers en haut des pistes et... Enfin, voilà, je ne connais même pas le prénom du père.

– Alors, pourquoi l'avoir gardé, Valentine? s'inquiète-t-il, perdu. Enfin, je veux dire... Il n'y a pas de honte à... Seigneur, comment puis-je te dire ça alors que le bébé le plus mignon du monde roupille entre tes bras !

Cette fois, il ne camoufle plus son désarroi.

– Valentine, tu n'as pas à...

– Papa, c'est un choix tout à fait médité et réfléchi. Le fait que vous ayez pris Antoine pour le père, ça en revanche, c'était un pur hasard et je n'ai pas eu le courage de démentir. Déjà, la première fois lorsque Justine a cru deviner en juin, et ensuite lorsqu'il s'est présenté à la clinique...

Mon père secoue la tête, dépité.

– Pauvre garçon. Il n'a rien dû comprendre… Et ta mère qui lui a sauté dessus comme s'il faisait partie de ses ouailles. Tu sais, elle l'aime beaucoup. Et moi aussi, au passage. Mais si ce n'est pas le père… Enfin, Valentine, pourquoi nous avoir menti? Encore une fois, nous aurions compris, tu sais? Qui de mieux que nous pour te comprendre à ce sujet?

– Justement, papa. Elle aurait peut-être compris de travers. Et elle se serait trompée.

Il se gratte la barbe, embarrassé.

– D'accord. Me voilà bien. Tu comptes l'annoncer à ta mère à quel moment? Tu sais que je ne pourrai pas garder ce secret bien longtemps. Je déteste lui mentir.

Encore un point pour lequel mon père excelle. Le pragmatisme. L'heure n'est pas aux reproches ou aux lamentations, mais bien à la recherche d'une solution. Il sait qu'il n'a pas besoin de me faire la morale, puisque je suis une adulte, que mes choix ne sont pas pris à la légère et que je les assumerai, dans tous les cas.

Non, mon père n'est pas du genre à rabâcher ce que les personnes en face de lui savent déjà. Il préfère avancer et préparer la suite. Anticiper.

– Je sais. J'ai tenté plusieurs fois ce week-end, mais il y avait toujours un truc. Si tu peux me laisser un peu de temps? Jusqu'à Noël? Parce que, dans tous les cas, Antoine ne compte plus jouer le jeu, et il a raison, la mascarade a assez duré. Je dois tout révéler à mère. À elle et à toute la famille.

Je grimace à la simple idée du tsunami que je vais déclencher. Heureusement, dans mon malheur, mon père est là. Et ça, c'est un appui inestimable. Je me demande d'ailleurs pourquoi je n'ai pas eu l'idée de lui en parler avant.

– Tu veux que je m'en charge, ma puce?

– Non, non, surtout pas ! C'est mon mensonge, c'est à moi de l'expliquer, aussi bien que les raisons qui m'y ont menée.

– D'accord. Je me tais jusqu'à ce que tu le décides. Je reste dans ta *team*, ma fille. Bon, mais alors, si j'avais raison là-dessus, peux-tu m'expliquer pourquoi cet homme, ton patron, a joué le jeu ce week-end ? Et surtout… Enfin, Valentine, son attitude envers toi ! Dans la nuit de samedi à dimanche, vous avez fait un tel vacarme que ta mère est certaine que vous avez mis le second en route !

Je retiens un éclat de rire avant de me faire assaillir par une vague de nostalgie. Les lèvres d'Antoine, ses bras, son corps endormi contre le mien… Tout ça me manque violemment. Et le voir tous les soirs par caméras interposées me frustre encore davantage. J'ai besoin, viscéralement, de le sentir près de moi. C'est en moi. J'y pense tous les soirs, dès que je me réveille, dès que je m'active dans la maison, que je me balade pour sortir Malo… J'ai même nettoyé la chemise qu'il avait laissée sur la table à langer la première fois et je la porte au réveil. Ma nouvelle nuisette fétiche.

Je crois que je suis sacrément mordue. Malade. Après le baby blues, le *boss blues*. Dramatique.

– Bon, très bien, s'esclaffe mon père tandis que je réalise le sourire béat que je lui offre. Nous sommes donc en présence d'une histoire sérieuse… Et il adore Malo, c'est très net. L'histoire se répète, il semblerait.

Je ne m'arrête pas sur ce rappel discret des secrets de famille, parce que pour ma part certains faits n'existent pas réellement, même s'ils sont véridiques. Je reste focus sur le sujet du moment… Antoine, bien entendu.

– Euh, ne t'enflamme pas, papa ! Parce que depuis ce week-end, nous ne nous sommes pas revus. Il est mon boss. C'est compliqué. Et puis, il est américain, pas moi…

– Ah ben oui, forcément. Le fait qu'il soit américain explique tout !

Il se met à glousser devant mes arguments ridicules et arrive à me détendre également.

– N'importe quoi ! Si tu te trouvais en face de moi, je te balancerais mon torchon en pleine tête ! Papa, un peu de sérieux, je t'ouvre mon cœur, là !

Et ça fait un bien fou d'enfin pouvoir confier ses douleurs de cœur aux siens.

– Oui, pardon. Donc, alors, ton boss. Tu as déjà couché avec lui ?

– Mais non ! C'est un gentleman et, de toute manière, je ne le connaissais pas vraiment avant que vous le preniez pour le géniteur de Malo… Mais je t'avoue que j'aurais aimé le revoir. En dehors du boulot, j'entends. Papa, il est…

Je lève les yeux au ciel en soupirant de dépit, tout en tapotant la couche de mon fils car un petit rot semble le taquiner sans réussir à sortir.

– Oui, bon, j'ai compris. Je te rappelle que je suis un homme et que je n'ai jamais aimé *Dirty Dancing*.

– Personne n'est parfait papa, ne t'inquiète pas, ce fait ne sera pas retenu contre toi. Dis-moi, si je l'invitais au marché de Noël ? Tu sais, il m'a dit qu'il ne connaissait pas Noël sous la neige…

– Très bonne idée.

– Oui, mais il a aussi dit que nos liens professionnels ne nous permettaient pas d'entamer un autre genre de relation. Et aussi qu'il ne recherchait pas forcément à devenir papa tout de suite et moi, ma priorité, c'est Malo.

Ça y est, j'ai atteint les limites de confidences purement féminines à asséner à Gérard Bertot. Il se gratte la tête pour trouver la bonne réponse.

– En ce qui concerne les enfants, on n'est jamais vraiment prêt. Et franchement, la manière dont il s'en occupe me forcerait à penser que ton fils ne représente absolument pas un problème. Et pour votre relation professionnelle... Combien de couples connaît-on qui se sont formés au bureau? Je crois que les lieux de travail sont justement les plans drague les plus efficaces[1].

– Tu devrais l'appeler pour lui expliquer, parce que moi, je suis bien convaincue de tout ça. Mais pas lui, visiblement.

– Tu n'as qu'à lui faire comprendre, ma puce. Après tout, tu es une publiciste reconnue, non? Fais ta pub! Fais honneur aux Bertot et pars à la conquête de cet homme, bon sang!

Si seulement c'était si simple. Cela dit, rien ne dit non plus que ce soit forcément compliqué. En tout cas, si je ne tente pas, je ne risque pas de récolter grand-chose. Mais je ne dois pas oublier que, justement, je peux aussi bien recevoir une belle récompense qu'un échec cuisant. Et, comme il le dit lui-même, nous bossons ensemble. Difficile de maintenir une bonne ambiance si le mec m'a foutu un râteau dans la tronche de la taille des États-Unis.

Valentine, arrête de flipper!

– Bon, et sinon, reprend mon père, soudain plus jovial, alors, pour le séjour que tu comptes m'offrir pour Noël, je voulais te prévenir que...

---

1. NDA: Confirmé par une étude IFOP pour le site Online Seduction. Le bureau-lieu de travail est le lieu de rencontres préféré des Français. 14 % des couples s'y rencontrent, suivi de près par les campus, facultés et lieux d'études (11 %). Le reste se répartit entre tout un tas de lieux et de situations, diverses et variées. Alors, vive le boulot, non?

25

Antoine

– Bon, je crois que cette fois, c'est mort ! déclare Zoé en m'offrant une entrée fracassante dans mon bureau, le dos de la main posé sur son front de manière théâtrale. Nous perdons le *game* !

Elle se laisse tomber sur le fauteuil en face de moi, à l'agonie. Valentine hausse un sourcil pour me signifier son étonnement depuis notre fenêtre de conversation. Je lui fais signe de laisser tomber.

– Quoi ? C'est quoi encore qui pose problème ?

Ma secrétaire redresse la tête pour me décapiter d'un simple regard.

– L'Enclos ! Quoi d'autre ?

J'oubliais que nous étions vendredi. Le jour de la débandade organisée sur la déco. J'hésite. Je cache ou non mon profond soupir d'exaspération ?

– Zoé !

Bon, ben non, je ne le cache pas, il sort tout seul.

– Oui ? pleurniche-t-elle, au bout de sa vie.

– Je commence à en avoir un peu ras le bol de cette agence immobilière !

– À qui le dites-vous ! Ce n'est qu'une bande de crétins assermentés ! Surtout cet Evan, là ! Quel branleur, ce type !

Valentine pose rapidement une main sur sa bouche pour étouffer un éclat de rire. Ce qui ne m'aide pas à rester sérieux. Je coupe le son de mon PC et la préviens par un message rapide, ce qui ne l'empêche pas, elle, d'entendre la conversation.

– Evan ? Qui est Evan, exactement ?

– Le secrétaire de l'agence, pardi ! Et vous savez quoi ? Il a prétendu que SON espace d'accueil était largement plus moderne que le mien ! Des blagues, oui ! Monsieur Maréchal a réaménagé notre accueil l'année dernière, nous sommes à la pointe de l'accueil, ici ! Tas de merde, va !

– Zoé, je vous prierais de contrôler vos paroles ! Bon, bref, qu'ont-ils encore fait cette fois ? Ils offrent des pulls moches aux passants ? Une vitrine en sucre d'orge ?

– Leur patron se déguise une heure par jour en Père Noël !

Du coin de l'œil, j'avise Valentine, totalement hilare. Moi, en revanche, je n'ai plus du tout envie de me marrer.

– Vous ne tentez pas de suggérer de manière indirecte qu'il serait bien, pour un foutu concours à la con, que je fasse le pitre en me baladant dans l'agence avec une barbe, un bide et un costume rouge, dites-moi, Zoé ?

Elle retrouve subitement son sourire et se redresse sur son fauteuil, étrangement joyeuse, tout à coup.

– Vous feriez ça ?

– Bien entendu que NON ! m'emporté-je, hors de moi. Dégagez de mon bureau tout de suite, sinon j'interdis totalement que l'on décore notre agence, même avec un foutu nœud de rien du tout ! C'est compris ?

Elle se lève illico en replaçant son chemisier, l'air déçu.

– Je m'attendais à plus de considération et surtout d'aide de votre part ! Vous me décevez, Antoine ! Franchement !

Je lui adresse un regard très explicite qui lui enjoint de ne pas ajouter le moindre mot et de déguerpir rapidement de ma vue. Ce qu'elle se décide à faire.

Elle passe la porte, la claque, puis hèle ses collègues, certainement en attente quelque part.

– C'est mort, les mecs ! Pourtant, j'ai tout donné ! Une vraie performance d'artiste ! Préparez-vous à perdre ce concours, vu la médiocrité de la déco !

– On a toujours l'option du bleu !

– Luc, ta gueule !

Ces gens vont me tuer !

Je récupère Valentine, en larmes, Malo entre les bras.

– J'avais oublié ce fichu concours de la rue ! Zoé le prend au sérieux, chaque fois !

– Elle va me rendre dingue !

– Je comprends… Bon, pour en revenir à nos moutons…

– Je crois que nous n'avons plus que les textes et les arguments de présentation à rédiger. De l'excellent travail ! Il nous reste une semaine pour finaliser tout ça, c'est presque royal !

Très bonne chose, vraiment.

– Justement, je me disais, reprend-elle, vu que nous avons accompli un travail énorme cette semaine, enfin, surtout toi… Que penserais-tu…

Elle s'interrompt, les joues teintées d'un joli vermillon qui lui va parfaitement et me déstabilise comme cela ne le devrait pas.

– Oui ?

– C'est peut-être une mauvaise idée, reprend-elle en entortillant ses doigts dans le gilet de Babyboy. Enfin, voilà, le marché de Noël de notre ville débute ce soir, et comme c'est vraiment beau et typique… Je me souviens que tu voulais découvrir un peu un Noël sous la neige. J'y vais demain avec Malo, pour lui montrer tout ça. Tu es le bienvenu, si tu le souhaites.

Je me fige sous la surprise, la bouche entrouverte, mon esprit se mettant à réfléchir dans tous les sens.

– C'est…

Une bonne idée? La pire de toutes?

Bien entendu que j'adorerais lui répondre oui et lui proposer un rencard, car la côtoyer de temps en temps par écrans interposés n'est clairement pas assez, et la pire des manières d'interagir qui soit. Mais la rejoindre, hors session de travail, sans excuse ou faux-semblants? Ne serait-ce pas franchir ce fameux pas qui me tord le bide d'appréhension?

– Je…

– Non, mais laisse tomber, se reprend-elle en resserrant ses bras autour de son fils. C'était une idée, comme ça. Sans doute stupide.

Elle pose son regard ailleurs, n'osant plus me fixer directement, visiblement mal à l'aise.

– Ce n'est pas…

Vais-je arriver à terminer une phrase, bordel de merde?

– Oublie! décide-t-elle en se forçant à sourire. Je dois préparer le bain de Malo. Bonne soirée, et bon week-end.

Et sans me laisser le temps de ranger mes idées, de répondre à quoi que ce soit, elle met fin à notre conversation.

Merde!

Mon regard se pose sur la liste des contacts, indiquant qu'Étienne est en ligne. Je clique aussitôt pour lancer un appel. Cette fois, j'en ai ma claque de tergiverser sans arriver à statuer. Je veux, je ne veux plus, j'espère et refuse. Ce comportement est devenu carrément grotesque!

Mon frère répond quasiment aussitôt, sa tête de futur papa ridiculement ravi apparaît en gros plan sur mon écran.

– Eh! Salut, le *Frenchy*! Tu tombes bien, on ne parlait pas de toi avec Ophélie!

– Salut, Pimouss ! s'exclame ma sœur en arrivant derrière lui. Alors, comment ça va ? Oh, mon Dieu, mais c'est quoi, cette tête !

Normalement, je devrais me trouver avec eux en ce moment même. Sans doute que ma sœur racontait à Étienne, qui s'en contrefiche, les potins du coin de l'imprimante. Ou de la machine à café. Les dernières frasques de Doris, ou le dernier couple illégitime de l'étage. Ces deux trous de balle me manquent comme jamais.

Quant à ma tête…

– T'as vu la tienne ? Lana ne te laisse pas tranquille la nuit ?

Ma sœur et sa femme s'aiment toujours comme au premier jour. Un exemple pour nous tous.

– Et toi ? Qui t'empêche de dormir, frérot ? rétorque-t-elle en jouant des sourcils de manière significative.

– Personne ! Justement !

Je n'irai pas par quatre chemins, j'ai besoin de décharger mon incompréhension concernant cette histoire. Et s'ils avaient un ou deux conseils qui traînent, je ne serais pas contre. Après tout, Étienne est marié avec l'ancienne comptable de la société, donc, bon… Cela dit, c'est aussi l'ancienne comptable, justement. Depuis, elle a changé de crémerie. Ce que ne me pardonnerait pas papa.

D'un autre côté, qui parle de mariage avec Valentine ?

Du grand n'importe quoi ! Nous nous sommes embrassés une poignée de fois et je ne suis pas du tout prêt à m'engager.

Je débloque sérieusement, moi !

– « Personne, justement », répète rêveusement mon frère. Ta quéquette s'ennuie, mon grand ?

Je grimace devant sa blague douteuse.

– Pourquoi toujours ramener tout au sexe, je vous le demande ! grogné-je en refermant avec agacement le dossier Spencer encore ouvert devant moi.

Ma sœur se rapproche en touillant son café, les yeux prêts à sortir de leurs orbites.

– Oh là là ! L'heure est grave ! T'es malade ? Comment ça : y a pas que le sexe dans ta vie ? Étienne, pousse-toi, fais-moi une place !

– Non, mais ça va pas, mon fauteuil n'est pas fait pour deux !

– Alors dégage ! Antoine va nous confier des trucs sur sa vie sexuelle ! J'ai besoin de m'asseoir.

Je regrette déjà cet appel.

– Oph, pas sur ma vie sexuelle, justement, puisqu'elle n'existe plus depuis un bon bout de temps.

– Et Jenny et Sally ? s'interroge Étienne en se faisant proprement virer de son fauteuil. Je croyais qu'elles te contactaient au moins une fois dans la semaine.

– Je leur ai annoncé mercredi que ce n'était pas la peine de me rappeler pour le moment.

Je soupire en posant mon menton sur mes poings, offrant à leurs regards scrutateurs le dépit qui me submerge.

– Waouh ! L'heure est genre… super grave, là ! Frangin, qu'est-ce qu'il se passe ? Étienne, t'as pas un peu de lait qui traîne quelque part ? Ce café est trop fort ! Je me suis trompée de boutons !

– T'as cru que je me lançais dans une carrière de serveur au Starbucks ou quoi ? lui répond sympathiquement notre aîné. Je crois que tu connais le chemin jusqu'à ton bureau, non ? Bon, sinon, Antoine… explique-nous. Enfin, explique-moi, parce qu'Oph dégage tout de suite.

Il l'attrape et reprend sa place en remontant ses manches sur ses avant-bras. Signe que je récupère toute son attention. Je fais abstraction des cris outrés de notre frangine qui pose ses fesses, par dépit, sur le bord du bureau.

– C'est Valentine Bertot. Notre collaboratrice. Papa l'adore et lui porte une confiance aveugle. Et je dois bien admettre qu'il a raison. Elle est franchement brillante et les clients l'adorent.

– Y a pas qu'eux, visiblement, ricane ma sœur en grimaçant après une gorgée de café. Et c'est quoi, le problème ?

Forcément, j'aurais dû me douter qu'elle ne comprendrait pas. Étienne, en revanche...

– Le problème, répond-il à ma place, c'est justement qu'elle est brillante. Et qu'elle vient d'accoucher.

– Ouch ! commente ma sœur. Effectivement. Fais gaffe lors de la pénétration, elle va douiller. Au moins, le jour où ça m'arrivera, je n'aurai pas ce problème avec Lana !

Je lève les yeux au ciel.

– Notre sœur est plus vulgaire que le plus vulgaire des camionneurs ! Nous ne parlons pas de sexe, Oph !

– J'essaie de détendre l'atmosphère ! T'es pas devenu un peu soupe au lait, toi ?

– J'en sais rien... Mais plus sérieusement, je l'apprécie beaucoup, elle est différente. Si jamais je n'assure pas, l'ambiance à l'agence va devenir insupportable !

Étienne plisse les yeux d'un air songeur.

– C'est marrant que tu dises ça... Qui m'a poussé vers Elisabeth, tu peux me rappeler ?

– C'était différent, Elisabeth était parfaite pour toi, pas dans le même service et tes raisons pour la repousser n'étaient pas valables. Ridicules même, si tu veux mon avis.

– Mais carrément ! confirme notre sœur. Ridicules !

– Responsables et matures, se défend notre frère, nuance ! D'ailleurs, c'est l'hôpital qui se fout de la charité, au passage, puisque toi aussi, tu pratiques la discrimination professionnelle à grande échelle, et ce, depuis toujours.

– Non, pas du tout ! Pour moi, une collègue a toujours une tête de boîte à archives ! C'est ancré en moi ! Je ne les repousse pas pour autre chose.

– Et donc, Valentine ressemble à une boîte en carton? rebondit-il en ricanant ouvertement.

– Bien entendu que non! C'est justement ça, le problème.

– Ou la solution, intervient Ophélie. Tu réalises ce que tu dis? Que tu ne voies aucun problème moral à te taper une collègue, que c'est simplement parce qu'aucune ne t'a attiré jusqu'à présent, mais quand ça arrive, tu nous prends la tête parce que moralement, ça craint!

– Déjà, je ne veux pas me « taper » Valentine Bertot. J'ai juste envie de passer du temps avec elle. Et accessoirement, effectivement, peut-être, palper un peu quelques-uns de ses attributs.

– Oh.

– Ah, ah!

Dans la famille Maréchal, je demande les deux guignols.

– Vous êtes doués en interjections exclamatives! Bravo!

Ma sœur se tourne vers mon frère d'un air détaché.

– Il s'exprime vachement bien depuis qu'il squatte la France, non?

– Grave! Bon, alors, revenons à nos moutons. Antoine, pourquoi ne passes-tu tout simplement pas ton foutu temps libre avec elle? Pourquoi te prends-tu la tête, exactement?

– Parce que…

– Parce qu'il flippe, voyons! me coupe cette insupportable sœur. T'as déjà entendu parler Antoine comme ça, toi? Il dit qu'il a les boules de casser quelque chose dans l'agence, mais moi, je dirais plutôt qu'il a surtout les boules de se vautrer lui-même! C'est tout! L'agence retrouvera une Valentine, ou une Juliette ou un Roger. Mais en ce qui le concerne lui, rien n'est moins certain! Mais je vais te dire, espèce de froussard, il est temps que tu arrêtes de te cacher derrière tous tes prétendus principes. C'est comme pour Bestcom, tout ça! Combien de temps es-tu resté à te planquer derrière Étienne alors que nous te savions tous tout à fait capable de gérer aussi bien que lui ?

– Oui, enfin, pas quand même aussi bien ! la coupe Étienne en resserrant son nœud de cravate.

– Papa ne tarit pas d'éloges sur la masse de travail que tu effectues là-bas, Pimouss ! Et que tu fais bien, de surcroît. Alors, fais pareil avec cette femme. Tu ne sais sans doute pas comment t'y prendre, mais on s'en fout ! Tu crois que je savais comment faire jouir une nana, moi, la première fois ? Ben non !

– Merci pour cette précision tellement nécessaire, m'esclaffé-je en me redressant sur mon siège. Mais si je me plante ? Et si une fois dans mon lit, elle ne m'intéresse pas plus que les autres ? Tout détruire pour du sexe, c'est super con et inutile.

– Ne rien tenter n'est pas plus malin, reprend Étienne. Surtout que, corrige-moi si je me trompe, tu n'as jamais hésité pour les autres.

– Les autres n'avaient pas réellement d'importance.

– Ce qui signifie que cette femme en a.

Logique, effectivement.

– Le vrai problème est de savoir, mon cher Antoine, si oui ou non tu te sens prêt pour ça. Surtout si, en plus, il existe un enfant qui va entrer forcément dans l'équation.

Voilà. Tout est dit. Le vrai problème, c'est moi. Pas elle. Pas sa place ou la mienne. Juste moi.

26

Valentine

Avec peu d'entrain, j'essore l'éponge sur le ventre de mon petit chaton.

– Oh, mais oui, il aime l'eau, mon petit cœur... Vraiment vraiment beaucoup !

Mon fils agite ses petits bras vivement en guise d'approbation. Enfin, je crois. Vésuve, lui, se contente de rester en retrait, à la porte de la salle de bains, curieux mais pas fou. Lorsque Malo prend son bain dans sa petite baignoire bleu électrique, c'est un peu opération tsunami dans la pièce. La semaine dernière, mon véritable chat s'est pris sur la tête une vague d'eau savonneuse envoyée généreusement par mon faux chaton, *alias* mon vrai fils.

– Et maintenant, on va frotter les petits pieds. On commence par lequel ? Celui...

La sonnette de l'entrée m'interrompt en plein plan tactique.

– On va laisser sonner, j'ai bien assez de calendriers. Alors, nous disions...

Finalement, je réalise que, peu importe tout ce qui manque à ma vie – manque qui se résume à un seul nom que je préfère ne pas mentionner –, j'oublie mes frustrations et mes émotions négatives dès que mon fils se trouve à proximité. Et Vévé, bien entendu.

– Nous formons le trio gagnant, les mecs !

Second coup de sonnette. Encore un nerveux !

– Bon. Alors, après les pieds, je propose de repasser un peu sur ce bidon tout rond… Comme ça…

Vésuve nous abandonne soudain pour descendre au rez-de-chaussée.

– Laisse tomber, il est jaloux, mon bébé. D'un autre côté, il n'aime pas trop l'eau, donc bon…

– Valentine ?

Je me fige, l'éponge en l'air, le regard planté sur le mur en face de moi.

– Putain, je dois arrêter de fantasmer sur lui, j'entends des voix, maintenant.

– Valentine, c'est Antoine ! Tu es là ? Je l'espère car ta porte n'est pas verrouillée. C'est un peu inconscient, d'ailleurs.

Donc, non, ce ne sont pas des voix. Antoine, mon fantasme à la ligne de poils merveilleuse, se trouve dans mon hall, chez moi. Et moi… Un rapide coup d'œil à ma tenue me colle la panique du siècle.

Bon Dieu ! Pourquoi maintenant ? Des solutions de repli éventuelles ?

Qu'est-ce qu'il fout ici ? Il n'est même pas dix heures ! Mauvais timing de dingue !

– Malo, t'as pas une idée, là ?

– Valentine ?

Bon, OK. Mauvaise stratège, aucun moyen de tromper l'ennemi, je n'avais rien prévu.

Je me racle la gorge, prise au piège, mais fataliste. Après tout, au point où j'en suis...

– Dans la salle de bains à l'étage ! Entre, Malo termine son bain. J'arr…

J'entends déjà ses pas dans l'escalier. Oui, forcément, pendant une semaine, je lui ai demandé de faire comme chez lui ici. Alors bon, il a pris ses habitudes.

Il pénètre dans la pièce avant même que je puisse réagir. Alors je reste là, une main pour sécuriser mon fils, l'éponge dans l'autre, en chaussons, chaussettes et…

– Tu laves Babyboy en portant ma chemise Armani ?

… Et donc, avec sa chemise en guise de nuisette.

– Ben… Ah ? C'est ta chemise ? Je pensais que c'était celle de mon père. Je me demandais d'ailleurs où était planqué le slogan débile ! Ceci explique sans doute cela !

Comme si ce n'était pas évident que c'était la sienne. Cette chemise le représente tellement. Elle est classe, douce et confortable. Et j'aime l'idée de l'avoir lui contre ma peau. Même si ce n'est que sa chemise. En plus, j'ai dû la laver car Malo s'était lâché dessus. Mais pas grave, tout est une question de symbolique. J'aime ce coton qui frôle mon corps pendant des heures le matin, parfois la nuit et…

Bref, passons.

Évidemment que ce point ne le regarde absolument pas.

Je pars dans un ricanement ridicule alors qu'il s'adosse au mur en croisant les bras sur son torse, un demi-sourire de tombeur accroché aux lèvres et le regard lumineux. Mais il ne prononce pas un mot. Il m'observe, simplement. Et moi, je me calcine sur place, aussi sûrement que Jeanne la Pucelle sur son bûcher.

Et je remercie Malo d'avoir besoin de moi pour le soutenir, sans quoi je me jetterais sur lui sans préavis. Il est comme l'équilibre dans cette maison. Tout semble meilleur lorsque son parfum se faufile dans l'espace qui nous sépare.

– Et… commencé-je après m'être raclé la gorge atrocement sèche, tu es venu pour… Tu veux ta chemise, peut-être ?

– Non, je t'en prie, garde-la ! Elle te va bien mieux qu'à moi !

Ça, rien n'est moins sûr, mais j'ai l'impression qu'il aime assez le spectacle de mes jambes nues découvertes jusqu'à mi-cuisses. Enfin, sans compter les chaussettes moumoute à pompons au niveau des chevilles, bien entendu.

– Je suis venu pour le marché de Noël, reprend-il en passant une main dans ses cheveux encore humides. Je t'ai laissé un message, mais comme tu ne répondais pas, je me suis dit que je pouvais passer… Mais peut-être as-tu changé d'avis ?

Il va réellement falloir que je sorte mon téléphone de ma… Mince, où l'ai-je rangé, d'ailleurs ? Bref, passons. J'ai largement plus urgent à gérer.

– Non, mais tu n'étais pas obligé, tu sais ?

– Disons que… Je me suis dit qu'avec Malo, à deux, c'est plus simple.

Il semble soudain tellement… fragile. Timide. Vulnérable. Encore plus touchant, si on me demande mon avis.

Mais voilà, c'est bien le problème, Valentine, justement, on ne te demande rien !

– Oui, c'est vrai. Donc, du coup, il va falloir que… je m'habille ? Me lave ? Mette des chaussures ? Me coiffe ? Dans le bon ordre, bien entendu !

Re-ricanements débiles émanant de ma propre bouche.

Je crois qu'Antoine Maréchal n'est pas le plus Bourvil de nous deux.

– Tu veux que je m'occupe de Babyboy ?

Il retire déjà son duffle-coat si classe et sexy et défait son écharpe, un sourire un peu crispé aux lèvres.

– Ah, ben oui, si tu veux, tu as ses vêtements et…

– Je sais ! Va te doucher, je gère.

Il me pousse presque et accapare la place devant Malo.

– Hello, toi ! Alors ? Toujours en plein entraînement pour défier Camille Lacourt dans trois, quatre ans ?

Il remonte les manches de son pull sur ses avant-bras hâlés. Et je réalise qu'en plus des poils sur l'abdomen, j'aime particulièrement les poils sur les avant-bras. Bon sang, ce que c'est sexy…

– Bon, alors j'y vais. Je cours. Je me dépêche.

– Prends ton temps. Il a un biberon après ?

– Oui, il s'est réveillé à cinq heures ce matin. Si nous sortons, je préfère prévoir.

– Super, on va faire ça, alors. Allez, c'est bon. *Shower time for you!*

Bon, OK, très bien.

***

– Alors ?

Problème épineux, vraiment…

– J'hésite entre le rouge avec l'inscription « J'prête pas mon tuyau à tout le monde ! », ou le bleu ciel pas trop ciel « Le feu, c'est mieux à deux »… Ils ne sont pas un peu porno, ces slogans ?

Antoine retient un rire tandis que le pompier qui tient la boutique me toise d'un regard noir et mal aimable.

– Vous auriez préféré « File ton tuyau que je le fasse goutter » ? réplique-t-il en se foutant clairement de ma tronche. J'en ai plus de celui-là, un car de bonnes sœurs octogénaires vient de me prendre tout le stock.

Ah, ah ! Vraiment drôle !

– Elles avaient un goût affûté, à n'en pas douter. Merci, mais je ne prendrai rien. J'ai déjà acheté votre calendrier. Bonne journée.

Je repose les deux tee-shirts et fais signe à mon boss, qui porte bébé, de me suivre loin de ce connard qui se dit pompier.

Antoine lève la tête vers le ciel en humant l'air frais de la matinée. Les effluves de vin chaud d'une échoppe parviennent jusqu'à nous et se mélangent à l'odeur des marrons grillés et du chocolat qui nous entoure. Je suis presque fière de le voir ainsi, grâce à moi. Et totalement grisée qu'il ait accepté mon invitation.

Nous déambulons le long des allées encore relativement vides à cette heure de la journée, sans forcément parler, juste… Pas besoin de plus, en fait. La neige, les étals en bois, les décorations, une chorale chantant un peu plus loin, et lui, mon fils… Un petit instant de magie de Noël. La simplicité du bonheur aussi immaculé que la neige sur le toit des chalets.

– Oh, tiens, regarde, un fabricant de boules personnalisées ! s'exclame-t-il, amusé. Ils en font pour les enfants ! Je vais en prendre une pour mon futur neveu.

Il m'entraîne vers le chalet du marchand qui propose également toute une sélection de décorations pour les sapins et les tables.

– Ah, mais c'est parfait ! J'ai jeté un œil aux décorations que mes parents m'ont apportées pour Noël, elles ne me plaisent pas. Je les ai toujours vues, lui expliqué-je en portant devant mes yeux une guirlande dorée de petits anges étincelants. J'ai envie d'avoir mes propres décos. Les premiers souvenirs de Malo. Son premier Noël.

Il me sourit avant de s'adresser au marchand.

– Serait-il possible d'avoir trois boules personnalisées ?

Deux au nom de Babyboy, et une à celui de Valentine.

– Non, mais, Antoine, tu n'as pas besoin de…

– Pas de mais ! m'ordonne-t-il en posant son index ganté sur mes lèvres. Chez moi, nous n'avons peut-être pas de neige, mais nous avons nos boules attitrées depuis notre naissance. La mienne doit se trouver à Savannah, sur une branche d'arbre. Elle comporte un traîneau vert et rouge avec des paillettes et de la neige dorée. Pas de raison que tu n'aies pas la tienne, comme Malo, d'ailleurs ! Choisis ta décoration et laisse-moi tranquille avec la mienne.

J'adore cet homme. Les larmes me monteraient presque aux yeux alors que je remplis un panier en osier de toutes les figurines que je trouve. Tout y passe, parce que tout est trop beau. J'ajoute des nœuds, des guirlandes d'étoiles, quelques branches de pin agrémentées de nœuds en tartan.

Lorsque j'en ai terminé, le fabricant tend un paquet beaucoup plus petit que le (les) mien(s) à Antoine.

– Voilà m'dame. Pour un Noël dans les règles. Sinon, ça va ? Tu en as pris assez, tu crois ?

Il éclate de rire en me prenant mes sacs des mains.

– Je vais porter ça à la voiture, ça sera plus simple. Ensuite… J'ai vu qu'ils vendaient des… trucs grillés par là… L'odeur me donne envie d'essayer…

– Des cacahuètes grillées ?

– Sans doute, je ne connais pas. On se rejoint là-bas ?

– Ça marche ! Fais attention à mon fils, hein ?

Il penche la tête, comme s'il réalisait que Malo était pressé contre lui, sous son manteau.

– Ah mince, je comptais le vendre au premier passant venu ! Grillé. Bon, alors, je le garde.

– Il vaudrait mieux, oui !

Il me balance un sourire ravageur, comme ça, sans prévenir,

puis tourne les talons et s'éloigne à travers les allées, chargé comme un mulet.

Je reviens sur nos pas, pour retrouver le fabricant de boules personnalisées.

Non, mais !

27

Antoine

Valentine pousse un cri lorsque nous nous garons dans sa cour.

– J'avais complètement zappé la livraison du sapin ! Je savais bien que j'avais un truc important aujourd'hui ! Le marchand m'a rappelée avant-hier, en plus, pour valider le jour de livraison ! Et dire que j'ai au moins dix calendriers pour noter les dates clés !

Je suis son regard pour apercevoir un sapin immense posé contre sa porte d'entrée.

– Tu sais qu'il existe aussi des plannings sur les téléphones ?

– Oui, bon… Je ne sais même pas où j'ai posé mon téléphone. J'ai eu le bûcheron, puis mon père jeudi et après… Je ne sais plus. Peut-être dans mon placard avec les croquettes de Vésuve ! Mais peu importe. Il est là.

– Occupe-toi de Malo, je vais l'installer dans ton salon. Et ça tombe bien, avec toutes les décorations que tu as achetées…

– Pas un mot sur mes achats impulsifs, je te prie ! assène-t-elle, l'air sérieux. Et OK pour le sapin. Je te laisse gérer.

Je l'observe alors qu'elle sort de ma voiture pour récupérer le cosy de son fils qui dort à poings fermés. Pour ma part, je ne savais pas comment prolonger la journée avec elle. Cette question trottait dans ma tête depuis notre départ du marché. Je n'avais pas envie de la quitter devant sa porte et de rentrer chez moi. J'ai la tête pleine de magie, les yeux remplis de ses sourires et le cœur… Ben, le cœur est toujours bien présent, aux dernières nouvelles, même omniprésent.

Après ma discussion avec la fratrie Maréchal au grand complet, j'ai décidé d'appliquer la méthode « Moi ». On fonce et on avise. Pas de plan, pas de pression, juste fermer les yeux et se laisser guider. Je tâtonne, elle pardonne. Ou pas. On verra bien.

En attendant, je profite, tout simplement. Et ce souvenir particulier restant accroché à ma mémoire me hante les méninges et me met dans un état incroyable. Elle, les jambes nues, ma chemise un peu trop ouverte comme seul ornement. La naissance de sa poitrine, ses cheveux flous cascadant sur ses épaules. Le Père Noël m'aime bien cette année, visiblement, parce qu'en ce qui concerne les cadeaux, c'est Byzance ! Et, bordel ! Elle portait *ma* chemise.

On ne peut pas faire plus sexy. J'ai eu envie de la lui arracher dès que je l'ai vue dans cet accoutrement. Je ne sais même plus comment j'arrive à paraître normal et pondéré, alors que, comme un gamin capricieux, je ne rêve que de lui caresser les lèvres et lui voler un baiser. Ou deux. Ou tout ce qu'elle pourra m'offrir.

La situation commence à devenir compliquée.

***

Ce sapin doit peser une tonne. Peut-être deux. Une fois ce mastodonte installé devant une des fenêtres du salon, je prends mon temps pour lancer Gary Moore sur son enceinte, je réaménage les fauteuils et le canapé, nettoie la cheminée et relance une flambée. Bref, je m'occupe jusqu'à ce que Valentine redescende de l'étage après avoir nourri et couché Malo.

Elle me rejoint les bras chargés des boîtes de ses parents contenant les fameuses décorations surannées pour le sapin.

– Voilà ! déclare-t-elle en les laissant lourdement tomber entre nous. Maintenant, va falloir composer avec tout ça !

J'ouvre les colis pour découvrir de tout, mélangé, emmêlé, poussiéreux…

– Ouais.

Elle éclate de rire en retirant son pull pour se mettre à l'aise. Je bugge complètement sur son débardeur et ce qu'il cache très mal. Ce que j'ai pu frôler lors de ce week-end qui a ouvert bien trop de portes entre nous, je le comprends maintenant. La courbe tellement parfaite de ses seins, par exemple. Et leur manière de se dresser lorsque je l'approchais…

À genoux devant elle, je n'ai même pas envie de me relever. L'envie de tendre la main pour l'attirer à moi et embrasser son ventre me percute un peu trop fort. Je laisse malgré moi ce besoin d'elle bousiller mon *self-control*, griller mes neurones et anesthésier mes membres. Le tout grésille en moi, me faisant perdre le fil de la situation. Il suffirait que je tende ce putain de bras vers elle, mais je n'y arrive pas. Foutu cas de conscience qui ne me lâche pas.

– Je crois… commence-t-elle en remarquant que je défaille presque sous la tension qui m'assiège, je crois que nous allons nous contenter de ce que j'ai acheté sur le marché. D'ailleurs…

Nerveusement, elle frotte ses paumes contre son jean archi-moulant, cherchant des yeux quelque chose dans la pièce. Les flammes s'élevant dans l'âtre derrière moi font scintiller la peau satinée de son buste. Animent des ombres à la naissance de sa poitrine.

Putain de bordel !

– Ah, oui, voilà !

Je me relève en me morigénant silencieusement. Je suis

complètement con d'être venu me foutre dans cette galère. J'aurais mieux fait de rester couché et de me branler jusqu'à en avoir mal à la queue. Au moins, je ne risquais pas de lui sauter dessus inopinément.

Elle me tend un petit sac en papier doré, le même que celui dans lequel le marchand de boules artisanales a emballé celles que j'ai achetées ce matin.

– Qu'est-ce que c'est ?

– Ouvre ! me supplie-t-elle en triturant ses doigts, l'air embarrassé. Cadeau d'avant Noël. C'est rien, t'inquiète.

Je déballe donc, curieux, et sors de l'emballage une boule de Noël personnalisée. À l'intérieur, un petit ange flotte sur une mer d'étoiles dorées et rouges.

Les yeux de la déesse en face de moi scrutent mes réactions. Une vague d'émotion me submerge sans prévenir tandis qu'elle ajoute, timidement :

– Tu as ta place dans le premier Noël de Malo. Et dans le mien, aussi. Tu es le bienvenu sur ce sapin et… dans mon chalet. Il existe la famille de sang, bien entendu, mais celle que choisit le cœur est tout aussi importante à mes yeux.

Merde, elle vient de me balancer un uppercut auquel je ne m'attendais absolument pas. Ma gaule se calme aussitôt, bazardée au second plan par un sentiment beaucoup plus profond et dévastateur. Des trucs qui viennent de plus haut. Du cerveau, du cœur, de l'âme, j'en sais rien, mais bordel…

Mes doigts se crispent sur la boule transparente, si insignifiante et pourtant tellement symbolique.

– Valentine, je…

– Ce n'est rien, se défend-elle en agitant ses mains nerveusement entre nous. Juste une déco de Noël, mais surtout, je veux que tu notes bien. Tu as ta place ici. Tu n'as pas à passer Noël seul chez toi. Je ne pourrais pas le vivre bien si tel était le cas.

Ce qu'elle m'offre dépasse tout ce que je pouvais attendre. Moi, l'ignare du cœur, je viens de me retrouver projeté dans une nouvelle dimension. Valentine, cette femme qui murmure à l'oreille de mon âme.

– C'est…

Tout devient clair à présent. Pourquoi me sens-je si gauche devant elle, à la vouloir sans réussir à agir? C'est simplement parce qu'elle ne pratique pas le même combat que moi. Je me suis bassement contenté de penser au cul. Elle, pense à moi.

Et je me sens tellement fier de compter pour une si belle personne. Et contre ce sentiment, je ne peux pas lutter. Je ne peux même pas prononcer un mot. Les seules armes dont je dispose et que je maîtrise sont ailleurs.

Je dépose son cadeau sur la table basse et l'attrape par la taille. Elle se laisse faire et pose ses mains sur mon torse lorsqu'elle arrive contre moi.

– Merci.

Ses yeux rutilent de quelque chose de profond et de magnifique. Ses lèvres s'entrouvrent dans un sourire qu'elle n'a pas besoin d'expliquer. Gary monte la tension dans un solo unique et inimitable. Le feu crépite. Nos mains se retrouvent entre nous, nos doigts se mêlent et nos âmes prennent le relais. Ma bouche trouve la sienne, parce que rien n'est plus logique que ce moment. J'attrape ses joues pour la remercier encore et l'emporte dans un baiser qui me déstabilise.

Les limites, fines frontières érigées à la hâte dans une chambre de clinique, s'effacent. Et c'est bon. Meilleur que jamais. Je ferme les yeux pour n'appartenir qu'à elle, au milieu des étoiles et du merveilleux. Nos langues s'enlacent et promettent tout. Nos corps fusionnent et s'enflamment.

Je dévore ses lèvres, parsème mes sentiments le long de son cou, dépose mon âme sous son oreille et lui offre tout ce qu'il me reste dans un nouveau baiser langoureux. Entre tendresse et passion, nous nous abandonnons l'un à l'autre en nous perdant dans l'atmosphère.

Je me retrouve assis sur son canapé, elle me chevauchant. Sa poitrine contre la mienne, ses cuisses enserrant les miennes. Mes doigts relèvent son débardeur pour l'envoyer voler à travers la pièce. Mon tee-shirt suit le même chemin. Peau contre peau. Je débarrasse sa poitrine de sa lingerie aussi simple que sexy.

– Tu es tellement belle, Valentine, soufflé-je en effleurant ses tétons durcis.

Et enfin, je goûte à ses seins. Mes doigts voyagent sur sa peau frémissante. Les siens dévalent mon ventre. Mes lèvres s'invitent sur cette partie si belle de son anatomie, ma langue s'enroule à ce téton sur lequel je fantasme depuis des jours. J'enfouis mon visage contre elle, la mordille, la lèche, tandis que mes mains la découvrent, frôlent son dos, sa nuque, sa taille.

– Antoine…

Mon prénom glisse entre ses lèvres comme une prière alors que ses doigts se crispent sur ma peau.

J'entre en ébullition, me laisse bercer par ses gémissements, entraîner par le balancement de son bassin sur moi. Son intimité contre la mienne, nos jeans pour seuls remparts.

Enfin. Enfin, elle, moi et ce foutu Gary, chef d'orchestre de ce moment unique. La guitare miaule son chant des sirènes et m'envoûte. Ma conscience vacille. Son corps, le mien. Ses lèvres qui réclament les miennes. Et cette chaleur, tellement bonne, qui s'infiltre en nous pour nous rendre fous.

Elle quémande mes baisers en relevant mon visage vers elle. Je la laisse user de moi comme bon lui semble, prêt à tout pour la mener jusqu'au plaisir.

Elle enroule ses bras à ma nuque, garde mes lèvres en otage et accentue ses mouvements sur moi. Ma queue contre son entrejambe durcit comme si ma vie en dépendait. Mes doigts s'accrochent à sa taille, hésitants. J'ai envie de virer ces foutues fringues pour la faire mienne. M'enfoncer en elle et perdre mon souffle sur sa peau. Mais un soupçon de jugeote me rappelle qu'elle a accouché il y a un mois, et…

Sur ce terrain, encore une fois, je ne suis pas expert. Tout ce que je sais et peux faire de correct, c'est me laisser guider et m'accorder à ses besoins. Ce qui ne représente pas un problème en soi. Elle se redresse devant mes yeux, ondulant du bassin, relevant ses mèches folles pour libérer son visage. Sa poitrine danse devant mes yeux. Son ventre tendu sous le désir me harcèle. Et cette cadence avec laquelle elle m'attise. Un coup lent, un coup rapide. Gary en arrière-plan et son solo entêtant.

En nage, la bouche entrouverte, j'attrape ses hanches, affamé de plus, le sexe hurlant pour son assouvissement sous le tissu qui l'emprisonne.

Encore, putain ! Plus vite !

D'un coup sec du bassin, je la fais basculer sur le divan et me poste au-dessus d'elle. Son regard s'enflamme alors qu'elle écarte les cuisses pour me recevoir. Ses bras m'enlacent et je me presse contre elle, me retenant de l'écraser comme je le peux.

Ses iris me supplient, ses gémissements quémandent.

Elle me veut comme ça ? Putain, mais tout ce qu'elle désire fera mon plaisir. Je prends d'assaut ses lèvres, pousse mon membre contre elle. Encore, et encore plus. J'ai chaud, envie, besoin, n'importe quoi. Plus aucune cohérence n'existe. Nos gestes perdent leur logique. La passion, le désir, l'extase, nous ne sommes plus que ça. Fondant l'un sur l'autre, l'un dans l'autre, sous la lueur orangée des flammes qui nous attisent.

Un frisson merveilleux embrase mes reins. Ma queue en redemande. Toujours plus d'elle. Je rêve de la pénétrer, de l'admirer, pantelante sous mon assaut, mais déjà, sans rien de plus que nous deux l'un contre l'autre, son souffle devient erratique. Sa poitrine dressée contre la mienne se soulève sans aucun rythme logique.

– Ant…

Elle se cambre, je rue sur elle et tandis qu'elle ferme les yeux et se mord la lèvre en soufflant sa jouissance, je laisse l'orgasme me percuter moi aussi. Je m'éparpille dans mon froc, avant de me laisser tomber, hors d'haleine, entre elle et le dossier du canapé.

Déjà terminé? Putain, j'en veux encore!

Mais… Jeune maman. C'est la seule image qui me vient. J'arrime mes lèvres à son cou et ordonne à ma libido très en forme de se calmer.

J'y ai réussi cette fois, mais ce qui brûle en moi m'effraie. J'ai peur d'avoir trop envie d'elle pour me refréner longtemps. Si je ne m'étais pas raisonné au dernier moment, j'allais trop loin. Je redevenais Antoine et bafouais tout ce qu'elle m'inspire. Et ça… Je ne le souhaite absolument pas. Ce serait une effroyable erreur.

28

Valentine

Je n'avais aucun souvenir d'un moment aussi bon dans les bras d'un homme. Peut-être est-ce tout simplement parce que je n'en avais jamais vécu de semblable. Autant de passion, puis tout autant de tendresse à présent…

Je laisse mes paupières se refermer alors que ses doigts naviguent paresseusement sur mon visage, effleurent mes lèvres, remontent sur mon nez.

Un frisson de bien-être me dévaste, aussi sûrement que l'orgasme qui m'a renversée il y a à peine quelques secondes. Me laisser couler entre ses bras, contre sa peau brûlante, sous ses gestes tendres et affectueux… J'ai envie de m'autoriser cet instant de bonheur, sans honte ni retenue. Envie de lui avouer tous ces sentiments qui s'entrechoquent dans mon cerveau, de plus en plus lourds et imposants, impossibles à contenir.

Mais il s'agit d'Antoine, mon boss, encore une fois, et même si j'ai l'impression que la situation dévie de plus en plus clairement, certains interdits demeurent. Je ne sais pas si je peux, si je suis en droit d'espérer. Lui est parfait. Un homme à femmes, il le porte sur lui. Moi, je ne suis qu'une jeune maman, épuisée et déformée… Comment prétendre à plus dans ces conditions. Je ne peux pas m'imaginer lui imposer mon fils, ma nouvelle vie et mon nouveau corps. Rien de vraiment sexy pour un homme comme lui.

– Eh… murmure-t-il contre mon épaule, ses lèvres s'attardant lascivement sur ma peau. Je t'ai perdue ? Tu dors ?

Un sourire s'impose sur mes lèvres. En plus d'être sexy, il possède une manière bien à lui d'être un parfait gentleman et ça…

Je ne sortirai pas indemne de cette histoire.

Une nouvelle fois, des mots vrais, puissants et certainement trop sincères menacent de s'échapper de ma bouche et je les retiens de justesse.

– Non, réponds-je simplement en pesant mes mots. Je suis juste… bien. Comme ça.

Son visage remonte lentement jusqu'au creux de mon cou pour y déposer quelques baisers troublants. Sa main quitte mon visage pour longer mon épaule, mon bras, revenir sur mon ventre, en agaçant clairement mon self-control. Parce que oui, je suis déjà prête pour un second round, même plus intense, s'il veut. J'ai bien trop conscience de sa présence contre moi, du poids réconfortant de son corps sur le mien.

Avec lui, j'éprouve le sentiment de posséder quelque chose que les autres n'ont pas. D'être spéciale. D'être aimée avec mes défauts, autant que mes qualités.

Mais comme je l'ai précisé il y a à peine quelques instants, Antoine est un gentleman. Pas du genre à tirer son coup comme un affamé pour ensuite mépriser sa partenaire.

Une simple question de politesse, si on peut dire. Après, ce qu'il pense réellement, je suis incapable de le déceler dans ce regard qu'il me porte.

Et, d'une certaine manière, je m'en fous. J'ai juste envie de croquer l'instant. Ou lui, ça marche aussi.

Son index trace un cercle autour de mon nombril, zone très sensible chez moi, et je me cambre pour toute réponse.

– Ah non! Pas ça, c'est presque un coup bas! m'exclamé-je en gigotant.

– Ah? s'amuse-t-il en me bloquant contre notre lit de fortune pour mieux recommencer sa torture. Tu veux dire, comme ça?

– Antoine!

Cette fois, je le supplie en tentant de paraître menaçante. Mes jambes se mettent à s'agiter, un rire nerveux se coince au fond de ma gorge et mon corps se cambre alors qu'il continue, sans pitié ni remords.

– Arrête tes conneries!

– Si je veux!

Je me fige en tentant de reprendre mon sérieux.

– Comment ça, si tu veux? Mais tu as quel âge, en fait? Espèce de sale môme!

– Tu diras ça à ma mère quand elle reviendra! En attendant...

Il remonte ses doigts le long de mes côtes, comme s'il avait appris par cœur mes points sensibles et m'oblige à éclater de rire sous ses chatouilles.

– Tu me le paieras! baragouiné-je en me débattant! Fais gaffe à ce que tu fais, Maréchal! Non! Stop! Arrête!

Il finit par m'obéir, après je ne sais combien de minutes de torture extrême. Mes muscles se détendent d'un coup, un air hilare encore figé sur mon visage.

Lui, ne semble plus du tout amusé. Ses yeux me scrutent avec une profondeur que je ne lui connais pas. Ses lèvres n'expriment plus que le sérieux et quelque chose d'indéfinissable.

Le silence qu'il nous impose soudain me statufie contre le canapé, une main enroulée à son avant-bras, le souffle court et la respiration encore chaotique.

J'aimerais connaître le langage de ses iris. Réussir à décrypter la moindre de ses pensées. Comprendre son âme et découvrir son cœur. J'ai peur d'y voir ce que j'espère et de me méprendre. Terrorisée de commettre une erreur de traduction.

Ses doigts reprennent le chemin de mon visage, le caressent. Ses lèvres se posent sur les miennes et il m'entraîne dans un baiser d'une tendresse déstabilisante qui m'anéantit totalement. Ce genre de baisers dont il a le secret. Ceux qui offrent tant et me rendent accro.

Puis il se redresse trop vite en effaçant ces promesses que j'ai cru déceler. Auxquelles j'ai voulu espérer en tout cas.

– Je crois que nous avons encore du boulot avec ce sapin, déclare-t-il d'une voix rauque. Je vais me... prendre une douche.

Son regard désigne son jean et ce qui se passe à l'intérieur, à savoir, un sacré carnage sans doute.

– Ah oui ! J'ai failli oublier, plaisanté-je en tentant de reprendre un air léger. Tu connais le chemin, je crois ?

– *Yep !*

***

Il a tout simplement viré son caleçon. Il est passé sous une douche et, à présent, il porte son jean à même son...

Cette idée ne me quitte pas, alors que nous ornons le sapin avec les figurines scintillantes trouvées sur le marché. Elle ne m'a pas non plus quittée quand nous bataillions avec la guirlande électrique, les accroches des boules et j'en passe. En gros, je suis coupable depuis des heures de fantasmes éveillés.

– Je pense que c'est pas mal comme ça. Équilibré, tout ça...

En véritable expert de la déco de Noël, il recule en fermant un œil pour admirer notre œuvre. Heureusement qu'il prend cette étape au sérieux parce que, pour ma part, je m'en contrefous. Enfin, pas exactement. J'adore ce moment à deux. La magnificence de la saison qui prend forme entre mes murs. J'adore encore plus qu'il joue le jeu et qu'il marque ainsi sa place dans mon existence.

Nos boules personnelles trônent toutes les trois, côte à côte sur les branches, comme un symbole que quelque chose de nouveau est en train de s'installer dans ma vie. L'année dernière, il n'y avait même pas de sapin dans cette maison. Pas de bébé non plus ni d'homme. Tout cela, j'en suis bien consciente et cela me ravit. Mais ma vérité de l'instant est ailleurs. J'ai envie de plus de lui. À mes yeux, nous nous sommes arrêtés aux préliminaires. J'ai totalement faim de lui. De ses caresses et d'autres de ses baisers incroyables. Je pourrais faire le premier pas, le plaquer contre un mur ou l'entraîner à l'étage. L'ancienne Valentine ne se serait certainement pas gênée pour arriver à ses fins. Mais voilà, l'ancienne Valentine n'est plus. À présent, je suis Valentine maman. La femme est partie se réfugier quelque part, très loin et j'ai parfois du mal à la retrouver. Côté professionnel, je me retrouve un peu grâce à nos séances au sujet du dossier Spencer, mais pour tout le reste…

Je n'imaginais pas que l'arrivée d'un bébé modifierait autant de choses en moi. Depuis la dernière fois qu'un homme m'a touchée, j'ai grossi, porté la vie puis accouché. Un véritable séisme s'est abattu sur mon corps et en a modifié les reliefs et les points faibles. Depuis l'arrivée de Malo, j'ai mûri, certes, mais j'ai perdu quelques bribes de moi-même en route. Entre autres, ma confiance en moi face à un homme. Mon corps n'est plus le même, je me sens différente et je ne suis plus certaine de ce que je dégage, de l'image que j'offre aux autres. À lui, en particulier.

– Ouais, pas mal ! Si Zoé voyait ça, elle serait jalouse ! plaisanté-je en observant notre chef-d'œuvre.

– Ne me parle pas de cette folle furieuse ! s'esclaffe-t-il d'un air paniqué. Je ne sais pas comment vous faites pour ne pas la ligoter contre son foutu sapin en lui coinçant ses maudites guirlandes dans la bouche.

Il attrape ma taille tandis que je laisse échapper un rire, m'enlace fermement et me berce au son de son Gary qui continue de faire ronronner ses cordes au milieu du silence.

– Je déclare que le sujet Zoé n'a aucunement sa place ici. Nulle part ailleurs non plus, au passage !

Ses mains passent sur mon ventre, prennent leur temps pour remonter sur ma poitrine, réveillent mes sens qui n'étaient pourtant pas endormis. Je ferme les yeux en me laissant porter par le moment, par les frissons provoqués par ses doigts sur mon corps. Mes sens réagissent sans attendre, à fleur de peau.

Malo se fait soudain entendre dans le babyphone, coupant court à notre moment.

Antoine s'écarte de moi brusquement, comme si ma peau le brûlait tout à coup. Je remarque son regard fuyant lorsque je me tourne pour lui faire face. L'atroce sentiment que quelque chose cloche se greffe immédiatement à mon cerveau. Surtout lorsqu'il passe ses mains dans ses cheveux en cherchant quelque chose des yeux.

– Il est tard. Je crois que je devrais rentrer chez moi. Beau sapin.

Je reste coi face à ce revirement de situation soudain.

– Tu… Tu ne veux pas rester pour dîner ? finis-je par proposer.

– Oui, bredouille-t-il, enfin, non… C'est-à-dire que… Tu sais, j'ai pris pas mal de retard à Bestcom et j'avais dans l'idée de remettre mes dossiers à jour ce week-end. Je n'aime pas laisser les choses en plan.

– Oui, oui, je comprends. Tu as peut-être besoin d'aide ? On peut le faire à deux si tu veux ?

– Je te remercie, mais toi, tu as Malo et un Noël à lui faire découvrir. Profite… On se rappelle lundi soir, comme d'habitude, de toute manière?

Oh… On se « rappelle »? Là, ça pue franchement!

– Bien sûr. Si jamais tu changes… Non, rien.

Je ne tiens pas à passer pour la nana désespérée qui s'accroche à son boss américain magnifique, je choisis donc de ne pas lancer de propositions qui me feraient passer pour pitoyable.

Un frisson désagréable me parcourt l'échine malgré moi, sans parler de l'amertume qui s'invite dans mon âme. Désillusion incroyable et inattendue.

Il me prend la main pour m'attirer à lui, son visage trahissant son embarras. Donc, de surcroît, je l'embarrasse. De mieux en mieux.

Déprimant.

– Nous aurons plus de temps après Noël, murmure-t-il en me berçant à nouveau au rythme du blues qui joue toujours. Je suis désolé pour ça.

– Non, c'est normal, je comprends.

Oui, je comprends. Parce que, certainement, il ne ment pas. Sinon, pourquoi être venu ce matin, pourquoi m'avoir embrassée, pourquoi le faire encore avec toute la tendresse du monde à cet instant précis?

– Tu vas me manquer, ajoute-t-il en pressant son front contre le mien. Bon week-end?

Il ne semble même pas certain de ce qu'il avance. Bon week-end? Comment pourrait-il être bon, franchement?

– Toi aussi. Mais de toute manière, tu viens bien à Noël? tenté-je. Si tu n'avais pas compris, c'était une invitation.

– Avec plaisir.

Il m'offre un sourire tellement… Pff, je ne sais plus quoi penser! Antoine, cet être à part. Perdu dans ses paradoxes.

Il m'embrasse une nouvelle fois, moment que choisit Malo pour réitérer son appel, plus fort cette fois.

– Je te laisse. Embrasse-le pour moi.

Et voilà. Aussi simplement que ça, il me fait jouir, fait scintiller mon corps au pied d'un sapin et disparaît en me laissant sombrer dans un doute incroyable et malaisant.

Génial.

Au moins, il me reste le blues pour accompagner ma déprime post-bonheur.

Comme si elle m'avait entendue, la musique se coupe à cet instant. Forcément, il a emporté son téléphone avec lui. Le Bluetooth se coupe, il s'éloigne.

Re-génial !

Malo s'impatiente à l'autre bout du babyphone. Je me décide à grimper à l'étage en soupirant, le poids de tous mes doutes s'abattant lourdement sur mes épaules.

Parfois, on préférerait que certains jours n'aient jamais existé. Enfin, seulement une partie du jour. Parce que le reste… Bref.

29

Antoine

Inutile de tergiverser cent sept ans, si Noël déclenche l'arrivée prochaine des Rois mages, moi, à Noël, je me transforme en roi des cons.

M'enfuir de chez elle alors que j'ai envie de tout l'inverse…

Minable et foireux, Antoine Maréchal !

Fait chier, putain !

30

Valentine

– Merci, merci beaucoup ! Si tout va bien, demain, le dossier est bouclé, prêt à être présenté à Spencer lundi. Tu es incroyable, sans toi, je ramerais encore. Mais sauf imprévu de dernière minute, nous n'avons pas besoin de nous recontacter demain. Je t'offre ta soirée.

Je souris sans avoir réellement envie de le faire. Nous sommes mardi. Seconde conversation vidéo depuis notre moment samedi. Il n'a rien évoqué et nos propos tournent uniquement autour de Spencer et de sa campagne. En tout cas, une chose que l'on ne peut pas lui reprocher, c'est de ne pas se montrer pro.

– Super. Contente d'avoir été utile à quelque chose.

Dans cette histoire avec lui, j'étais pertinemment consciente du côté dangereux de l'affaire. Cependant, je crois que je n'avais pas réellement mesuré les dégâts. Je ne pense qu'à lui, ressasse sans cesse nos derniers instants pour comprendre ce qui a cloché, mais tout reste vague et étrange. Il est parti lorsque Malo s'est manifesté.

Serait-ce mon fils le problème ? Je jette un regard vers mon petit ange qui découvre son nouveau hochet étoile de Noël, sous le regard bienveillant de Vésuve, qui hésite franchement entre sauter entre les branches du sapin ou rester à son poste de garde auprès de son jeune humain.

– Tu es toujours utile, Valentine. Géniale, même.

Hein ? Ah oui.

– Merci. Bon, je dois te laisser. Bonne fin de journée.

Je raccroche sans attendre la réponse. Parce que même si je n'y comprends rien, que je refais le monde à longueur de temps depuis trois jours pour essayer de comprendre, je préfère ne pas lui montrer qu'il me touche autant avec ses réactions de merde.

En clair, je lui fais la gueule. Pourquoi commencer pour arrêter aussi sec ? Se montrer adorable puis se barrer comme un enfoiré ?

Je lui en veux ? Si peu ! Tout est sa faute ? Bien entendu !

Et non, je ne veux pas admettre que je suis devenue moins désirable depuis mon accouchement ! Je n'ai pas retrouvé ma ligne, ce qui est normal mais absolument pas glamour. Il me reste quatre ou cinq kilos éparpillés un peu partout… Et la rééducation du périnée ne rééduque que ça, justement. Le périnée. Ça ne regonfle pas les abdos ni affine la silhouette.

Et franchement, voilà l'argument ! Tu sais, je suis flasque, mais j'ai rééduqué consciencieusement mon périnée, chéri. Tu vois, je suis baisable, hein ?

– Bordel de merde !

Vévé lève la tête vers moi, regard réprobateur affiché.

– Oh, toi, ça va ! Monsieur le grimpeur de sapin pro ferait mieux de se taire, car dans le genre ridicule, hein ? Qui a miaulé sa mère ce matin, parce qu'une fois arrivé en haut il ne pouvait pas redescendre ? Bloqué, la truffe contre l'étoile ? T'es bidon comme chat ! Mais sache que j'ai pris des photos et que je compte bien les diffuser sur les réseaux. Dès que j'aurai retrouvé mon téléphone.

Parce que oui, après les photos, Malo avait faim, alors j'ai posé ce maudit truc quelque part et… J'en suis restée là. Aucune idée de l'endroit où ce téléphone se planque.

Je me lève en récupérant ma tasse vide pour me resservir une tournée de thé vert-menthe-mangue-passion-citron.

Oui, je mets trois sachets différents dans mon thé. J'aime vivre dangereusement. J'aurais même dû passer sur la remise en forme de mon foutu périnée. Rebelle jusqu'au bout, la Valentine. De toute manière, pour ce que ça va me servir ! À part éviter de m'uriner dessus quand je me marre. Je ne rirai plus jamais, alors à quoi bon… Je ne suis même pas baisable, pour rappel ! Pas de quoi se bidonner comme une tordue.

Pour la peine, j'ouvre le frigo au passage et récupère la boîte en carton, ma précieuse que j'ai rapportée du pâtissier ce matin. Trois bûches duo (pour deux, si ce n'est pas assez clair comme précision), trois parfums. Je n'arrivais pas à choisir. J'ai quasiment terminé la bûche fruits rouges, la praliné est bien avancée mais le chocolat reste presque nickel pour l'instant. Je n'ai pas dépassé la figurine Père Noël plantée dessus en déco. Presque pas touchée, en quelque sorte.

Tout ça en moins de douze heures. Je déprime parce que je suis flasque, alors je bouffe. Pathétique.

Une fois installée sur mon tapis avec mon assiette et mon thé, devant ma cheminée, aux côtés de mon fils qui s'éclate avec son étoile, le chat rôdant quelque part, non loin, je suppose, je me décide à partager. Non, pas mes bûches. Certainement pas ! Je partage mes états d'âme avec des chieuses provisoirement russes. J'appelle Mélinda et Jeanne en visio que je passe sur mon grand écran.

Elles répondent au bout de six longues sonneries

interminables, des masques de beauté verts et noirs séchant sur leur visage.

– Eh, salut, toi ! s'exclame Jeanne.

– *Здравствуйте!*[1] ajoute Mélinda. Oh, de la bûche ! Je rêve de manger un truc pareil ! J'en ai marre de nos bouillies informes !

– Dommage pour toi !

J'en profite pour prendre mon temps en enfournant une cuillère de bûche chocolat sous ses yeux transpirant d'envie.

– Salope !

– Merci… Bon sang, quelle merveille… Un orgasme des papilles, franchement, tu couinerais d'extase.

Cela dit, en y réfléchissant bien, je devrais moins ramener ma tronche étant donné que seul ce genre de jouissance m'est autorisé. Et nous sommes bien d'accord que les papilles, tout le monde s'en tape un peu. L'important, c'est le sexe, non ?

– Que nous vaut cet appel tardif ?

Mince, j'oubliais le décalage horaire. Chez elles, il doit au moins être… Bon, on s'en fout. Elles se faisaient une beauté, donc dispos pour leur meilleure amie au bord du gouffre.

– C'est la merde, les filles.

– Ah ?

– Hein ? Développe ?

Elles s'installent plus confortablement sur un lit semblant sorti tout droit des années 1980 qui se met à grincer sous leurs gestes. Parfois, je me demande quel plaisir elles peuvent bien trouver dans leurs escapades.

Mais peu importe, si elles s'éclatent, je suis heureuse pour elles.

– Alors… Pour résumer, j'ai grossi. Je ne suis plus désirable. Je ne m'en étais pas rendu compte, mais Antoine, lui, il a bien remarqué. Dommage.

Je dissèque mes bûches de dépit avec ma cuillère en

---

1. *Zdravstvuyte*, « bonjour » en russe.

attendant leur réaction. En réalité, tout ça me fait atrocement souffrir. Parce qu'Antoine… Voilà, quoi. Il n'est pas n'importe qui. Autant un mec lambda aurait pu me repousser, je ne me serais certainement pas formalisée. Mais lui ? Avec tout ce que nous avons vécu depuis quelques semaines ? Et je ne repars pas sur le chapitre « Je suis mal dans ma peau », mais voilà. C'est également un souci qui me préoccupe lourdement.

– Tu as quoi ?

– Je me suis déformé le corps, précisé-je en repoussant mon assiette. Avant, ça allait, mais maintenant. J'ai pris de la poitrine, mon ventre est détendu, et ma balance me le jette à la tronche tous les matins.

– C'est vache, une balance, déclare Jeanne.

– D'un autre côté, c'est justement pour ça que ça s'appelle comme ça. Ce truc te balance au premier faux pas, ajoute Mélinda en s'adossant contre le mur jaunâtre derrière elle. Mais on s'en fout de ça. T'es parfaite, Valentine, et si ton boss est trop con pour le remarquer, c'est que justement, il est con ! *Next!*

– Non, il n'est pas con, loin de là ! grogné-je, prête à le défendre stupidement.

– S'il te repousse pour ça, si, il l'est !

– Mélinda, arrête avec tes raccourcis faciles ! Il existe une infinité de possibilités pour qu'une telle chose se soit produite. Déjà, il t'a repoussée comment, est-ce qu'il t'avait fait des avances ? Parce que si j'ai bien suivi l'histoire, il semblait pas mal intéressé, aux dernières nouvelles.

Je me rends compte à cet instant que, contrairement à mes habitudes, je ne les ai pas tenues au courant de mes tribulations sentimentales. Chose incroyable et qui ne me ressemble absolument pas. Quand je dis que j'ai changé, ce n'est pas simplement une vue de l'esprit. J'ai presque honte de ne leur avoir donné aucune nouvelle depuis tant de temps.

Alors, je me lance dans le pitoyable résumé de ma vie depuis mon accouchement. Elles en savent un peu, mais pas tout. Mon baby blues, Antoine ce héros, mes parents – je remercie au passage Mélinda pour son indiscrétion à mon sujet auprès de sa mère –, Antoine, le sapin, le marché, le boulot, Antoine, Antoine, Antoine…

Même Malo bâille d'ennui dans mes bras quand je termine mon long état des lieux sans intérêt.

Pourtant, elles suivent et poussent des « oh » mécontents, et des « ah » d'extase selon les sujets.

Lorsque je termine, c'est Jeanne qui prend la parole.

– Tu es une jeune femme stupide.

– Ah, d'accord, merci. Je ne l'avais pas vu comme ça, mais si tu le dis…

Sympa, le soutien !

– Je confirme, ajoute Mélinda qui se sent sans doute obligée d'agrémenter la conclusion de son avis éclairé.

– Non, mais, Valentine, c'est normal que tu te sentes différente, mais tu n'es pas grosse ni déformée, tu es simplement toi. Tu brilles de tellement de manières que, finalement, on s'en fout du reste. Et ton Antoine, là, s'en fout aussi. S'il t'a embrassée, s'il te regarde avec les yeux de l'amour, s'il t'a fait jouir, alors c'est qu'il est OK avec tout ça. Il n'aurait certainement pas réitéré les visites chez toi, sinon.

– Je confirme. Et Malo n'est pas un souci non plus, j'en suis certaine. Enfin, pas comme tu l'entends, je pense.

– Explique ?

Mélinda attrape un coussin pour le caler contre sa poitrine, l'air concentré – ce qui ne rend pas vraiment avec son masque à l'argile séché sur le visage.

– Toi, tu dis que tu as changé. Sans doute, mais ce que tu n'as pas pris en compte, c'est que le regard des gens sur toi n'est plus le même non plus. Avant, tu abordais un mec, tu étais libre et « ouverte ».

– Ça, pour être ouverte ! s'esclaffe Jeanne en provoquant mon propre rire.

– Bon, passons, reprend Mélinda. Donc, avant, totalement abordable. Maintenant, tu es maman.

– Oui, mais j'aimerais être également une femme !

– Mais tu l'es ! s'emporte-t-elle. Mais tu ne peux plus jouer comme avant ! Enfin, en tout cas, c'est forcément l'image que tu dégages ! Et ton patron, lui, n'a aucune attache, aucune fiancée connue, aucun enfant… Sans repousser l'idée d'ajouter un enfant dans son paysage, il doit quand même, sans doute, supposer que là, ce n'est pas un jeu. Il ne peut pas prendre et se barrer. C'est ton boss et tu as un enfant. Si jamais son mode de vie était disparate jusqu'à maintenant, imagine le changement de cap pour lui ! Pas simple du tout, à mon avis. Peut-être qu'il flippe, tout simplement.

– Oui, donc, parce que je suis mère, c'est un obstacle. Et peut-être en plus qu'une fois qu'il a vu ma poitrine et mon ventre…

– Alors là, tu peux me croire, ce n'est pas une poitrine développée qui fera fuir un mec !

– Ah ça, non ! Et pas un ventre un peu détendu non plus. C'est pas le ventre qu'il baise…

– Malin ! ricané-je en levant les yeux au ciel. Mais, pour en revenir à ce que tu viens de dire, Mélinda, ça signifie que je lui fais peur ?

– Possible.

– Sans doute.

– Mais je ne lui ai jamais demandé le mariage !

– Ben, c'est bien imité, rétorque Jeanne. Si tu veux juste une baise rapide, inscris-toi sur Tinder, ne mentionne pas Malo et va baiser le premier venu. Mais ton boss, un mec qui vous offre une boule de Noël à toi et à Malo... Oublie, le type est basé sur autre chose que tes trois kilos en trop.

– Quatre, la reprends-je. Bientôt cinq quand j'aurai terminé la bûche. Enfin, les bûches.

Elles soupirent en chœur avant que Mélinda reprenne.

– Bref, Valentine, si tu veux ce mec, va le chercher et explique-lui clairement les choses. Si tu n'attends pas le mariage, autant lui dire, ça le fera moins flipper, j'imagine.

– C'est débile, je suis certaine que ce n'est pas ça, le problème ! Le problème, c'est moi.

– Valentine, c'est stupide ! s'emporte Jeanne. Tu n'as jamais eu du mal à te faire des mecs avant.

– Tu as bien dit. Avant ! Aujourd'hui...

– Aujourd'hui, tu es toujours Valentine. C'est toi qui te persuades de trucs qui n'existent pas. Et, autre chose, au passage. Tu dis qu'il est devenu distant, mais si ça se trouve, il attend que tu viennes à lui. Merde, Valentine, depuis quand es-tu devenue timorée ?

– Timorée ?

Elle déconne, là ?

– Oui, timorée.

Non, elle ne déconne pas.

– Je ne suis pas timorée du tout ! Juste réaliste. Mon corps a changé.

– Si tu ne l'acceptes pas, il ne l'acceptera pas plus, ma belle. C'est à toi de te faire confiance et de foncer dans le tas. Tu l'as toujours fait, alors merde ! Réveille-toi et marche.

– La bonne expression, Jeanne, c'est « Lève-toi et marche ! » précise Mélinda.

– Je dis ce que je veux !

– Oui, mais là, tu frôles le ridicule quand même...

Elles partent dans une discussion improbable sur l'adaptation ou non des phrases cultes dans les discussions et moi, Malo jouant avec son poing entre mes bras, je tente de faire le tri. De retrouver celle que j'étais et que j'ai sans doute perdue, à un moment, quelque part entre les couches de Malo.

31

Antoine

– Je suis ravi de cette nouvelle collaboration, monsieur Spencer.

– Moi de même, monsieur Maréchal. Transmettez pour moi mes sincères félicitations à mademoiselle Bertot.

– Je n'y manquerai pas. Bonnes fêtes, monsieur Spencer.

– À vous également.

Je raccompagne mon client jusqu'à la porte, lui serre la main pour la dixième fois au moins et referme derrière lui.

Et voilà. Lundi 23 décembre, quinze heures, je remporte un gros contrat, fidélise encore plus un client gros budget et… Ben, c'est tout, mais bordel, ça fait du bien.

Ça, c'est fait.

Si je me trouvais seul dans cette agence, je crois que je sauterais en l'air en chantant un truc débile. Mais voilà, alors que je me retourne, les visages mornes et sans vie de mes trois acolytes manquent presque de gâcher ma joie.

– Quoi ? Quelqu'un est mort ?

– Très drôle ! grimace Zoé en rangeant un dossier. Comme si vous ne saviez pas où se trouve le problème.

– Ne me dites pas que vous êtes restés focalisés sur cette histoire de concours stupide ?

– Ce concours n'est pas du tout stupide, Antoine! s'emporte-t-elle en frappant de son petit poing sa banque d'accueil. Il y va de notre réputation !

– Je crois que vous exagérez un peu, Zoé. Et puis, si cette agence immobilière est meilleure que nous, il faut savoir s'avouer vaincus.

– Alors ça, jamais, vous m'entendez ? JAMAIS ! Evan n'aura pas ma peau ! Ils vous ont retourné le cerveau ou quoi ?

Ses yeux sortent presque de leurs orbites et lancent des flammes. Sa lèvre supérieure est retroussée, toutes dents en avant, prêtes à mordre. Et moi, je me retiens de justesse d'éclater de rire. Détendu, je vois cette histoire de déco d'un autre œil. Et après une courte réflexion, je réalise que j'ai réagi avec aussi peu de compréhension qu'Étienne l'aurait fait. La tendance se confirme, je m'étiennise vraiment.

Bordel de merde ! Tout mais pas ça !

– Je crois que vous êtes folle, Zoé, déclaré-je en me déridant face à la furie de l'accueil.

– C'est une certitude, même ! ajoute Luc derrière moi. Proposez-lui du bleu, vous allez voir !

Ma secrétaire se tord presque le cou pour jeter un regard noir à son collègue. Ça va encore se terminer en pugilat, tout ça !

Cette fois, j'ai encore plus envie de rire. En réalité, les collaborateurs qu'a choisis mon père ont tous un pète au casque, j'ai l'impression. Moi le premier, cela dit.

Cette agence devient un véritable cirque à l'approche de Noël, et franchement j'aime ça. Totalement débiles, tous autant qu'ils sont. Et le mieux dans l'histoire, c'est que je m'y sens bien. Oui, je peux bien avouer ça.

– Bon, OK. On va réfléchir au problème. Laissez-moi quelques minutes pour ranger les dossiers du client et je reviens.

– KEWA, Antoine ? s'exclame Zoé au bord de l'évanouissement. Vous allez nous aider ? J'ai dû mal entendre… Les gars, vite, un siège, je me sens partir…

J'ai dit débile ? Le qualificatif est trop faible. Je ne juge pas utile de répondre et laisse Luc et Jean-Louis s'occuper de la comédienne hors pair du standard pour retourner dans mon bureau, porte close. Avant de leur accorder mon entière attention, je dois faire le tri de certaines choses. J'ai en tête tout un tas de sujets très loin de ce genre de préoccupations. Je lance un appel vers Ophélie en essayant pour la énième fois de faire le point sur ma situation avec Valentine. La dernière fois que je lui ai parlé, c'était mardi, elle a raccroché assez abruptement. Je suppose que mon comportement est la cause directe de sa réaction.

Je ne suis qu'un crétin, en voici encore la preuve.

Ophélie ne répond pas, hors ligne depuis plusieurs heures. Tout comme Étienne ainsi que mon père.

Jamais là quand on a besoin d'eux.

Donc, très bien, je vais donc faire à ma manière. Comme d'hab, quoi ! Réparer mes conneries en espérant que ça passe.

32

Valentine

Donc, voilà.

Sept jours !

Sept longs foutus jours avant que Mlle Bertot retrouve son courage et son identité pour venir revendiquer celui qu'elle aimerait appeler « son homme ».

Sept jours interminables peuplés de tergiversations, de décisions prises puis avortées, d'envie d'autoflagellation.

Sept jours et me voilà là. Devant la porte de l'agence, pas plus sûre de moi que ça.

Si ça se trouve, il ne se souvient même plus de mon existence. Sept jours, c'est long ! Mais pour ma défense, je voulais aussi le laisser se préparer pour son rendez-vous sans trop interférer.

Cela dit, ça fait quand même sept jours. Une semaine.

Si ça se trouve, je vais me ridiculiser. C'est même certain. Mais depuis quand Valentine Bertot recule devant une situation embarrassante ?

Nope ! Je suis plus forte que ça. Et j'ai décidé qu'Antoine vaut au moins cet effort. Parce que, de ce côté, il a largement donné.

D'un geste décidé, je pousse la porte vitrée de l'agence.

Comme tous les ans, Zoé a installé des diffuseurs de parfum à la cannelle et les guirlandes scintillantes dans la vitrine. Mais, ce qui est étonnant, c'est que le sapin posé dans un coin n'est pas décoré, comme tout le reste de la pièce d'ailleurs.

– Hello…

Ma collègue et amie, relève la tête vivement de son dossier et m'adresse un sourire sincère et surpris.

– Oh, mon Dieu ! La voilà ! Luc, Jean-Louis ! Valentine est venue nous rendre une petite visite ! Et pas avec n'importe qui ! Salut, bonhomme !

Elle se précipite sur la poussette dans laquelle trône Malo, nonchalant.

– Oh, qu'il est mignon ! C'est un amourrrrr… Regarde Luc, les grands yeux magnifiques de ce petit ! Il pèse combien ? Sa courbe est bonne ? Et les nuits ? Comment ça se passe ? Oh, Seigneur, Valentine, tu es radieuse.

– Oh, oui, dis donc, il a les yeux BLEUS ! s'exclame Luc en ricanant.

– Toi, je vais te couper la langue si tu continues ! le menace la secrétaire.

– À ce que je vois, rien n'a vraiment changé ici !

– Non, malheureusement ! soupire Jean-Louis en s'accroupissant devant la poussette. Coucou, toi.

Je réalise que j'aurais sans doute dû venir avant. Surtout pour Zoé qui semble tellement contente de me voir. Si j'avais eu cette idée géniale lors des premiers jours de mon arrivée chez moi, peut-être que je n'aurais pas vécu ces heures trop sombres que mon état ne méritait pas. L'état dépressif est terrible. On s'enfonce au lieu de s'ouvrir.

Mais c'est du passé. Et je crois que, même si elle ne semble absolument pas m'en tenir rigueur, je lui ai apporté un cadeau qui me fera pardonner.

D'un geste princier, je dégaine les clés de ma voiture garée juste devant l'agence.

– J'ai apporté quelques trucs pour vous. C'est assez lourd… Trois grosses boîtes.

– Luc, tu t'y colles, décrète Zoé en lui frappant le bras d'un geste autoritaire.

– Et pourquoi moi ?

– Parce que je dois papouiller ce petit mignon. Regarde, il me reluque… Alors, petit Malo, comment ça se passe, la vie ? gazouille-t-elle en se baissant vers mon fils, oubliant complètement Luc qui ronchonne en sortant de l'agence. T'as une belle chambre ? Attends, on va te retirer tout ça. Ton écharpe, ta doudoune… Tu es couvert comme une mariée en robe meringue, dis-moi ! Valentine, tu prendras bien un thé ? J'en ai rapporté un merveilleux du marché. Cannelle et orange.

– Si tu veux.

– Jean-Louis ? Un thé pour la gentille collègue… Et pour moi aussi, merci. Allez, viens, Malo, on va te faire visiter le bureau de maman.

Comme d'habitude, la miss Zoé gère son petit monde. Jean-Louis obtempère en levant les yeux au ciel, tandis que Luc revient avec son chargement.

– Waouh ! Valentine, t'es formidable ! Zoé, regarde ça ! De la déco… Or et rouge ! Y a presque que ça dans les trois cartons ! J'ai regardé avant de prendre !

– QUEEEOI ?

Je me précipite vers elle pour récupérer mon fils, son visage ébahi m'indiquant qu'elle risque de s'évanouir.

– De la déco, ouais ! confirme fièrement Luc. Et même pas de la bleue ! T'es contente ?

– Ouiiiiiii ! s'exclame-t-elle en sautillant. Oh, ma Valentine, t'es géniale ! Merci, merci, merci… Si tu as besoin de quoi que ce soit, je suis ton obligée ! Dans ta face, Evan de l'Enclos ! Demain, le jury va passer devant toi sans même t'accorder un regard… Forcément, il sera ébloui par notre déco !

Elle déballe les cartons, heureuse comme une gamine à Noël, sourire aux lèvres, en chantonnant « Jingle Bells ».

Merci maman au passage, au moins, ça fait une heureuse.

– C'est Antoine qui m'a expliqué que tu déprimais à cause de ce concours. Il est présent, d'ailleurs ?

– Hein ? Qui ? Ah, oui, dans son bureau.

Mon cœur se met à battre plus fort. Plus moyen de reculer.

– Est-ce que ça vous dérange si je vous laisse Malo quelques instants ? Je dois m'entretenir avec le patron, en privé.

– Non, bien entendu que non ! déclare Jean-Louis en revenant de la salle de pause, deux tasses fumantes à la main. Tiens, on échange.

Je récupère mon thé et lui mon bébé. Bébé que j'embrasse sur le front pour me donner du courage.

C'est parti !

Je frappe à peine à sa porte et n'attends même pas sa réponse pour m'engouffrer dans la pièce où il se cache. Parce que sa présence dans mon atmosphère me manque. Dès qu'il s'agit de lui, je perds la raison.

Il redresse la tête alors que je nous enferme, pose mon thé sur son bureau, retire mon blouson et m'assieds sur un fauteuil en face de lui.

– Valentine ?

Que j'aime ce prénom prononcé avec cette voix et cet accent merveilleux.

– Bon, déjà, bon point, tu te rappelles de moi !

Il sourit en s'adossant à son siège, pose un coude sur un accoudoir et sa main sur son menton. Yeux pétillants, barbe de quelques jours un brin sauvage et rebelle, chemise bleu marine ouverte au col et remontée aux avant-bras. Sexy, beau, troublant…

(Soupir.)

– Je ne pense pas que je puisse t'oublier comme ça.

Il m'adresse un sourire séducteur, amusé, un peu mystérieux. Un de ceux qui normalement vous coupent l'envie de parler et provoquent le désir de lui sauter dessus. Mais je ne suis pas venue pour ça.

– C'est bien ! Enfin, je veux dire… tant mieux !

Il plisse légèrement les yeux, attendant la suite. Impérial dans son fauteuil. Intimidant, aussi. Mais je profite du fait qu'il ne parle pas pour me lancer. Tout ça a assez duré.

– J'aimerais que tu m'écoutes, sans me couper, s'il te plaît.

– D'accord.

Oh, merde ! C'est parti, alors ? Mon cœur menace de succomber à la pression. Il faut que j'évacue, pas le choix.

– Parfait. Alors voilà. Je sais pertinemment que je ne suis pas parfaite. Je ne l'étais pas avant, déjà. Alors maintenant que je suis maman, ça n'a pas dû s'arranger. Niveau caractère, je me défends quand même, y a pire. J'ai une famille chiante et invasive. Mais un père incroyable et une mère que j'aime plus que ma propre vie. Mes frères et mes sœurs… Bon, je ne vais pas te détailler chaque cas, parce qu'on n'a pas toute la nuit non plus, mais globalement, ce que tu dois savoir, c'est qu'ils sont tous « attachiants », qu'ils se mêlent de tout et donnent toujours des conseils stupides à ne surtout pas suivre. Et sache que si tu ne les as pas encore vus rôder autour du chalet, c'est que de un, ils habitent loin, et de deux, je les ai menacés de tous les inscrire à des émissions de télé-réalité du genre « On a échangé nos familles » et j'en passe s'ils venaient jouer les curieux avant Noël. Tu me suis jusque-là ?

– Euh… Oui, oui.

Il se redresse sur son siège sans me quitter des yeux. Tentative de diversion ratée, mon cher, je suis partie, je ne m'arrêterai pas avant le dernier point.

– Donc, voilà pour eux. En ce qui me concerne, j'ai des tocs, je pars parfois dans des délires impossibles à suivre et mes meilleures amies sont pareilles. Quand elles viennent me voir, c'est l'enfer pour tout être vivant dans les parages. Même Vésuve redoute ces moments.

Je marque une pause pour boire un peu de thé et recentrer mes propos tandis qu'il me dévisage, presque impassible.

– Mais peu importe. C'est ma vie. Maintenant, j'ai un fils, qui passera toujours avant mes propres priorités. Il fait partie du package. Alors, je suis désolée si ça te pose un problème, mais c'est comme ça.

– Valentine, je... tente-t-il de me couper.

– Non, tu as promis de me laisser parler.

Il se relâche et hoche la tête. Je continue.

– Mon corps. Il a changé. Je le sais et j'en suis désolée. Mais moi, je l'aime ce corps parce que même s'il porte des stigmates, ce sont celles de l'événement le plus heureux de ma vie, et donc, ben... Je n'ai pas à m'excuser pour ça.

– Mais enfin, Valentine, je...

– Chut, Antoine! Tu as promis!

– Oui, oui, d'accord. Je me tais.

Il se pince les lèvres en guise de signe qu'il obtempère. Alors, je continue, le cœur un peu plus léger.

– Et surtout, surtout, Antoine, je dois t'avouer quelque chose. Je n'ai toujours pas révélé à ma mère que Malo n'a pas de père connu. Je n'ai pas pu.

Cette fois, je ne le regarde pas en face car je sais que ce point particulier n'est pas celui qu'il préférera entendre.

– L'homme que j'appelle papa n'est pas mon géniteur. Ma

mère est tombée enceinte de moi alors qu'elle commençait à peine ses études à la fac. Elle a dû tout arrêter et vivait chez mes grands-parents qui, même s'ils étaient des gens géniaux, n'acceptaient pas réellement l'enfant naturelle que j'étais. Et puis, alors que je n'avais pas un an, mon père est venu réparer la toiture. Il a tout de suite eu le coup de foudre pour ma mère. Il m'a acceptée moi aussi et m'a donné tout son amour. Tu vois, si elle avait avorté, pour l'unique raison que j'arrivais au mauvais moment, je ne serais pas là, aujourd'hui, à me rendre certainement ridicule devant toi. C'est pour ça que j'ai gardé Malo. Et c'est pour ça, aussi, que je n'ai pas encore trouvé le moment opportun pour lui avouer. J'ai peur qu'elle s'inquiète, qu'elle culpabilise. Comme on dit, l'histoire se répète et je ne veux pas qu'elle croie que j'ai voulu faire comme elle ou me montrer aussi forte, tu vois? Et ce n'est pas simple à avouer… J'espère que tu me comprends. Même si ça n'excuse en rien mon mensonge, j'en suis consciente, mais… Bref. J'aime ma mère avec ses défauts et elle n'est pas responsable de mes choix. C'est tout.

Je ravale une boule amère coincée dans ma gorge avant de conclure.

– J'aime ma famille. J'aime Malo. Mais d'un amour différent. Et je ne crois pas avoir déjà réellement aimé un homme, mais je sais que ce qui m'attire vers toi est aussi fort que ces deux autres sentiments. Alors, même si je ne suis pas parfaite, je voulais simplement que tu le saches. Je me présente là, devant toi, avec pas mal de contraintes et de problèmes, mais je tiens assez à tout ce que nous avons vécu pour te les offrir, ces défauts qui me constituent. Je comprendrai si tu n'acceptes pas ce cadeau empoisonné. Bien entendu. Mais mes parents arrivent ce soir, ils sont d'ailleurs peut-être déjà chez moi, et comme je te l'ai dit, tu as ta place sous mon sapin. Ou autour. Ou dans les parages. J'ai envie de passer cette soirée de préparation de Noël avec toi. Voilà.

J'ose à nouveau relever les yeux vers lui. Il reste immobile un moment, son index posé sur ses lèvres, ses yeux me détaillant avidement. Je crois que je pourrais fondre lorsqu'il m'observe de cette manière. Mais je m'agrippe à ma fierté et attends patiemment qu'il prenne la parole.

Ce qu'il fait, au bout d'un laps de temps incroyablement long et insupportable.

– Alors. Dans l'ordre. Déjà, ma famille est sans doute moins nombreuse, mais tout aussi chiante et étouffante que la tienne. Ce point-là n'est donc pas un problème pour moi.

– D'accord.

– Laisse-moi parler, maintenant ! ordonne-t-il en se redressant pour croiser les mains sur son bureau, attitude cent pour cent boss. Ensuite, je sais très bien que Malo est une partie de toi. Je serais fou de ne pas avoir compris ce point, tellement il est évident. D'accord ?

Je hoche la tête, le cœur battant à nouveau. Et il prend son temps, presque volontairement, j'en suis certaine. C'est dégueulasse !

– Pour ce qui est de toi… De ton corps. Je n'y trouve aucun défaut. Sauf celui, peut-être, de ne pas savoir y résister, mais j'y reviendrai plus tard. Mais sache bien que, dans tous les cas, ce n'est pas ça qui pourrait me rebuter. Parce que justement, Valentine, ce que tu dépeins comme des contraintes et des problèmes, moi je considère que c'est ce qui te rend comme tu es. Et la raison pour laquelle tu mens à Christine… C'est tellement… Comment pourrais-je t'en vouloir ? Tu aurais simplement dû me l'expliquer bien avant, j'aurais compris et je t'aurais sans doute aidée à franchir le pas.

– Oh…

Si je comprends bien, tout va bien, c'est ça? Je rêve ou bien?

– Cependant…

Ah ben non. C'était trop beau. Les larmes me montent aux yeux. Les hormones, encore une fois.

– Cependant, j'ai le même problème que toi, tu vois? Je n'ai jamais aimé d'autres personnes que ma famille et j'ai mis du temps à comprendre que toi, tu étais différente des autres femmes avec lesquelles j'ai passé quelques moments.

– Beaucoup de moments?

C'est plus fort que moi, j'ai besoin de le savoir.

– Je ne pense pas que cela soit le sujet du jour, rit-il en se massant la nuque. Laisse-moi terminer, je te prie.

– Oui, oui.

Et vite, si possible!

– Donc, je disais. Si tu n'avais été que l'une de ces femmes, alors je serais resté samedi. Mais pas pour le sapin. Je t'aurais emmenée jusqu'à ta chambre, et je t'aurais fait l'amour une fois. Peut-être deux. Et je serais reparti sans jamais te donner de nouvelles.

– Euh, je ne veux pas dire, mais tu n'as plus donné de nouvelles depuis…

– As-tu consulté ton téléphone dernièrement?

– Ah? Oh! Merde!

Foutu téléphone à la con! Faut vraiment que je le retrouve et que je retire le mode silencieux. Et que je le recharge sans doute.

– Oui, merde, comme tu dis. Bref, tout ce que j'essaie de te dire, c'est que pour la première fois de ma vie, je veux que tout soit parfait et je ne sais pas…

– Tu ne sais pas quoi?

Pendue à ses lèvres, j'attends désespérément la suite, qu'il semble avoir du mal à sortir.

– Faire l'amour à une femme qui vient d'accoucher? J'ai peur de te faire mal, que ce soit pourri, de gâcher un truc. Tu vois? Et la raison pour laquelle j'ai pris du recul, en plus de mon réel besoin d'avancer dans mon travail, c'est parce que je ne me fais pas confiance. Parce que ça non plus, je ne sais pas faire.

– Tu ne sais pas faire quoi?

– Me raisonner. Me retenir, Valentine. Pas avec toi. Merde, j'ai envie de te faire l'amour dès que tu me regardes!

– Oh...

Je lui proposerais bien ici, maintenant... Je suis assez arrangeante comme femme. Et surtout, moi aussi, j'ai envie de lui comme jamais.

– Mais, Antoine, moi non plus, je ne sais pas ce que ça donnera, mais j'ai confiance en toi, sinon j'aurais gardé mes distances. Donc, toi, fais-moi confiance aussi. Je ne suis pas sadomaso, si j'ai mal, je hurle.

Il ravale difficilement un rire avant de se lever de son siège, toujours aussi charismatique, d'une prestance incroyable et beaucoup trop sexy. Son pantalon sur mesure, sa chemise que je rêve de lui piquer pour en faire une nuisette, et ces avant-bras découverts, virils et puissants...

C'est là que je me disloque sur mon siège, totalement offerte et crépitante de désir, ou je dois encore attendre un peu?

– Alors, dans ce cas, aucun problème.

Et c'est tout?

Ou peut-être maintenant. Oui, ce serait le moment parfait pour fondre sous la tension qu'il instaure dans cette pièce.

– Et c'est tout? balbutié-je, mon regard fixé sur tout ce corps beaucoup trop beau et tentateur pour mes nerfs à vif. La simple et unique raison des distances que tu as prises cette semaine, c'est que tu avais trop envie de moi pour m'approcher?

– Et du boulot aussi. Ça, c'est un autre point pour lequel nous devrons trouver une solution. Mais sinon, oui, c'est à peu près tout...

Quand on dit que les hommes se prennent moins la tête que les femmes, à présent je confirme. Moi, j'oublie même de dormir, j'appelle en Russie en pleine nuit, au bord de la crise de boulimie aiguë, et lui… Ben, il a juste du mal à ne pas bander en ma présence, alors il prend du recul. C'est tout.

Ben putain ! Je veux me transformer en homme. Enfin, non, réflexion faite, je préfère être la femme de cet homme-là ! Et tout de suite.

– Donc, en gros, pour résumer, je viens de te balancer tout le côté pourri de ma vie dans un grand discours pour rien, c'est ça ?

Mortifiée je suis. Mortifiée je resterai éternellement, je pense.

– Non… absolument pas pour rien, Valentine, répond-il en contournant son bureau. Parce qu'avant, je me demandais encore pourquoi toi et pas une autre. Comment il était possible que je sois tombé sans me rendre compte de ce qu'il m'arrivait. Et pire, je me demandais si j'allais assurer, sur quelque chose de plus long qu'une nuit ou deux…

Quelque chose de plus long qu'une nuit ou deux…

Rien que cette phrase me suffit pour perdre le reste du sang-froid qui coulait dans mes veines. Il pose ses mains sur les accoudoirs de mon fauteuil en rapprochant son visage du mien, ses yeux scintillant de ce charme fou qui le caractérise. Cette fois, je m'autorise à me liquéfier sur place.

– Et ?

– Et tu viens de me donner cette raison. Tu pétilles, tu t'assumes et tu vis. J'ai envie de te croquer pour te dérober tout ce que tu es et ne plus jamais m'en séparer. Et aussi, tu te vends super bien ! Tu as choisi le bon job ! Félicitations, j'achète…

Il élimine la distance qui sépare nos lèvres pour m'emporter dans un de ses baisers renversants. Je m'accroche à ses bras, sous le charme, chamboulée et décontenancée. Totalement à sa merci et tellement heureuse de l'être.

– Et pour répondre à ton invitation, ce soir… Avec grand plaisir. Nous allons, ensemble, expliquer tout ça à ta mère.

Cette voix… Jamais je ne me lasserai de cet accent venu de l'autre côté de l'Atlantique. À moins que ça ne soit ce sourire, cette manière qu'il a de me traiter comme si j'étais précieuse. Ou cette lueur au fond de ses yeux qui me promet pas mal de scènes inavouables et totalement inracontables dans très peu de temps.

Finalement, peu m'importe de comprendre ce qu'il a de plus, ce qui fait que mon esprit, mon âme et mon cœur se mettent en harmonie parfaite pour l'élire comme l'Homme. Le seul. L'unique. Le résultat, le seul qui compte et change tout, c'est qu'entre ses allers et retours dans mon quotidien, ses sourires et mes mensonges, ses regards et nos hésitations, il est devenu l'élément essentiel de ma vie. Après Malo, bien entendu. J'ai eu besoin de lui pour refaire surface. À présent qu'il m'a réappris à respirer, je ne peux plus m'en passer. Survivre seule en se raccrochant aux branches ou réinventer une nouvelle existence, à deux, risquer, vivre, respirer… Ce n'est même pas un choix, c'est une évidence. Je plonge.

À part un sourire et un nouveau baiser, je ne trouve rien à ajouter. Ou alors, une petite danse de la joie, éventuellement?

33

Antoine

Devant la porte de ce chalet, je prends le temps d'apprécier le moment. Ou peut-être d'évaluer correctement la portée de ce geste que je m'apprête à effectuer.

Frapper à la porte, revendiquer ma place auprès d'elle devant ses parents et, même s'il est encore bien trop petit pour qu'il le comprenne, aux yeux de Babyboy. Mais, dans tous les cas, je suis engagé dans cette histoire. Que je le veuille ou non, elle s'est invitée dans ma vie, l'a retournée proprement et aujourd'hui, je dois compter avec elle et tout son petit univers. Alors, au lieu de refuser l'évidence et de compliquer tout ce qui en découle, autant faire les choses bien. Même si je ne suis pas un expert, on va composer. Au mieux.

Oui, c'est ce que je veux faire. Ce point, au moins, est clair.

Donc, je lève le bras, et je sonne. La porte s'ouvre brusquement sur Christine, les cheveux en vrac et le visage rosi par je ne sais quel effort. Visiblement, cette femme est en train d'affronter un ennemi coriace.

– Vous sonnez pour entrer chez vous, vous?

Ah oui, j'oubliais ce détail. La version de notre histoire diffère un peu de la réalité, la concernant.

– Oui, non, je ne suis pas chez moi.

Là-dessus, au moins, nous n'avons pas (trop) raconté n'importe quoi.

– Oui, enfin bon. Vous tombez bien. Ce salon est définitivement trop petit ! Nous serons dix-huit ! Vous imaginez ? Dix-huit ! Et encore, Franck et Marie ne viennent pas. Trop loin. J'ai presque envie de dire que c'est tant mieux !

Elle pivote et repart dans le salon en se mettant à hurler.

– Gérard ? Tu as bien confirmé au gîte que nous réservions la totalité de leurs chambres ?

– Oui ! C'est seulement la douzième fois que je te le répète !

– Eh bien, prépare-toi, il y en aura sans doute une treizième d'ici demain. Peut-être même une vingtième ! Vésuve, va jouer ailleurs ! Valentine, ton chat est encore bloqué en haut du sapin ! Malo est réveillé ?

– Si tu continues à hurler, ça ne va pas tarder !

Waouh ! J'ai réellement l'impression de me retrouver chez moi. Ma mère et Agatha sont à peu près dans le même état lors des préparatifs des réveillons.

Valentine sort de la cuisine, les mains chargées de nappes et de serviettes, exaspérée. Je ne peux retenir un sourire en la voyant au bord de la rupture.

Elle laisse tout tomber lorsqu'elle constate ma présence et se jette sur moi comme une affamée. Je l'attrape en plein vol, tellement soulagé de la récupérer contre moi. Je l'embrasse avec ferveur, passe une main sur sa poitrine de dingue, l'esprit déjà à plus tard, à ce moment précis où je retirerai ce soutien-gorge, mon ennemi juré du moment. Tout comme son pull, son jean, et j'en passe. Toutes ses fringues forment une véritable coalition contre moi, j'en suis intimement convaincu. Mais je serai le grand gagnant. Pas plus tard que dans quelques heures.

– Tu as mis un temps incroyable à arriver jusqu'à moi, souffle-t-elle contre mes lèvres, ses jambes enroulées autour de ma taille.

– Bien trop longtemps, je suis d'accord.

Nos yeux se croisent et s'emmêlent. Nos mots vont bien au-delà de ce moment. J'ai l'impression que jusqu'à présent mon existence n'avait aucun sens. Alors qu'à l'instant, je comprends le chemin qui s'ouvre devant moi.

– Emmène-moi loin d'elle, je t'en prie… Elle me fait flipper, je te jure!

– C'est prévu, justement. Nous partons dans une heure.

– Je te demande pardon?

C'est là que ça passe ou ça casse. Je sais que ses parents sont venus pour elle et Malo, mais cela fait des années qu'ils l'ont pour eux sans restriction. Moi, j'ai déjà perdu assez de temps, j'ai envie de me montrer égoïste, de la kidnapper, avec ou sans Malo, peu m'importe, mais mon besoin est de l'ordre de l'urgence absolue. Là-dessus, je saurai me montrer intransigeant.

– Je compte t'enlever. T'emporter loin d'ici pour une nuit. Estime-toi heureuse, je te préviens.

– C'est vrai? Vraiment, il va falloir que tu penses à investir dans un costume de superhéros, parce que plus ça va, plus tu en as le profil. Mais, juste… Pourquoi attendre une heure?

Je la repose avant de lui embrasser le front.

– Parce que nous devons discuter avec Christine.

Son sourire se fige.

– Ça peut éventuellement attendre demain.

– Valentine! grondé-je en attrapant son regard qui tente de me fuir. De mon point de vue, c'est…

– Oui, bon, OK. Mais je te préviens, ce soir, elle est particulièrement déchaînée.

– J'ai cru comprendre, oui. Nous serons plus forts à deux.

– À trois ! Mon père est dans notre camp. Le combat est à peu près équilibré comme ça ! Viens… Maman ?

***

Le silence qui occupe la cuisine aurait facilement le don de m'angoisser. Valentine ne sait pas comment annoncer la nouvelle. Gérard pose des regards anxieux sur sa femme et sur nous. S'il ne s'était agi que de moi, je serais déjà en pleine explication, mais ce n'est pas possible. Mon rôle n'est que de soutenir la femme qui se trouve à mes côtés. Pas plus.

Elle se lance enfin, la voix presque chevrotante et une jolie couleur carmin montant jusqu'à ses joues.

– Maman, j'ai un aveu à te faire. Mais avant ça, il faut que tu saches que je t'aime et que, peu importe la situation, je suis heureuse d'être maman, et c'est ce que tu as toujours souhaité, non ? Que tes enfants trouvent le chemin dans la vie qui leur convient ?

– Bien entendu, ma chérie, répond sa mère en posant ses mains sur celles de Valentine. Viens-en au fait, tu m'effraies avec tes mystères.

J'apprécie particulièrement le ton calme et posé qu'emploie Christine. Elle qui était survoltée il n'y a que quelques minutes se montre à présent à l'écoute et à sa place face à l'hésitation de sa fille. Une bonne mère. Ce qui semble rassurer Valentine également.

– D'accord, se lance-t-elle. Donc, pour ne pas laisser planer le suspense plus longtemps… Antoine n'est pas le père de Malo. Il s'agit d'un, ou de plusieurs, d'ailleurs, concours de circonstances qui ont fait que tu as cru cette version et je n'ai jamais trouvé le courage de briser tes certitudes. Je suis désolée, maman.

Christine souffle lourdement en s'adossant à sa chaise.

– Bien entendu qu'il n'est pas le père ! Tu m'as fait peur, je m'attendais à pire ! Une maladie incurable, une annonce de déménagement aux États-Unis… Que sais-je ? Un quelconque changement fondamental. Mais si ce n'est que ça…

Nous nous figeons tous, déstabilisés par son air léger, et surtout…

– Papa ? demande Valentine en lui jetant un regard rempli d'interrogations.

– Non, ton père ne m'a rien dit, Valentine. D'ailleurs, je crois qu'il l'a compris après moi.

Je l'observe attentivement, pour essayer de déceler si elle prétend simplement ça pour sauver la face ou si vraiment elle savait. Et…

– Comment as-tu su ? questionne Valentine, perdue. Et pourquoi ?

La mère passe une main sur son chemisier, calme et posée.

– Déjà, Antoine. Lorsqu'il est entré dans ta chambre, à la clinique, il n'avait aucune réaction d'un père qui rencontre son fils pour la première fois. Et ensuite, lorsque tu es arrivée à ton tour et que tu l'as découvert avec Malo dans les bras, même si tu as très bien joué la comédie, ton tout premier regard sur lui n'était pas celui d'une mère qui assiste à ce premier contact entre un père et son fils. Je te l'ai toujours dit, Valentine, mes enfants sont toute ma vie. Je connais chacun de vos tics et de vos réactions. Je lis en vous sans que vous n'ayez besoin de parler.

– Mais alors, pourquoi avoir joué la comédie ?

Valentine semble totalement troublée, et je la comprends. Après tout, ce foutu problème a changé considérablement les choses, pour tout le monde. Et tout ça pour rien, finalement. Christine sourit, embarrassée cette fois.

– Déjà parce que si tu n'avais pas jugé utile de nous l'avouer, c'est tout simplement que tu ne te sentais pas prête. Et devenir maman est déjà une épreuve en soi, alors il ne m'a pas semblé opportun de me mêler de ta vie intime. Il n'y avait pas péril en la demeure, tu es une adulte à présent et tu sais ce que tu veux dans ta vie et pour ton fils. Inutile que j'y mette mon grain de sel. Et, d'autre part… Si je l'avais fait, Antoine serait parti… Encore une fois, j'ai préféré laisser la situation telle quelle. Vous étiez si mignons tous les deux… Une évidence, sauf pour vous, bien entendu. Un peu long à la détente, les jeunes ! Au point que j'ai dû m'en mêler. Je remercie ce bûcheron pour ce gui si bien placé. Je commençais à désespérer de trouver le prétexte pour en arriver à ce que vous vous décoinciez un peu !

– Je vous demande pardon ?

Cette fois, c'est moi qui demande des explications, totalement ahuri par le machiavélisme de cette femme dont je ne me serais jamais méfié. J'ai légèrement l'impression de m'être fait manipuler.

– Ben quoi, mon petit ? me répond-elle en retenant un rire. Ne me dites pas que vous n'attendiez pas que ça ? Ma fille est belle, intelligente et vous la dévoriez des yeux. Il vous manquait juste un petit rien pour enflammer tout ça. Et la suite m'a donné raison. J'ai su que c'était gagné lorsque Valentine m'a annoncé tout à l'heure que vous terminiez votre travail et nous rejoigniez ensuite. Et l'accueil que ma fille vient de vous réserver me semble plus que clair ! Dites-moi que j'ai tort ?

Que répondre à ça ? Le second prénom de cette femme est Diaboliqua, j'en mettrais ma main à couper !

– Et vos questions sur le retour de couches de Valentine ?

Parce que quand même, celle-là, elle était forte !

– Tellement drôle, votre réaction ! ricane-t-elle ouvertement. Mais plus sérieusement, en tant que mère, je voulais surtout attirer votre attention sur la fragilité de ma fille à ce sujet.

– Sérieusement ?

Je n'en reviens pas.

– Maman! s'offusque sa fille en retirant les mains des siennes. Tu aurais pu me prévenir! Tu nous as laissés…

– Je vous ai laissé une chance, c'est tout! Je n'ai rien forcé du tout, chaque décision a été vôtre. Antoine aurait pu refuser de jouer le jeu, tu aurais pu tout avouer, ou même, le baiser n'était pas nécessaire, tout comme la nuit dans ta chambre. Pourtant, vous l'avez fait. Dans la vie, tout ce qui nous arrive résulte uniquement de nos propres choix. À aucun moment, tu n'as été « forcée » d'agir de telle ou telle manière.

Valentine ne réplique rien, partie en pleine réflexion. Et finalement, j'en suis au même point. J'en conclus surtout qu'elle a raison. Ce mensonge a été l'occasion de nous découvrir, mais jamais une obligation en soi. J'aurais le droit de lui en vouloir et, pourtant, je ne trouve en moi-même pas une once de rancune. Sans doute parce que je n'attends que la fin de cette explication pour emporter Valentine loin, là-bas dans le chalet qui nous attend, à flanc de montagne. Une nuit entière, elle et moi. Personne d'autre. Sauf Malo, éventuellement. Mais sinon… Peu importe, finalement, les raisons et la manière dont nous en sommes arrivés là. Nous y sommes, c'est tout. Et ce n'est pas moi, le roi de l'adaptation hasardeuse, qui y verra à redire.

Mais je note quand même… Il faut toujours se méfier des femmes, surtout de celles qui ne semblent pas dangereuses, comme Christine qui me paraissait tellement légère et futile. Et chiante. En réalité, elle avait déjà plusieurs longueurs d'avance sur nous.

– Donc, les enfants, je suis ravie d'enfin lever le voile sur ce sujet. D'autre part, Gérard, je n'apprécie pas beaucoup que tu ne sois pas venu m'en parler lorsque tu l'as découvert…

– Tu ne m'en as pas parlé non plus, au passage, se défend

le patriarche en soupirant, visiblement peu impressionné par le coup d'éclat de sa femme.

– Valentine et toi complotez sans cesse dans mon dos ! J'aurais été stupide de te mettre dans la confidence ! réplique-t-elle. Bon, autre chose ? J'ai un réveillon et un Noël à préparer, moi !

– Oui, justement, en profite Valentine, crois-tu que vous pourriez gérer Malo pour cette nuit ? Et la mise en place de la table aussi et…

Donc, le plan sera sans Malo… Non pas que je sois heureux de le voir évincé, mais pas loin quand même, pour l'occasion spéciale.

– Oui, oui, oui… Et Vésuve aussi… Disparaissez ! De toute manière, je n'aime pas avoir du monde dans les pattes lorsque je prépare. Mais avant, ma fille, j'ai besoin d'un énorme câlin… Parce que le fait que tu hésites à venir m'en parler me touche. Je connais les raisons de ton silence… Et surtout, il va falloir m'expliquer qui est le géniteur de cet enfant, parce que sur ce point, j'ai eu beau tenter de comprendre, je n'ai pas trouvé la solution ni aucun indice.

– Moi, je sais ! s'empresse de crâner fièrement Gérard tandis que la mère et la fille se précipitent dans les bras l'une de l'autre.

– Moi aussi ! ajouté-je en retenant un rire.

– Valentine ? s'énerve la grand-mère, il est temps que tu passes aux aveux…

Mon téléphone se met à sonner dans ma poche. Mon frère. Pas trop tôt.

– Excusez-moi une minute.

Je me lève pour prendre l'appel un peu plus loin tandis que Valentine continue ses explications.

– Salut. Tu réponds trop tard, j'ai trouvé ma solution, figure-toi !

– Super, content pour toi. Bon, sinon, tu n'es pas à ton appart ?

– Non, chez Valentine, pourquoi? Mais attends… comment sais-tu que je ne suis pas chez moi?

– Parce que nous sommes devant la porte, pardi!

Je mets un temps à comprendre ses mots et surtout ce qu'ils signifient.

– Hein? Quoi?

– Tu crois franchement que nous te laisserions passer Noël loin de nous? Tu ne pouvais pas venir, mais nous si… Nous sommes tous là. Même Edgar et Agatha. Et Lizy avait énormément envie de découvrir la France et son médecin a validé ce voyage, elle peut le supporter sans problème, le personnel de notre jet a été aux petits soins avec elle. Je ne pouvais pas lui refuser cette occasion. Tu nous manques, crétin!

– Ah… Oh…

Ce con va réussir à me faire chialer avec ses conneries.

Je m'adosse au mur de la cuisine, ému, sans réussir à cacher les émotions qui s'en prennent violemment à moi. Et mon cerveau carbure dans tous les sens.

– Je peux rentrer si…

Eh merde, Valentine, notre nuit…

– Bon, écoute, reprend Étienne en bâillant, le voyage a été long, Elisabeth est vannée et nous aussi. Il est assez tard pour que nous nous couchions, ça nous permettra de ne pas trop subir le jet-lag demain. Nous allons retourner chez les parents. Je voulais juste t'informer que nous étions ici, avec toi, mon frère. Embrasse ta Valentine pour nous.

– Que se passe-t-il? nous interrompt cette dernière en me voyant troublé.

– C'est… Les Maréchal au grand complet viennent de débarquer en France…

– Oh! Super! s'exclame Christine qui n'en loupe pas une miette. S'ils ont besoin d'un endroit où réveillonner, ils sont invités ! Après dix-huit, je ne compte plus !

– Ils sont huit, précisé-je à toutes fins utiles…

– Alors, ça fera vingt-six. Tout va bien !

– Tu as entendu, Étienne ?

– Parfaitement. Je vois avec les parents, mais ça devrait pouvoir se faire. Il est grand temps que nous rencontrions enfin cette Valentine qui te rend aussi stupide que moi lorsque j'ai rencontré Elisabeth. Heureusement, je me suis repris depuis.

– Tout est discutable, frangin.

– On en reparle demain. Je sens que ce Noël va s'avérer très intéressant.

J'imagine déjà… Un vrai bordel organisé !

Valentine éclate de rire.

Oui, quand il n'y a plus d'autre choix, autant en rire.

34

Valentine

Je pénètre dans le chalet miniature dont Antoine m'ouvre la porte, son regard scintillant de promesses.

– C'est… magnifique.

Nous nous retrouvons plongés dans une ambiance intime et cosy, dans une semi-pénombre. Une chambre au lit surdimensionné recouvert d'une couette comme je n'en ai jamais vu, épaisse et invitant au délassement, recouverte d'une ribambelle d'oreillers trop accueillants. Une cheminée à 360 degrés abrite un feu éclairant la pièce blanche et bordeaux. D'épais tapis luxueux recouvrent un plancher verni et certainement hors de prix. Le tout parsemé avec goût et distinction d'étoiles rappelant la saison des fêtes. Et le clou du spectacle, des rideaux de velours ouverts sur une baie vitrée donnant sur la montagne et surtout une terrasse enneigée éclairée par des veilleuses discrètes au milieu de laquelle trône un jacuzzi immense. En plein air. L'eau certainement à température parfaite provoque une sorte de vapeur s'élevant vers le ciel déjà étoilé.

Je traverse la pièce pour tenter de mieux percevoir le paysage. Antoine me rejoint pour enlacer ma taille.

– Ça te plaît ?

– C'est… Je n'ai pas de mots.

Une bouteille de champagne attire mes yeux de l'autre côté de la vitre qui nous sépare du froid. Plantée directement dans la neige sur une table à hauteur du jacuzzi, tout comme deux flûtes, elle incarne le dernier chic. Charme dépouillé et pourtant très travaillé.

Les lèvres de l'homme qui m'offre cette parenthèse merveilleuse planent à quelques millimètres de mon cou.

– Je voulais t'offrir un retour parfait dans ta nouvelle vie de femme… Quelque chose qui peut-être restera dans tes souvenirs.

– Même dans une voiture, si c'est avec toi, ça aurait été mémorable.

Les lueurs des veilleuses étincellent sur mes rétines. Comme dans un rêve merveilleux et impalpable.

– Tu ne mérites que le meilleur. Mais si la voiture est un fantasme, nous pouvons retourner sur le parking…

Je laisse éclater un rire alors qu'il s'apprête à me faire faire demi-tour pour retourner sans doute à l'extérieur.

– Mais maintenant que nous sommes là, ce serait dommage quand même, m'empressé-je de préciser.

Un sourire sensuel s'étire sur les lèvres d'Antoine alors qu'il m'attire contre lui une nouvelle fois.

– Tu veux tester le jacuzzi ? Ou tu préfères que je nous fasse livrer le repas ?

– Je n'ai pas de maillot…

Je réalise le ridicule de ma réflexion, mais en même temps, je viens d'accoucher et…

– Laisse-moi te montrer comme tu n'en as pas besoin avec moi… Tu es parfaite à mes yeux…

Il attrape ma main pour y déposer un baiser. Puis un autre.

Sans quitter ma peau, il fait remonter ses lèvres le long de mon poignet, de mon bras, passe par-dessus mon pull et revient sur mon cou, jusqu'à mes lèvres. Mon cœur se met à palpiter d'un désir mêlé d'appréhension. Alors que les relations intimes ne m'ont jamais fait peur ou angoissée, ici, j'ai l'impression de tout redécouvrir. Je ne suis plus la même femme, et lui n'a rien à voir avec les autres hommes. Mon âme tremble et frémit en comprenant que cette fois, il n'est pas question que de deux corps sur un lit, mais de bien plus. Un engagement, une découverte. Nos êtres tout entiers. Une nouvelle aventure qui promet autre chose, plus intense et plus fort.

Soudée à lui, je m'accroche à ses épaules alors qu'il me soulève pour nous diriger sur ce lit plus qu'accueillant. La couette m'accueille comme un cocon et sous la lumière chaleureuse et dansante émanant de la cheminée, il m'effeuille avec patience, sans manquer de recouvrir de baisers chaque parcelle de ma peau qu'il découvre. Mon cœur s'emballe et mon corps réagit beaucoup trop à ce traitement. Lorsqu'il retire mon soutien-gorge, son regard s'enflamme à son tour et me caresse avec une passion qu'il ne cherche même pas à cacher. Il ne m'en faut pas plus pour sentir un nouveau feu se répandre en moi, crépiter sous ma peau, calciner mes nerfs et embrouiller mon esprit.

Mes doigts fébriles cherchent les boutons de sa chemise alors qu'il fait courir sa langue sur ma poitrine tendue de désir. Son torse apparaît sous mes yeux voilés par la tension qu'il provoque en moi. Il lèche mes tétons, mordille ma peau, effleure du bout des doigts mes seins, leur fait l'amour, à eux seuls, en se moquant du reste, en prenant son temps. Il suce avidement, mais tout en douceur, s'empare et découvre, fais monter l'extase en moi, juste en titillant mes tétons patiemment.

Le plaisir m'étouffe déjà et mon jean, sur lequel il n'a pas encore porté son attention, me semble trop serré, trop collant, comme une prison insupportable m'empêchant d'accéder à la délivrance bienfaitrice.

Comme s'il lisait dans mes pensées, il dirige ses doigts vers ce bout de tissu rebelle et s'arrange pour le faire disparaître en un temps record. De même pour mon tanga. Je me retrouve nue sous son regard alors qu'il se redresse, une lueur d'envie éclatant au fond de ses prunelles. La manière dont il épouse des yeux chacune de mes formes ne fait qu'aviver le feu qui crépite en moi.

– Touche-moi, murmuré-je en me tortillant d'impatience.

Sans un mot, il reprend sa place au-dessus de moi et vénère mon corps sans changer la cadence qu'il a appliquée à ma poitrine. Il passe sur mon ventre, mes hanches, frôle, effleure, vénère et excite comme jamais. J'écarte les cuisses pour l'inviter à plus lorsqu'il approche de mon intimité. Et sans crier gare, il pose sa langue là où…

Un cri que je ne contrôle pas m'échappe alors que je me cambre sous ce contact qui signe ma perte. Mon corps se tend subitement, attisé par le moindre de ses gestes. Mais il ne change toujours pas son rythme. Il prend son temps. Son foutu temps ! Et c'est bon, et c'est trop… pas assez. Depuis le temps que je l'attends, je me sens affamée, totalement en manque de lui.

Le plaisir, lourd et destructeur, bout en moi. M'étouffe. Me rend fébrile. Je plante mes talons dans la couette, attrape ses cheveux en grognant tandis que sa langue dessine des arabesques délicieuses sur ma chair palpitante.

– Antoine…

Mes yeux voient trouble. Les flammes dansent sur les murs. La pénombre m'embrouille les sens. L'air frais chatouille ma peau. Mes seins se tendent en recevant ses paumes fébriles.

Et comme ça, juste avec sa langue et ses mains, il me dirige tout droit vers un orgasme fulgurant et libérateur. Il explose en moi comme une grenade armée depuis trop longtemps. Le silence accueille ma jouissance bruyante et trop bonne. Des petits oiseaux se mettent à gazouiller dans mon crâne et mon corps expulse le plaisir de tous les moyens possibles. Puis je retombe entre les bras de l'homme que j'aime, satisfaite mais encore en manque.

Sans attendre son bon vouloir, je me redresse pour le clouer au matelas et prendre la direction des opérations. Toujours avide de lui, je fais glisser sa chemise sur ses épaules et ouvre son jean. Sa queue apparaît sous mes yeux.

Pas de boxer. Je crois que je ne connais rien de plus sensuel qu'Antoine sans caleçon. Si ce n'est cette ligne de poils qui, cette fois, sera mienne. Je grogne de contentement. Je me débarrasse de ses fringues en quelques gestes précis et laisse ma libido exacerbée prendre le relais. Je passe ma langue sur son torse, puis plus bas. J'apprécie chaque courbe de son corps parfait. Chaque soupir qu'il émet, chaque contact qui nous lie toujours un peu plus.

Et mes doigts passent enfin entre ses poils. Mon cœur se met à battre comme un taré et mon propre sexe se réveille à nouveau d'envie. Je vais mourir s'il ne me prend pas très vite.

Mes lèvres arrivent à son pénis érigé de désir. J'embrasse ce membre soyeux qui me paraît immense, le suce sur toute sa longueur, le palpe de ma main libre, le fais glisser sur ma langue en chatouillant ses bourses. Je me dandine d'impatience, prête à tout, oubliant totalement les précautions dont je devrais sans doute faire preuve à cet instant.

Son ventre se durcit sous mes doigts, sa gorge pousse des soupirs rauques et encourageants et je perds le peu de patience qu'il me restait.

Il attrape mes épaules alors que je remonte le long de son corps parfait…

– Viens sur moi, Valentine. Comme ça, tu jugeras si ça va ou pas.

Je hoche la tête en cherchant mon sac dans la pièce. J'abandonne l'adonis allongé sur cette couette immaculée et le retrouve quelques secondes plus tard, une ribambelle de préservatifs à la main.

– Ah oui ! Tu crois que ça va suffire ? s'amuse-t-il en se redressant contre les oreillers.

– Pas certaine, non ! réponds-je le plus sérieusement du monde en embrassant ses lèvres.

– Pas grave, j'en ai apporté aussi. Le double.

– Ça devrait nous suffire, au moins jusqu'à la moitié de la nuit.

– C'est ça…

Il m'enlace en me faisant basculer dos sur le matelas. Nos langues s'enroulent l'une à l'autre, à l'instar de nos corps, de nos jambes et de nos mains. Cette fusion que j'attendais depuis si longtemps prend enfin vie dans nos âmes et me rend fébrile. Bien plus que tout le reste, c'est lui que j'attendais. Pas son corps ni cette queue qui bat entre nous. Juste ses yeux, son sourire, ses gestes si tendres et autoritaires.

Je me perds dans ses baisers, dans ses bras et dans sa tendresse, jusqu'à ce que la volupté du moment ne nous laisse plus le choix. Je me redresse, le repousse pour l'allonger et lui enfiler la protection nécessaire. Et je monte sur lui en retrouvant ses lèvres, l'enjambant pour m'empaler sur son membre dressé, long, large et plus qu'affolant. Et doucement, guidée par ses mains sur mes hanches, je me laisse tomber sur lui. Sa présence s'installe peu à peu en moi. Divine. Oui, il n'y a pas d'autre mot. Mon clitoris bat d'anticipation alors que je l'autorise à m'envahir jusqu'à sa garde en pliant les genoux.

Nous nous figeons, ses doigts crispés sur ma peau, son corps tendu sous moi, en attente de mes réactions.

J'admire son visage. Sa mâchoire crispée sous l'effort qu'il fournit pour ne pas amorcer un mouvement. Ses lèvres entrouvertes, en attente. Et ses yeux… son regard envoûtant qui ne sait pas me mentir. Comment n'ai-je pas lu auparavant les mots de son cœur dans ces étoiles qui parsèment ses iris? Ils y sont depuis des jours, et… ce n'est que maintenant que je les comprends. Qu'ils m'éclatent en pleine tête. Qu'ils décuplent tout ce que je ressens déjà pour lui. Qu'ils me rendent folle.

Je me relève pour mieux redescendre. Recommence. Je coulisse sur son sexe qui me déchire légèrement mais ne me fait aucunement souffrir. Ses mains resserrent leur emprise sur ma taille. Son bassin se soulève. Nos yeux restent soudés. Mes doigts se crispent sur son torse. Les cuisses tendues, j'ondule sur lui. Frotte mon clitoris contre sa base. Remonte, descends, laisse les ondes du plaisir renaître entre mes reins, ramper sous ma peau, titiller ma poitrine.

D'une main, je me caresse sous son regard avide. Ma paume remonte sur l'un de mes seins tandis qu'il accentue ses coups de boutoir en moi. Son pénis attise mes sens, mon plaisir, mon envie qui ne semble jamais décroître. Sa peau se pare d'une pellicule fine de transpiration, la mienne frémit sous la tension.

Il se redresse pour sucer l'un de mes tétons. Il le mordille, le déguste, le dévore.

Bordel, je ne savais même pas les pouvoirs divins que cette partie de mon corps recelait. Personne ne m'a jamais autant excitée en s'occupant de ces attributs. Des gémissements m'obstruent la gorge. Je perds le rythme, défaille, m'accroche à ses épaules et, sans comprendre comment, je me retrouve allongée, lui sur moi, me dominant de tout son corps musclé. Se retenant au matelas de ses deux mains, il s'impose à nouveau entre mes cuisses et reprend le contrôle.

– Valentine, si jamais tu…

Je n'entends même pas la fin de sa phrase. Perdue dans mon firmament, j'écarte les cuisses et attrape ses fesses pour l'encourager à me revendiquer. Ce qu'il fait avec fougue. Il me bourrine de plus en plus fort, me pénètre, encore et encore, sans pitié et…

– Putain de bordel !

Une vague non identifiée de plaisir brut me fracasse le cerveau et le corps, me clouant sur le lit, entre ses bras, sous son regard de braise. Je jouis en gémissant d'extase, secouée violemment par son assaut incroyable.

Il vient quelques instants après et le soupir qu'il laisse échapper, profond et sensuel, ravive mon état. Un nouveau frisson délicieux me traverse alors qu'il s'allonge sur moi sans faire peser tout son poids malgré tout.

Le silence reprend ses droits dans la pièce, simplement perturbé par nos souffles erratiques. Nous ne bougeons plus non plus, enfouis dans l'épaisseur de cette couette parfaite pour l'occasion.

Je resserre mes bras sur lui tandis qu'il blottit son visage entre mes seins, un sourire épuisé dessiné sur ses lèvres.

Joyeux Noël, Valentine !

35

Antoine

Joyeux Noël, Antoine !

Assis sur le seul fauteuil encore présent devant la cheminée de Valentine, un verre de cognac à la main, j'observe cette immense famille discuter et rire devant le sapin. Même Malo est présent. Étonnamment, Babyboy s'est réveillé à minuit. Depuis une bonne demi-heure, le petit ange voit apparaître devant lui tout un tas de cadeaux aussi débiles qu'intelligents. En ce moment, il inspecte d'un air sérieux un chat en peluche offert par l'un des frères de Valentine. Mael, je crois qu'il s'appelle. À moins que ce soit son frère, Mael. Lui, je crois que c'est Mathieu. Ah, non, Mathieu, c'est le mari de Marion, la sœur cadette de Valentine. Celle qui arrive juste après elle dans la lignée. Non, elle, c'est Eva.

Moi et les prénoms... Je crois que je vais devoir me fabriquer un trombinoscope parce que je me sens arrivé à la limite de mes capacités à ce niveau. Ou peut-être est-ce le cognac. Ou tout simplement cette vie autour de moi qui illumine ce Noël que je pensais passer seul il y a un peu plus d'un mois. Le brouhaha de nos familles qui se mélangent sous les lueurs de

Noël me berce dans une atmosphère paisible et enchantée. Les sourires, les éclats de rire, les regards bienveillants. Jamais je n'aurais pensé que ce Noël se hisserait en haut de la liste des moments familiaux les plus sympas que j'ai vécus. Et pourtant! J'ai presque l'impression que tout le monde n'attendait que ce prétexte pour se réunir. Tout autour de moi respire l'harmonie et le bonheur.

On m'aurait promis une telle soirée il y a à peine un mois, je n'y aurais pas cru.

Mon frère éclate de rire en attrapant Lizy par la taille. Ophélie embrasse discrètement Lana. Mes parents débattent d'un problème épineux que je refuse de prendre en considération. La dernière fois que j'ai écouté, il était question du palais des Papes de Venise. Et Valentine…

Valentine se relève, son fils dans les bras et s'avance vers moi. Au milieu des étoiles du sapin qui scintillent derrière elle, elle semble presque irréelle. Son sourire ne quittant pas ses lèvres, elle me rejoint et s'installe sur mes genoux. Mon plus beau cadeau de Noël. Mes bras se resserrent autour des deux êtres qui viennent d'entrer dans ma vie et que je ne compte plus laisser partir. J'embrasse le petit crâne de Babyboy, maintenant parsemé de quelques cheveux un peu plus épais que son duvet de naissance. Des cheveux blonds. Comme s'il était fait pour devenir mon fils.

J'embrasse le cou de Valentine et enfouis mon visage dans ses cheveux.

– Je t'aime…

Je me fige, presque troublé par mes propres paroles, venues sans prévenir jusqu'à son oreille. Mon cœur se met à battre comme jamais alors qu'immobile, les yeux dans le vague, elle prend un instant pour assimiler mes paroles. Le temps que je remette tout en ordre dans mon cerveau en bordel.

Son regard prend le mien en otage au moment où je réalise que ce que je viens de lui avouer n'est pas tout à fait exact.

– Désolé, murmuré-je en resserrant mon étreinte sur elle et Malo. Je vous aime. Tous les deux. Toi, férocement, et lui avec tendresse…

Cette fois, je crois avoir trouvé exactement les mots. Mon cœur s'apaise, bercé par une nouvelle atmosphère sereine et douce. Un nouvel univers que j'accepte enfin et refuse de quitter.

Le visage de Valentine s'illumine de toutes ces émotions que nous nous sommes trop longtemps refusées. Ses lèvres s'entrouvrent et je les prends d'assaut. Une main remontant sur sa nuque et l'autre sur son cœur, mon bras autour du bébé qui m'a, lui aussi, fait chavirer.

Au milieu de ce baiser qui me décapite le cerveau, elle se met à rire avant de me repousser tendrement.

– Est-ce que je peux en placer une, moi aussi? plaisante-t-elle en murmurant.

– Euh… Non. En fait, non. Embrasse-moi et tais-toi.

Je me penche à nouveau vers elle pour quémander la suite, mais elle recule de quelques centimètres, légèrement obstinée.

– Je t'aime aussi!

Je dois sans doute être un peu con, car je ne m'étais pas du tout préparé à me prendre ces trois mots en pleine tête, comme ça, sans préavis. Un frisson moelleux et bien trop agréable me momifie sur place alors qu'elle dépose un baiser sur mes lèvres figées.

– Tu m'aimes?

– Ben oui! Tu n'as pas le monopole des grandes déclarations ni des beaux sentiments, figure-toi!

Bordel de merde!

– Alors, cette fois, ça y est? demandé-je, déstabilisé devant l'évidence toute nue.

– Ça y est, quoi?

Elle fronce les sourcils pour m'indiquer son incompréhension.

– Je sais pas…

Bon, clairement, je nage complètement. J'ai l'impression que tous mes neurones se mettent à clignoter en parfaite symbiose avec les décorations qui nous entourent.

C'est peut-être ça, la magie de Noël?

J'inspecte la femme et son bébé installés sur moi. Non, il ne s'agit pas de Noël ici. Ni de l'effet du cognac ou de la réunion de famille qui nous entoure.

Il s'agit de moi. D'elle. De nous et de ce qui nous compose. Il s'agit d'un bébé qui, sans le savoir ni rien demander, a changé le cours de plusieurs vies. Il s'agit de l'amour que je découvre et des ravages qu'il occasionne en moi. Il s'agit d'un futur que je veux espérer avec elle. Il s'agit d'une histoire de cœurs et de passion. Il s'agit du bonheur.

– Tout simplement heureux.

Je marmonne, incapable de formuler une phrase cohérente, mais peu importe car elle comprend. Elle comprend et m'embrasse pour me signifier son accord. Pour signer ce contrat muet et invisible qui pourtant va tout changer.

Autour de nous, le bruit de fond continue.

– Vésuve! Ce chat adore ce sapin! grogne Christine.

– Attendez, je vais le récupérer, propose Lizy dans son français approximatif.

Puis quelques bruits, le brouhaha normal d'une famille de vingt-six membres, j'imagine.

Et…

– Oh…

Un cri déchire l'animation de la pièce.

– Seigneur! Je crois que je perds les eaux!

Je me redresse vivement vers ma belle-sœur pliée en deux,

le chat dans les mains. Étienne se précipite sur elle, ainsi que ma mère.

– Ma chérie, viens t'asseoir.

Valentine libère mes genoux, confie son bébé à Gérard et se rue sur Lizy. Ma mère roucoule de bonheur, ou peut-être de panique.

– J'appelle les urgences !

– Non, je vais l'emmener à la clinique.

Tout le monde s'affole, Ophélie entraîne notre belle-sœur sur une chaise en lui ordonnant de souffler à un rythme régulier. Étienne arbore un visage tendu et heureux.

– Elle va accoucher ! déclare mon père, au cas où nous n'aurions pas compris.

Et c'est reparti pour un tour !

ÉPILOGUE

Valentine

– Nous aurions dû retourner sur le marché. Il n'y en a pas assez, Antoine.

Mon homme recule en scrutant le sapin nouvellement décoré.

– Je ne vois pas ce qui manque, franchement. Je le trouve encore plus beau que celui de l'année dernière.

C'est vrai que cette année, nous avons assuré, bien mieux que l'année dernière. La pièce paraît encore plus en fête que l'année dernière. Mais peut-être est-ce dû au fait qu'aujourd'hui, et pour longtemps, les affaires personnelles d'Antoine se mêlent aux miennes dans ce salon. Comme dans toute la maison, d'ailleurs. Nous avons ajouté des photos de sa famille aux murs, de nous, de Malo, des vacances à vingt-neuf de cet été à Savannah, du premier manège de Malo à la fête du printemps sur un beau cheval, dans les bras d'Antoine.

Ce sapin fait presque pâle figure à côté des souvenirs souriants qui nous entourent. Et surtout comparé à mon homme dans son tee-shirt noir et son air négligé, barbe de trois jours ombrant son visage en le rendant encore plus magnifique.

– Il manque quelque chose malgré tout ! déclaré-je d'un air mystérieux.

– Vésuve en haut du sapin, peut-être ?

– Chut ! Il n'a pas encore percuté que le sapin nouveau était arrivé ! Non, ce n'est pas ça… Attends, je crois que je sais. Tu veux bien aller fouiller dans mon sac, un sachet doré ?

Antoine ne rechigne pas et s'exécute. Je presse mon fils contre moi, le cœur battant, en attendant qu'il revienne.

– Ça ? déclare-t-il en désignant le sac entre ses mains.

– Oui. Vas-y, ouvre-le…

Il lève un sourcil, perplexe, et détache le petit scotch fermant le sachet. Et, sans comprendre, il en sort une boule personnalisée de Noël. Une quatrième.

– Qu'est-ce que… Tu… en as cassé une ? Non, pourtant, elles sont là, toutes les trois… Je…

Il n'ajoute pas un mot. Ses yeux se perdent au fond des miens. Mon cœur s'arrête de battre, en attente de sa réaction.

– Tu ne serais pas en train d'essayer de me dire que je… tu… nous… parents ?

– Ce sera un bébé de juin. Tu vas devenir papa.

Un accident. La pilule n'est fiable qu'à quatre-vingt-dix-neuf pour cent, a dit mon gynéco. Et visiblement, mon corps s'y oppose. Pour Malo aussi, je prenais la pilule, en plus du préservatif. Bref, c'est comme ça.

L'homme en face de moi trahit son trouble à sa manière.

– *Gosh! Fucking hell… God! A baby. My first…*

Il parle anglais. Incapable de retrouver ses bases. Son teint blêmit significativement et j'ai presque l'impression que ses doigts tremblent sur la quatrième boule. Un doute certain s'en prend à moi et à mes certitudes. Il s'occupe tellement bien de Malo depuis un an. Je sais qu'il l'aime de tout son cœur et que, quelque part en lui, un papa parfait est en train de prendre ses marques.

Antoine possède un si grand cœur, et tellement de sensibilité qu'elle émane de lui sans même qu'il s'en aperçoive. Un homme parfait. Tellement beau dans tous les sens du terme.

– Tu vas bien? m'inquiété-je en redoutant sa réponse.

– Ben… Euh… Tu veux dire, moi papa. Toi maman. Malo grand frère, c'est bien ça?

Je n'arrive même pas à retenir un rire, tellement sa réaction me fait craquer et me plonge encore un peu plus dans cet amour sans borne qui me lie à lui.

– Oui, un peu comme ça, oui. Moi dire à toi bébé bientôt avec nous.

– Oh…

Grattage de tête, froncement de sourcils…

Mais encore?

– Toi… Et moi… répète-t-il en nous désignant d'un index fébrilement. Amour de fou! Chaque fois, je me dis que je vais m'y faire, et BIM! Tu trouves un truc pour me dégager de mes certitudes. *I love you, my Valentine!* Au début, je croyais que tout sentiment avait ses propres limites, mais finalement, avec toi, on continue toujours de grimper…

Il secoue la tête, toujours perturbé, plongé dans ses réflexions.

– Et… tu as le vertige, c'est ça?

– Pff! Même pas! Viens ici!

Il me tend la main pour que j'y glisse la mienne et j'obtempère, pressée de le retrouver contre moi. Ses mains se posent sur mes joues lorsque je le rejoins et nos regards basculent l'un dans l'autre, dans l'un de ces échanges qui n'appartiennent qu'à nous.

– I love you, my Valentine!

Il parcourt les quelques centimètres qui nous séparent, les yeux pétillant d'émotions et m'embrasse de toute son âme, puis me prend Malo des mains après avoir calmé ses ardeurs.

– Alors, il va peut-être être temps que je fasse signer à ta maman les documents pour que tu portes définitivement mon nom, Babyboy. Comme ta maman, si elle accepte ce soir de m'épouser, après la demande que je compte lui faire, comme nous avons répété tous les deux. Que nous formions une véritable famille.

– LA demande? Quelle demande? bafouillé-je sous l'effet d'un étourdissement soudain. Et que répètes-tu avec Malo?

Mon homme m'offre un sourire mystérieux.

– Certaines fois, ma chère, j'ai besoin d'un auditoire pour répéter certains discours... Malo est un très bon public. Mais tout ça, c'est entre lui et moi... Tu n'as pas besoin de tout savoir. Rappelle-toi que tu n'es pas obligée de devenir une copie conforme de ta mère et que tu n'es pas obligée de te mêler de tout...

L'enfoiré!

– C'est un coup bas!

– Je sais! J'assume.

En tout cas, sa petite blague le fait rire, et moi elle m'amuse aussi puisque je sais qu'il adore ma mère.

Mais peu importe, je sais qu'il tente de changer le sujet, sauf qu'il est tout simplement impossible pour moi de ne pas interpréter ses paroles. Forcément, il s'agit bien de ce que je pense. Je ne vois rien d'autre...

– Franchement, Antoine, tu n'es pas réglo, m'emporté-je au bord de la crise de panique. Je devais faire l'annonce du siècle! Pas que tu me surpasses dans les surprises! C'est pas du jeu, merde!

Il éclate de rire en me reprenant dans ses bras.

– Rien ne peut être aussi important qu'une nouvelle boule sur ce sapin, Valentine. C'est la chose la plus merveilleuse au monde.

Bon, donc, cette fois, je crois que j'en ai le droit. Je pleure.

– Je t'aime, Valentine, murmure l'homme de ma vie en

embrassant ma joue.

– Moi aussi… Et c'est oui !

Je jubile entre deux sanglots ridicules pendant qu'il me scrute d'un air étonné.

– Oui quoi ? Je ne vois pas de quoi tu parles !

– Pour la demande de…

– Tss tss tss… Tu n'as pas appris à ne pas ouvrir tes cadeaux avant l'heure fatidique ?

Mon homme m'adresse un sourire en coin en faisant grimper Malo sur ses épaules.

– Bon, la famille Bertot va arriver dans moins d'une heure… Il est temps d'aller dormir, parce qu'après, ça va être le bordel.

Et comme à son habitude, il met fin aux moments qui le déstabilisent en changeant de sujet. Un trait chez lui qui m'émeut. Une manière de camoufler ses émotions et sa fragilité.

Bon sang ! Qu'est-ce que j'aime cet homme !

– Ton vocabulaire ! grogné-je en retrouvant mon sourire devant le tableau qu'il m'offre.

– Viens dormir, ma belle presque fiancée. Ou pas…

J'attrape la main qu'il me tend. Nos doigts glissent et s'entremêlent. Il passe derrière mon dos pour poser nos mains jointes sur mon ventre alors que nous admirons une dernière fois le sapin. Je crois que Noël, la magie, tout ça, tout est véridique. Les étoiles brillent plus fort et les cœurs vibrent au diapason.

Joyeux Noël !

FIN

Extrait

LE ROCKEUR PARFAIT EST INSOLENT ET TATOUÉ

Camilla Simon

1

Maura

Installée dans l'avion, mon fils à mes côtés concentré sur son dessin animé, je relis mes notes et tout le planning du groupe. Il ne s'agit pas de n'importe quel groupe de rock : il s'agit des Sugar ! Ils sont devenus en peu de temps mondialement connus et adulés. Ils sont suivis par d'innombrables groupies. Leurs tournées sont attendues et ils ont un rythme de travail incroyable.

Mon oncle James, directeur de leur maison de disques, a réussi à les convaincre d'accepter le petit projet auquel je réfléchis depuis des mois ! Je suis réalisatrice et je rêve de créer un film sur eux ! Je suis la carrière d'Emmett, de Colton, d'Aiden et de Ward depuis toujours, même lorsqu'ils n'étaient pas encore connus aux États-Unis, car j'ai tout de suite vu le potentiel énorme de leur musique. Ce reportage me tient aussi beaucoup à cœur, car c'était le rêve de ma cousine, Teagan. Nous faisions nos études de cinéma ensemble. Ce n'était pas une surprise ou une coïncidence, nous étions toujours ensemble. Comme des jumelles. Nous avons, très tôt, eu les mêmes goûts musicaux et notre admiration s'est portée sur les Sugar. J'étais folle de Rafe, décédé depuis, mais ma cousine, elle, était dingue de Colton. L'été qui a précédé la disparition de Teagan, nous avons refait le monde et imaginé ce documentaire au cœur d'une de leurs tournées. C'est pourquoi je tenais à réaliser ce reportage sur eux, pour elle.

Tout est presque en place. Leur tournée démarre à Chicago demain soir et ce sera le bon moment pour vraiment commencer mon boulot. Je ne suis pas toute seule, Mily sera ma cameraman pendant tout ce temps. Je vais les suivre plusieurs semaines, en juillet et en août, et j'ai hâte de commencer.

– Roh, mais c'est pas vrai ! Ton oncle aurait pu nous prendre des billets en première classe ! Je n'ai pas de place pour mes jambes ! bougonne Dana, mon amie depuis longtemps et l'éducatrice de Mason.

– Maman, pourquoi Dana râle tout le temps ? demande mon bonhomme, une main sur sa bouche.

Je sais qu'il essaie de se montrer discret, mais la principale intéressée a très bien entendu.

– Je ne râle pas, je m'exprime ! rétorque cette dernière. Et puis, arrête de me critiquer, sinon je te coupe la langue !

– C'est tes jambes qu'il faudrait raboter, sort Mily depuis son siège de l'autre côté de l'allée.

– C'est une blague, hein, maman ? On ne va pas me couper la langue ?

Devant son air paniqué, je lance un regard noir en direction de Dana. Cette dernière passe un bras devant ma poitrine afin d'ébouriffer les cheveux de Mason.

– Mais non ! Je t'aime trop pour ça ! Ton babillage me

manquerait et Mily n'est qu'une méchante ! Aïe !

La méchante vient de lui pincer le bras par vengeance. Ces deux-là n'arrêtent pas de se chercher. Je sens que la tournée ne va pas être de tout repos…

Mason remet en place ses écouteurs et poursuit son visionnage.

J'ai réussi à convaincre Dana de nous accompagner dans nos déplacements afin qu'elle puisse s'occuper de lui. Il était hors de question pour moi de me séparer de mon fils sur une aussi longue période, même si son grand-père était disponible pour le garder.

Ce petit bonhomme remplit ma vie depuis sept ans. Il est extraordinaire. Je l'aime d'un amour infini alors qu'il n'est pas mon enfant biologique. Mais il est mon fils tout comme je suis sa mère. Au décès de ma cousine Teagan, je me suis sentie si abattue et perdue… Le seul qui arrivait à me faire tenir sans elle était son fils, Mason, âgé de 1 an au moment du drame. Teagan est décédée dans un accident de la route, et heureusement, son fils était avec moi. J'ai alors tout fait pour obtenir la tutelle de Mason. Ma vie a été totalement bouleversée par lui, mais je ne regrette rien. C'était une évidence pour moi d'élever le fils de ma cousine. Et de toute façon, il n'y avait pas vraiment d'autre solution. Teagan n'a jamais voulu me dire qui était le père biologique de Mason. Je sais juste qu'elle lui a envoyé un e-mail peu de temps avant son décès pour lui dire qu'elle avait eu un enfant de lui, mais je n'ai jamais pu accéder à sa messagerie. Par conséquent, je ne sais même pas si le père a répondu ni de qui il s'agit.

Cela a été un choc de reprendre le cours de ma vie sans Teagan. Nous sommes nées à un mois d'écart et avons grandi ensemble. Toujours fourrées l'une avec l'autre. Teagan était de nature téméraire et fonceuse alors que j'étais discrète et réfléchie.

Nous étions si différentes et pourtant si complémentaires… Je n'avais jamais envisagé ma vie sans elle et cela m'est brusquement tombé dessus. Il a fallu rebondir pour son fils. Le mien, désormais.

J'ai commencé des études de cinéma il y a quelques années avec Teagan et je les ai poursuivies, même avec mon petit garçon. Je n'ai rien lâché. Le soutien de mon oncle James a été sans faille. Il était là, lui, alors que ma tante était aux abonnés absents… Mais j'ai fait mon chemin toute seule. Enfin… Mily a toujours été là pour m'épauler et se lancer dans tous mes projets farfelus. J'adore mon boulot de réalisatrice, on rencontre des tas de gens différents et chaque jour est une nouvelle aventure. Ma spécialité : les films documentaires, que ce soit sur un tatoueur de La Nouvelle-Orléans ou sur la vie nocturne de San Francisco… Rien ne m'arrête. Aujourd'hui, je me lance dans un nouveau challenge : le monde du rock.

Je vais être au plus près d'eux, les voir travailler, répéter, interagir et je vais découvrir tout le côté organisation d'une tournée, les déplacements… C'est fou ! Cela fait des mois que je bosse dessus et prépare mon fils à ces huit semaines sur les routes.

Mason est un enfant particulier. Toute sa vie est organisée à Venice Canal, le quartier de Los Angeles où nous résidons. Il a là-bas ses habitudes et ses repères. Quand je voyage pour mon travail – ce qui n'arrive pas si souvent que ça –, je fais tout pour qu'il m'accompagne. J'essaie de me caler sur ses vacances, ça me permet de lui faire découvrir le monde. Je ne veux pas être séparée de mon fils, c'est tout bonnement impossible. Alors avec mon oncle, on a trouvé une solution : l'éducatrice spécialisée de Mason vient avec nous quand on se déplace. Dana nous connaît depuis des années, et au fil du temps, nous sommes devenues amies. Je sais que je peux lui faire confiance. Toutes les fois où je suis partie sur les routes, elle a été là pour m'aider et Mason a toujours bien géré ces changements, grâce à elle. C'est un garçon courageux, mais je dois tout faire pour ne pas trop le perturber : le plus important est de garder sa routine, qu'on soit en Californie ou dans l'Illinois.

Pour cette fois, la difficulté, c'est que l'on va changer de lieu presque tous les jours. J'ai dû préparer mon garçon à tout ce qui va se passer, en lui expliquant mon travail, ce que je vais être amenée à réaliser, mais aussi le parcours que nous allons suivre. Je lui ai montré plusieurs photos des lieux et des hôtels dans lesquels nous allons passer du temps. Et à ce jour, il n'a manifesté aucun signe d'angoisse et est même heureux de suivre les Sugar, groupe qu'il adore. Je lui ai un peu donné le virus, en toute honnêteté !

Notre quotidien est rythmé par sa particularité, sa prise en charge et sa manière d'aborder le monde. J'ai toujours su au fond de moi qu'il était différent, mais c'est mon seul et unique enfant, alors j'ai mis de côté mes angoisses et mes interrogations et j'ai avancé… Jusqu'à l'entrée à l'école, où sa maîtresse m'a fait prendre conscience du comportement différent de mon fils.

Après de nombreux rendez-vous chez des médecins, le diagnostic est tombé. Mason est atteint de troubles du spectre de l'autisme associé à un haut potentiel. Le ciel m'est tombé sur la tête à cette annonce, mais j'ai également éprouvé du soulagement. Son comportement était enfin expliqué. Ce n'était ni de ma faute ni dû à une mauvaise éducation, comme on me l'a très souvent reproché. Les jours suivants, j'ai dévoré tous les documents que j'ai pu trouver sur l'autisme et les troubles décrits me rappelaient mon fils.

Mason est extraordinaire. Et je suis fière de lui. De ce petit bonhomme atypique au grand cœur et à l'intarissable soif de connaissance.

L'avion amorce sa descente. Mason a le nez collé au hublot et ne quitte pas des yeux la ville, fasciné..

– Maman, c'est quand qu'on va aller voir la Willis Tower ?

– Bientôt, mon loup. Je ne peux pas encore te dire quel jour, mais nous irons la visiter, promis-je en lui faisant un sourire qu'il ne peut pas voir, trop absorbé par ce qui se passe à l'extérieur.

Après avoir passé de nombreux contrôles, nous récupérons nos bagages. Hailey, l'agent du groupe, m'a informée qu'un chauffeur nous attendrait. C'est Mason qui le repère en premier, l'homme tient une pancarte avec mon nom de famille.

Nous montons dans le monospace noir, puis le chauffeur, Jack, nous conduit jusqu'à l'hôtel. J'ai le temps d'apercevoir des fans postés devant l'entrée principale avant qu'on s'engouffre dans le parking privé. Jack m'aide avec les valises, mais Mason tient quand même à tirer la sienne, remplie de livres. Nous nous dirigeons vers les ascenseurs où Jack appuie sur le bouton du trente-deuxième étage.

– Je vous accompagne jusqu'à votre suite afin que vous déposiez vos valises. Lorsque vous serez prête, Hailey vous attend à la chambre 329.

Je hoche la tête et le remercie.

Nous avons une grande suite avec deux chambres. Oncle James a insisté pour que Mason soit au mieux et ait son espace personnel. Je ne sais pas comment je pourrais faire sans lui d'ailleurs. C'est notre protecteur et bienfaiteur. C'est aussi grâce à lui que Dana et ma cameraman, Mily, partagent une suite qui communique avec la nôtre.

La suite est aux teintes taupe, crème et violet. Tout y est très élégant et Mason se précipite vers la vue que nous avons sur le lac et des buildings.

Mon petit garçon est fasciné par les tours, et les voyages

que nous avons déjà faits, sous couvert de mes déplacements pour filmer un nouveau docu, ont toujours été des occasions de visiter tous ces bâtiments qu'il aime tant.

Avant de rejoindre Hailey, je m'assure que Mason va bien et le confie à Dana.

– Je dois aller me présenter à Hailey, mon loup. Dana reste avec toi, sois sage, ajouté-je en déposant un bisou sur son crâne.

– Oui, maman. À tout à l'heure, me congédie-t-il, tout occupé au montage d'un puzzle 3D.

Je frappe à la porte, qui s'ouvre très rapidement sur Hailey. Nous nous sommes déjà rencontrées auparavant dans les locaux de Music Prod afin de discuter de ce projet de documentaire. C'est une jeune femme accessible et à l'air vraiment amical.

– Bonjour, Maura. Le vol s'est bien passé ? me demande-t-elle en s'écartant afin de me laisser entrer.

Son sourire est doux et chaleureux.

– Oui, très bien, merci.

– Les garçons sont en répétition. Viens, entre. Nous allons discuter un peu plus en détail de ton projet, puis je te présenterai au groupe et au reste de l'équipe demain.

Je m'installe dans un sofa crème, Hailey me sert un verre de jus d'orange et prend place à mes côtés.

– Même s'ils étaient réticents au début, les garçons sont emballés par ce reportage sur leur tournée. Cela dit, ils veulent vraiment que leur vie intime soit respectée et que tu ne te concentres que sur l'aspect professionnel, ajoute-t-elle en reprenant un air sérieux.

– Je ne vais pas dévoiler leur intimité, Hailey. Je veux mettre en avant leur cohésion, la façon dont ils travaillent ensemble et avec les différentes personnes qui interviennent dans leur tournée. Je ne serai pas intrusive et saurai me mettre en retrait lorsqu'il le faut. Il n'y aura que ma cameraman et moi. Je veux que le reportage fasse ressentir le fait que j'ai été immergée dans cette tournée. Je ne veux pas des plans travaillés et bien cadrés.

– Tu veux quelque chose de naturel ?

– C'est ça, naturel. Pour que les fans des Sugar puissent vraiment les voir comme un groupe accessible.

– D'accord. Par contre, les garçons veulent visionner le reportage quand il sera prêt avant de donner leur autorisation définitive pour la sortie.

– Pas de problème, c'est normal.

Nous continuons de discuter un moment de la manière dont vont se passer les choses, des moments où j'aurai le droit ou non de filmer, des requêtes particulières... Elle me demande aussi de signer des documents de confidentialité, ce que je fais sans sourciller. Une heure plus tard, nous avons terminé et je peux enfin retourner voir mon fils.

Je suis à peine entrée dans la suite que Mason se précipite vers moi en tenant fièrement la tour Eiffel en 3D qu'il a fini de monter. Je m'accroupis afin d'être à sa hauteur pour l'écouter m'expliquer les différents niveaux de ce monument et me donner des informations sur sa construction et ses caractéristiques.

– C'est super, Mason ! Tu es très fort !

– Dana m'a un peu aidé parfois, dit-il en m'offrant une moue qui me fait sourire. Par contre, elle voulait que j'aille au bain, mais c'est pas encore l'heure, maman.

Mason est très ritualisé. Que nous soyons à la maison ou dans un hôtel, il ne veut se laver qu'à dix-sept heures, pas avant. Je regarde ma montre et constate qu'il est bientôt l'heure.

– Il est presque dix-sept heures, je vais te préparer un bain.

– Tu restes avec moi ?

– Oui, tu vas me raconter ce que tu as fait d'autre avec Dana.

– Oui, oui, oui. On fait quoi après ?
– On va se commander un bon repas et regarder un dessin animé. Tu en dis quoi ?
– J'en dis quoi ? Super !
Une fois tout le monde lavé, nous nous installons sur le canapé devant *Toy Story 4* en attendant notre commande de hamburgers auprès du *room service*. Je crois que nous allons en abuser pendant ces semaines. Le pied de ne pas faire à manger et surtout de ne pas se casser la tête pour trouver quoi faire comme repas !

***

Des coups frappés à la porte me sortent de mon sommeil, et je mets quelques instants à comprendre ce qui se passe.
Bon sang, je vais tuer Dana ou Mily si elles réveillent mon fils !
Je me précipite dans l'entrée, avant de m'arrêter net en croisant mon reflet dans le grand miroir accroché au mur.
Pas sûr que ça le fasse d'ouvrir en petite culotte…
Je jette un coup d'œil autour de moi, attrape en vitesse un peignoir fourni par l'hôtel et ouvre la porte, furibonde… avant de rester bouche bée face à la vue qui s'offre à moi.
Je cligne plusieurs fois des yeux.
Je dois être toujours dans mon rêve, non ?!
Je recule légèrement et jette un coup d'œil à la porte communicante de l'autre côté de la pièce.
Merde ! C'est vrai que si ça avait été Mily ou Dana, elles seraient passées par là…
Colton, un des musiciens des Sugar, se tient appuyé contre l'encadrement de la porte, balançant sur le bout de son index une paire de menottes. Je reste totalement mutique et absorbée par son regard noir d'encre. La bouche grande ouverte, je dois

avoir l'air d'une quiche, mais, waouh… Colton Quinn se trouve juste devant moi !

Minute, minute : que fait-il à cette porte ?! *Ma* porte ! Et avec des menottes ?

Il s'empare de mon poignet gauche, et sans crier gare, il y attache l'une des menottes, alors qu'il tient toujours l'autre entre ses doigts.

Oh, non, non ! C'est quoi, ce bazar ?!

Je n'ai pas le temps d'émettre le moindre bruit qu'il m'entraîne déjà à l'intérieur de la suite, prenant le chemin de la chambre de Mason. Je freine des quatre fers : c'est limite si de la fumée ne sort pas de mes talons.

– Vous faites quoi ? demandé-je, angoissée et légèrement agacée.

Qu'est-ce qu'il me veut ? Est-ce qu'il est dangereux ? Est-ce que c'est un déséquilibré ? Non, parce que dans ce milieu de la musique, on voit de tout, et la drogue n'aide pas…

– Tu me donnes du « vous » maintenant ?

Hein ?!

– Vous avez dû vous tromper de chambre… tenté-je en prenant une voix douce afin de l'amadouer.

– On a pris un verre au bar de l'hôtel et on a parlé de menottes, petite coquine…

Ah ben, pas qu'un verre à ce que je peux voir et sentir !

Je le jauge quelques secondes. Bon, clairement, il s'est trompé de chambre et de nana. Et il n'a pas l'air agressif. Mais il m'a quand même menottée alors que mon fils dort à deux pas !

– Alors l'excité va se calmer et prendre la porte. Je ne suis pas celle qui vous attend ! affirmé-je en colère tout en essayant de me dépêtrer de cette menotte.

Mon poignet vire au rouge. Elle est trop serrée. J'ai beau faire mon possible pour l'enlever, elle ne fait que me blesser.

Colton se rapproche de moi et me surplombe de toute sa hauteur. Je peine à déglutir, me rendant soudain compte de la situation dans laquelle je suis : seule, avec un homme que je ne connais pas. J'esquisse un mouvement de recul et avance ma main entre lui et moi. Elle bute contre son torse, et je dois prendre sur moi pour rester concentrée sur la situation.

Et pas sur ses muscles sous mes doigts…

– Merde, c'est quoi déjà ton prénom ? C'était un prénom de pierre. Ambre ? Ah, non, Ruby !

Je me redresse et le fixe, perplexe.

– Ruby ? J'ai une tête à m'appeler Ruby ?! m'emporté-je.

Pour toute réponse, il lève les épaules et lâche les menottes qui se retrouvent à pendouiller autour de mon poignet.

– Pouvez-vous m'enlever ça et déguerpir de ma chambre ?!

Il plonge ses mains dans les poches de son jean ajusté. Je ne perds pas une miette du spectacle que m'offre son visage. Il est vraiment beau avec ses traits fins, sa mâchoire carrée recouverte d'une barbe. Il passera très bien à la caméra…

Maura ! Arrête de penser boulot ! Ce n'est vraiment pas le moment !

Je le vois froncer les sourcils, puis ses dents viennent mordre dans sa lèvre inférieure.

– Quoi ? demandé-je d'un ton peu aimable.

– Je trouve pas les clés.

– C'est une blague ?!

Pour seule réponse, j'ai droit à une moue d'enfant pris la main dans le sac.

C'est un bizutage ?!

Le reste du groupe va débarquer mort de rire ! Hein ?!

– Dites-moi que vous me faites marcher ? m'emporté-je.

Il fait non de la tête et se rapproche un peu plus, une lueur nouvelle dans le regard.

– Après, comme tu es attachée, dispo et moi aussi, on peut…

Il passe un doigt le long de mon cou. Lentement. Sensuellement. Pendant un instant, ses yeux sombres accrochent les miens, et un désir brutal naît au creux de mon ventre… Désir que je repousse aussitôt, en même temps que je le repousse, lui. Il capitule en se laissant tomber dans le canapé derrière lui, une lueur amusée dans le regard.

– Dommage… On aurait pu passer un très bon moment, tous les deux.

Peut-être bien…

Mais je ne peux pas me permettre d'envisager cette possibilité alors que mon fils dort dans la pièce à côté ! Et que ce mec est presque un inconnu… un inconnu qui est complètement saoul, qui m'a menottée et avec qui je vais bosser ! Je fais les cent pas, réfléchissant à toute allure à la situation dans laquelle je me retrouve empêtrée. Et quand mon regard tombe à nouveau sur Colton, je m'aperçois… qu'il dort !

– Colton ? Colton ! m'agacé-je en claquant des doigts devant ses yeux.

Je ne peux pas garder ce truc ! Je vais raconter quoi à Mason demain matin ?!

Non mais, je rêve ?! Il ronfle !

Je le pousse légèrement de mon pied, mais il gronde et roupille de plus belle. Je vais le tuer !

Ça devrait être simple : il est bourré et déjà à moitié comateux. Faut juste que je trouve une solution pour faire disparaître son corps.

Du bout des doigts, je pousse son épaule, il grogne légèrement, mais ne bouge pas. Je me rapproche de lui et effleure la poche qu'il a sur son tee-shirt, mais ne sens aucune clé.

– Tu fous quoi ? me questionne-t-il subitement, me faisant sursauter.

Mon cœur bat au triple galop, ses yeux ne lâchent pas les miens.

– Je cherche la clé.

– Sais pas. Laisse-moi pioncer tranquille, avance-t-il d'une voix pâteuse.

Cette situation est totalement absurde !

Je prends une profonde inspiration, ouvre la porte de la suite et passe la tête dans l'encadrement en regardant à droite et à gauche : personne.

Ouf !

Je cale une chaise devant la porte afin qu'elle ne se referme pas automatiquement. Mason est dans la suite avec ce demi-inconnu, je veux pouvoir intervenir rapidement si besoin.

Je prends à droite et remonte le couloir, mais rien. Je fais marche arrière et pars de l'autre côté.

Toujours rien !

Je suis presque à quatre pattes à chercher cette foutue clé sans réel espoir de la retrouver.

– Vous avez perdu quelque chose ?

Cette question me fait sursauter. Je me redresse prestement et fais face à une dame âgée au maquillage vif.

– Une clé, réponds-je d'une petite voix.

– L'hôtel fournit des cartes pour les chambres, jeune fille.

– Pas ce genre de clé, couiné-je.

J'essaie de cacher tant bien que mal mon poignet menotté, mais trop tard…

Cette honte !

– Ohhh ! Je vois ça ! s'exclame-t-elle en esquissant un clin d'œil dans ma direction. Flynn ! Où as-tu mis la clé des menottes ?

J'ouvre grand les yeux de stupeur, et ma gêne augmente lorsqu'un vieux monsieur apparaît dans l'encadrement de la porte en me tendant une minuscule clé.

– Ça se perd très vite. Tenez, essayez-la, voir si elle fonctionne.

Je m'en empare et me libère très vite en essayant de ne pas imaginer ce couple en pleine action.

Beurk !

Je tends la clé, mais ce dernier me repousse la main en faisant non de la tête.

– Gardez-la, s'exclame-t-il en m'envoyant un clin d'œil. On a une autre paire !

– Merci ! répliqué-je avec empressement, très embarrassée par cette scène surréaliste.

Je ne m'attarde pas plus et déguerpis rapidement vers ma suite où je retrouve le musicien ronflant toujours. Il va falloir qu'il retourne d'où il est venu !

Je m'approche sur la pointe des pieds et le pousse du bout de l'index, mais n'obtiens qu'un son incompréhensible. Je le détaille de plus près. Ses cheveux longs sont en bataille et lui tombent sur le visage, son nez droit lui confère un air assez dur, mais terriblement sexy. Mis à part son haleine avinée, il est charmant. Je me rends compte que je suis tout près du musicien lorsque ses deux billes noires s'ancrent aux miennes, me foutant la trouille au passage.

Je n'ai pas le temps de m'éloigner qu'il agrippe mon poignet. J'en lâche les menottes et me retrouve coincée sous son corps massif par je ne sais quel tour de passe-passe !

Non mais, il commence à me gonfler !

– Tu sens bon… l'entends-je soupirer dans mon cou.

Pas toi, en tout cas…

Il se met à frotter le bout de son nez sur ma peau fine et cela me provoque d'étranges frissons malgré moi. Je pose mes mains à plat contre son torse, et pour la seconde fois, je sens aussitôt son corps ferme et la chaleur qui s'en dégage à travers le tissu de son tee-shirt. Je déglutis avec difficulté et manque d'avaler ma salive de travers lorsque je sens une chose dure tout contre mon bassin.

Oh, bazar !

– Colton ?

– Crystal ?

Crystal ?! Non mais, il va tous me les sortir les prénoms de pierres précieuses, ou quoi ?!

– Je ne m'appelle pas Crystal !

– Ben, c'est pas Ruby, alors…

Mais c'est vraiment un goujat ! Je ne comprends pas que les nanas se pressent à sa porte ! La célébrité doit aider, il n'y a pas d'autres explications. Car dès qu'il ouvre la bouche, j'ai envie de lui coller du Scotch dessus !

Surtout vu comment il sent l'alcool, le Scotch ne sera pas de trop !

Je sens sa main essayer d'écarter les pans de mon peignoir. Ai-je assez de marge pour lui foutre mon genou dans ses parties intimes ? Il va arrêter ça très vite, sinon il ne pourra plus utiliser son service trois pièces pendant un long moment !

– Poussez-vous ! Vous m'écrasez ! m'égosillé-je en essayant de me libérer de sa prise. Je ne suis pas celle que vous croyez ! Je n'ai pas du tout envie de vous !

– Outch… tique-t-il.

Il se redresse afin que je puisse me dégager et s'assied tranquillement dans le canapé, tandis que je le toise de toute ma hauteur, debout, bras croisés contre ma poitrine, furieuse.

– On ne me l'avait jamais faite, celle-là.

– Faut un début à tout, monsieur le don Juan ! Maintenant, il est temps de partir !

Je vais ouvrir la porte de la suite, mais quand je me retourne, je le découvre affalé dans le canapé, pas du tout sur le départ.

– Oh, la rock star, c'est par ici la sortie ! souligné-je, exaspérée.

– Elle m'a mis en vrac… commence-t-il la bouche pâteuse. Tout le monde se barre dans ma vie. Mon père aussi… À croire que je ne suis pas assez bien pour eux.

Je ne comprends strictement rien à ce qu'il me dit, mais son intonation et son air si tristes me chamboulent. Je ferme la porte, me rapproche et observe son profil, alors que ses yeux sont à nouveau clos. Il semble parti si loin dans les limbes de l'alcool et d'autre chose… Son passé ? Son présent ?

– Colton, vous n'êtes pas dans la bonne chambre…

– Pourquoi ? Pourquoi je fais fuir les gens ? demande-t-il sans vraiment s'adresser à moi, et n'ayant visiblement pas prêté attention à ma remarque.

Il se renverse en arrière et se remet à dormir.

Et je fais quoi, moi, maintenant ?! On est au milieu de la nuit…

Je vais chercher mon téléphone et envoie un SMS à son agent au cas où elle ne dormirait pas, mais je suis sceptique.

[Bonsoir, excuse-moi
de te déranger, mais Colton
est dans ma suite, très éméché.]

Je fais les cent pas sur la moquette de la suite en ne perdant pas de vue l'intrus, mais celui-ci est bien parti pour faire sa nuit…

Après de longues minutes d'attente, un message arrive enfin.

[Le boulet… Je vais aller réveiller
les garçons pour qu'ils viennent
le chercher.]

Je l'observe tout en me mordant la lèvre inférieure.

[Il est « dangereux » ?
Car je suis seule avec mon fils…]

[Colton ?! Non, il est adorable.]

[Bon, on va le laisser dormir
sur le canapé, je verrai demain matin.]

[OK, mais n'hésite pas si vraiment
il te dérange.]

Je me dirige vers la porte de ma chambre, puis reviens sur mes pas. Les menottes que j'ai lâchées de surprise tout à l'heure sont au pied du canapé. Le métal brille d'un éclat machiavélique à mes yeux, et je pose mon regard sur le musicien.

Non… Ce ne serait pas cool… Quoique… Non !

Je pivote en les laissant au sol, bien décidée à aller dormir, mais c'est plus fort que moi : arrivée à mi-chemin, je fais encore une fois demi-tour, m'empare des menottes et observe le salon. Le canapé est près de la fenêtre qui donne accès à une terrasse privative.

Non…

J'avise la poignée de la baie vitrée, puis le bras de Colton.

Si ! me crie le petit diable qui se cache en moi.

Je m'approche du ronfleur, lui passe délicatement les menottes pour ne pas le réveiller et déplie tout doucement son bras afin qu'il soit tendu et que j'aie assez de mou pour accrocher l'autre partie métallique autour de la poignée.

Je recule d'un pas et observe la scène avec fierté, sans pouvoir retenir un rire mi-amusé, mi-nerveux.

OK, OK, ce que j'ai fait, c'est mal… mais c'est pour la bonne cause !

On ne sait jamais, il pourrait se réveiller à tout moment, encore alcoolisé… Il faut juste que je me lève tôt afin de lui dire ma façon de penser et de le libérer avant que Mason émerge. Je le recouvre d'un édredon et regagne mon lit, en entendant déjà les rires de Dana et Mily quand je leur raconterai cet incident.

Ça ne pouvait arriver qu'à moi…

2

Colton

Je suis dans un demi-sommeil, la bouche pâteuse, et un mal de dos carabiné vient me vriller les reins. J'essaie de m'étirer afin de réduire cet engourdissement que je ressens dans mon bras, mais je n'y arrive pas. J'ouvre un œil puis l'autre, lorsque soudain une forme se plante devant mes yeux. Littéralement devant mes yeux. Deux billes noisette m'inspectent de la tête aux pieds. Je recule la nuque et me cogne contre un dossier de sofa.

Qu'est-ce que je fous ici ?!

– Qu'est-ce que tu ronfles ! s'exclame le gosse. Et puis, t'es pas un voleur d'ailleurs, alors pourquoi tu as des menottes ?

Son regard me sonde rapidement sans jamais venir se poser plus de quelques secondes au même endroit. Ses mains se mettent à faire un mouvement rapide comme des battements d'ailes d'oiseau. Je ne réponds pas à sa question, et il enchaîne sans s'en soucier :

– Je sais qui tu es.

– Je ne sais pas qui tu es, moi, m'entends-je dire difficilement tant ma bouche est sèche.

Je tente de me redresser, mais en vain. Je pose le regard sur mon bras bloqué et constate qu'il est maintenu par des menottes.

C'est quoi, ce bordel ?!

J'ai encore trop forcé sur l'alcool et fini dans la piaule d'une énième nana. Mais cette fois, c'est le pompon : elle a un gosse et je me retrouve attaché devant lui !

Tout à coup, je suis pris de nausée, je tire sur ces fichus bracelets de métal, mais reste coincé. Je me lève, sous le regard observateur de l'enfant, et me poste devant la poignée de la baie vitrée. Je tire dessus avec force et acharnement. Je réussis au bout de je ne sais combien de minutes à la casser. Je la laisse pendouiller et me dirige rapidement vers une chambre où je sais que je vais trouver une salle de bains.

– Oh là là ! T'as cassé la fenêtre ! Maman ne va pas être contente !

Je hausse les épaules alors que le petit bonhomme me suit. J'ouvre le robinet et bois directement le filet d'eau qui s'en échappe. L'eau froide pénètre dans ma bouche, m'arrachant le gosier sur son passage, mais très vite cela me soulage et me fait un bien fou.

– On n'a pas le droit de faire ça !

– Qui t'a dit ça ?

– Ma maman. Elle ne va pas être contente du tout, du tout, rétorque-t-il en regardant ses pieds.

Il est bizarre, ce môme…

– Elle n'est pas ma mère, donc je m'en fiche, répliqué-je en revenant dans le petit salon tout en me rattachant les cheveux.

Des bruits de pas se font entendre de l'autre côté de la porte close, qui s'ouvre sur une jeune femme. En me voyant, elle stoppe sa progression.

Ce qu'elle est canon ! Blonde, aux cheveux longs bouclés. Ses yeux noisette me transpercent de colère.

J'ai été si nul que ça au lit ?! Et puis je faisais quoi, menotté sur ce canapé ?!

Son regard se porte sur l'enfant et ses sourcils se froncent. Elle pose ses mains sur ses hanches.

– Tu es déjà réveillé, mon loup ? Peux-tu aller jouer dans ta chambre, je dois avoir une discussion avec M. L'Incruste, demande-t-elle d'une voix douce.

Quoi ?!

Le petit garçon hoche la tête et décampe.

– Vous avez décuvé ?

Ah, on se vouvoie ?!

Je me racle la gorge, vraiment mal à l'aise et ne comprenant pas tout à la situation. Je porte ma main à ma nuque, perplexe.

– Merci pour la nuit… Par contre, j'aurais besoin de la clé…

Elle hausse un seul de ses sourcils et croise les bras sur sa poitrine. Je ne peux m'empêcher d'y jeter un œil. Elle a l'air d'avoir pile ce qu'il faut. La taille parfaite…

– Ça vous arrive souvent de vous tromper de chambre d'hôtel, bourré, et de vous imposer chez des inconnus ? demande-t-elle sur un ton courroucé en fronçant les sourcils.

– Je… Eh bien…

Elle pousse un profond soupir.

Je suis surpris par son attitude froide et distante. Elle semble vraiment en colère contre moi. J'ai l'habitude que les femmes soient entreprenantes, pas qu'elles me foudroient du regard !

Elle ne doit pas savoir qui je suis, c'est la seule explication…

– Bon, la rock star, on se bouge ! aboie-t-elle tout en me lançant une petite clé que j'attrape avec empressement.

Ah ben, si, elle sait qui je suis…

Je me reprends et déguerpis de la chambre, encore déboussolé.

C'est vraiment quelque chose, cette nana…

***

Mon mal de crâne s'amplifie… J'ai raconté à Ward, avec qui je partage une suite, ce qui m'est arrivé ce matin. Résultat ? Il n'arrête pas de se foutre de moi… Et Ward peut être lourd parfois – tout le temps, en fait…

– Mais vous allez arrêter à la fin, de vrais gamins ! tonne Emmett.

Nous remontons le couloir pour aller dans une salle de conférence mise à notre disposition par l'hôtel. Music Prod nous a envoyé un genre de réalisateur qui va tourner un reportage sur notre tournée et ça me gonfle prodigieusement. J'ai accepté pour faire plaisir aux autres, mais ce projet de documentaire sur nous, je ne suis pas du tout emballé par l'idée.

Je pénètre en dernier dans la salle, le regard baissé sur mes boots noirs.

– On n'a pas toute la journée ! prévient Hailey d'une voix exaspérée.

Je redresse la tête et écarquille les yeux, manquant par la même occasion de louper une marche tellement ma surprise est grande.

Putain ! Qu'est-ce qu'elle fout là ?!

J'agis au radar et prends place à côté d'Aiden, me laissant lourdement tomber sur la chaise.

Il va falloir que quelqu'un m'explique pourquoi la nana de ce matin est juste en face de nous, en train de me fusiller du regard…

– Je vous présente Maura, c'est elle qui va réaliser le reportage. Elle va donc nous suivre pendant la tournée, les mecs. Elle est accompagnée de Mily qui va filmer.

Eh merde…

J'ai fini bourré dans sa chambre, à cuver, alors qu'elle va réaliser un reportage sur nous…

Ça ne pouvait arriver qu'à moi, cette histoire…

J'ai un vague souvenir qui me revient : elle ne s'appelle pas Ruby, plutôt ? Je chasse bien vite ce souvenir flou de ma mémoire, m'avachis sur mon siège, croise les bras contre ma poitrine et tire une tronche de six mètres de long.

Mon mal de crâne se fait de plus en plus présent à mesure que cette nana nous explique comment nos prochaines semaines ensemble vont se passer. Ramassé sur moi-même, je ne prête qu'une oreille distraite à la conversation. Pour moi, c'est une connerie d'embarquer dans cette tournée quelqu'un qui va nous filmer pendant des heures et des heures et le plus souvent dans notre intimité. Je n'aime pas que l'on m'observe lorsque je me concentre avant d'entrer sur scène.

Je me perds dans mes pensées et décroche de la discussion. Je la dévisage, car à part ça, je n'ai rien d'autre à faire. Elle est canon. Vraiment canon. Son petit côté sévère et sérieux me chatouille les reins. Je l'imagine bien avec des lunettes sur le nez… Merde, je divague complet.

Je me redresse légèrement tout en secouant la tête. J'émets un grommellement sans vraiment m'en rendre compte, mais il n'échappe pas à Hailey.

– Oui ? Veux-tu nous faire part d'une idée ou je te laisse continuer à bouder dans ton coin, Colton ? Tu m'as l'air chafouin ce matin, mon grand. Que se passe-t-il ? se moque Hailey.

Je fusille du regard les mecs qui pouffent de rire, et ils ont la décence de s'arrêter.

– Rien. Tout va bien, grogné-je d'un ton peu aimable.

– Bien, on peut reprendre.

Je me crispe lorsque les yeux taquins de la nana se posent sur moi. Bordel, ses yeux noisette me transpercent et me clouent sur place.

Et dire que si je n'avais pas été bourré, j'aurais pu lui proposer une partie de jambes en l'air ! Je me doute que ça aurait été dément… À moins que je l'aie fait ? Merde, je n'arrive vraiment pas à me souvenir de tout ce qui s'est passé.

Après un temps interminable, nous sommes enfin libres. Je ne me le fais pas dire deux fois et fonce vers la sortie.

– Colton, une petite minute, m'interpelle Hailey d'un ton agacé.

Les garçons se retournent et me souhaitent discrètement bon courage avant de déguerpir.

Je pivote et m'avance vers mon agent. Cette Maura/Ruby, elle, reste en retrait et range ses affaires.

– Maura m'a raconté une histoire très, très drôle ! Tu veux la connaître ?

Pas vraiment… Je pense déjà à peu près savoir…

– Paraît-il qu'un type bourré s'est imposé dans sa chambre et y a passé la nuit à cuver ! Tu y crois, toi ?!

Je regarde mes pieds. Hailey peut être vraiment flippante lorsqu'elle est en colère.

– Colton ! Regarde-moi !

Je redresse la tête et essaie de lui faire mon regard de chien battu.

– Tu ne m'auras pas avec tes yeux !

Elle s'avance vers moi et plante son index sur mon torse.

– Tu n'as pas intérêt à recommencer, poursuit-elle, sinon je viendrai en pleine nuit et je te raserai la tête ! C'est bien compris ?!

Mon regard intercepte celui de la blonde, que les paroles de mon agent semblent laisser perplexe. Moi, je prends sa menace très au sérieux. Hailey est sans limites.

– Oui.

– Tu n'as pas intérêt à être saoul à nouveau !

Je hoche la tête et déguerpis aussi vite que possible. Cette nana me fout les jetons !

Aiden et Ward m'attendent comme les deux commères qu'ils sont. Je passe devant eux sans leur adresser le moindre regard.

– Eh, mec ! T'as le feu au cul, ou quoi ? ricane Ward dans mon dos.

Je remonte le couloir et me plante devant l'ascenseur.

– Tu nous expliques ? demande Aiden.

– C'est elle, la nana de la chambre de ce matin.

– Attends ! T'as fini bourré, à cuver sur le canapé de celle qui va réaliser notre reportage ?! résume-t-il.

– Et j'ai dû faire ou dire des choses… Je n'arrive pas à me souvenir, j'ai l'impression qu'elle m'en veut pour un truc bien précis. Mais quoi ?…

– Oh, putain, t'es grave, mec ! s'exclame Ward.

Je soupire profondément en passant ma paume sur mon visage.

Il y a des centaines de chambres dans cet hôtel, combien il y avait de chances pour que je me trompe et finisse dans la seule qu'il fallait éviter ?

Putain ! J'ai la poisse !

J'imagine l'image qu'elle va donner de moi dans son reportage. Elle ne va faire que confirmer ce que dit déjà la presse à scandale, très certainement. À savoir que je suis le coureur de la bande. Et ce n'est que pure vérité…

Hailey m'a remonté les bretelles comme un gosse devant cette nana, et ça me fout les nerfs. Je sais ce que je fais, elle n'est pas ma mère, et heureusement.

J'ai conscience que je merde en ce moment, mais c'est comme ça. C'est la seule manière que j'ai trouvée pour dissiper la noirceur qui gagne du terrain chaque jour en moi.

Je tente de cacher ma colère aux autres, mais cela commence à être de plus en plus difficile. L'alcool et le sexe ne peuvent pas m'être enlevés, sinon je vais couler et me noyer.

Je remonte le couloir de l'hôtel afin de regagner la suite que je partage avec Ward, accompagné des ricanements des deux musiciens.

La journée va être longue… Ils ne vont pas me lâcher avec cette histoire…

addictives

Rose Becker
Le Bébé, mon milliardaire et moi (aussi en poche)
Torride, sexy & dangereux
Dangerous

Aimée Bianca
B.O.S.S. Beau, Odieux, Sexy, Snob

Phoebe Campbell
Lui résister… ou pas – l'intégrale

Mia Carre
Bad for You
Teach Me Everything
Charmant connard !

Mélodie Chavin
Campus Rules
Fucking Wedding
Coloc avec mon ennemi

Alexia Clemens
Red Python. Save Me

Sonia Eska
Ne me tente pas

Emma Green
Toi + Moi : L'un contre l'autre (aussi en poche)
Toi + Moi : Envers et contre tout (aussi en poche)
Toi + Moi : Seuls contre tous (aussi en poche)
Call Me Baby – volume 1
Love Me if You Can
Kiss Me if You Can
Bliss. Le faux journal d'une vraie romantique – volumes 1 et 2
Jeux interdits
Jeux insolents
Jeux imprudents
Une toute dernière fois
Fallait pas me chercher ! – volumes 1 et 2
Corps impatients (aussi en poche)
Cœurs insoumis (aussi en poche)
Âmes indociles (aussi en poche)
Cent facettes de Mr Diamonds – l'intégrale
Bliss. Le faux journal d'une vraie romantique – l'intégrale
(Im)parfait (aussi en poche sous le titre *Fais-moi une place*)
Love Me if You Can – l'intégrale
Kiss Me if You Can – l'intégrale
It's Raining Love !
The Boy Next Room
Call Me Baby – l'intégrale
Call Me Bitch – l'intégrale
PS : Oublie-moi !
Fallait pas me chercher ! – l'intégrale
Recherche coloc : emmerdeurs, râleurs, lovers… s'abstenir !
10 bonnes raisons de te détester !
Just 17
Love & Lies on Campus
Bien plus forte que toi !
If You Wanna Be My Lover…
The Boy on Fire
La Vie en vrai

Megan Harold
Breaking the Rules
Initiation with My Boss

Ludivine Hart
Arrogant & Tattooed

Amy Hopper
Gone Boy
Le Coloc

Charlie Lazlo
Mon insupportable boss

Sienna Lloyd
Mords-moi !

Caroline Mongas
Mariage forcé. Un contrat indécent

Zoé Murat
Boss Me Around

Lina Parker
Campus at Sea

Gaëlle Sage
Kiss, Kill & Ride
Lost Rider

Ana Scott
Dark Ride
Last Ride
Vicious Ride
The Dominant
Evil Ride
Sensual Stepbrother
Un enfoiré mais un coup d'enfer !
Say Yes to the Boss
Le Meilleur Ami de mon frère

Camilla Simon
Le voisin parfait est un enfoiré
Initiation with My Enemy
Le mec parfait est un inconnu… ou presque !
Le rockeur parfait est insolent et tatoué

Liv Stone
Love Lessons

Lisa Swann
Adore-moi ! – l'intégrale

Louise Valmont
Campus Initiation
Mon insupportable voisin !

Chloe Wilkox
Extreme Lover – l'intégrale
Immoral
Dominant Boss. Apprends-moi
The Virgin's Price

Luv

Ana K. Anderson
Indompté
Scottish Bastard

Sophie Auger
Be with Me

Sonia Birdy
L'Initiation
Touchdown. Campus Star

Laura Black
Dark Initiation
Games of Desire
H.A.R.D. Hot, Arrogant, Rebelle, Déterminé
Sulfurous Bad Boy
Italian Boss

Margot D. Bortoli
Too Young

Anne Cantore
Promets-moi. Louise et Marco

Sarina Cassint
Avec toi… peut-être
Insolent Boss

Romy Cole
Never Kiss a Soldier

Mary Ann Davis
Coach Me Love

Sarah Dheilm
Hot Reward

Gwen Delmas
Noël, toi & moi
Sex Friends. Pas de contraintes, que du plaisir !

Eugénie Dielens
Imprévisible boss
The Boss Next Door

Cléa Dorian & Ninon Vars
Dark Love

Laurie Eschard
Love Naked

Lil Evans
Boss Affair

Lou Garance
Can You Keep a Secret ?
Foutu coloc !

Alexandra Gonzalez
Shades of You

Erin Graham
Teach Me Love
The Boss
Secret Stepbrother
Strong Addiction
Coloc avec mon boss
The Initiation
Un boss dans mon chalet

Joh Harper
Crazy Love
Broken but Alive

Missy Heart
Dark Domination

Marie Hayle
Under Control
Lover Next Door

Ellie Jade
About Last Night

Emma S. James
Under the Rain

Sara June
Rider in the Dark
Sexy Wild Rider

Emily Jurius
Love to Hate You

Allie Krown
High School Challenge

Antinea Kane
In Love with My Enemy

Marion Laurent
Mr Alpha
I Want You in My Bed!

Pauline Libersart
Tiger. Entre ses griffes

Nina Loren
Breaking the Ice
Teach Me Again. Impossible Desire

Ella Lores
Mariée par accident à un connard arrogant rencontré la veille…
My Best Enemy
Fucking King

Jessica Lumbroso
Emma X. Secrète et insoumise

Lili Malone
Coloc avec un inconnu

Mila Marelli
Dark Man in Love
Crazy Wedding

Mag Maury
My Hipster Christmas

Billie Morgan
Free Fighter
I Don't Fucking Care!

Aurore Nox
Foutu menteur !

Alix Parks
Never Kiss the Boss

Jeanne Pears
Insupportable coloc
Colocs & Sex Friends
H.O.T. Hypnotique, Obstiné, Ténébreux
The Most Insolent Man

Alexia Perkins
Arrogant Fake Lover

Sophie S. Pierucci
L'Inconnu de l'ascenseur & Moi (aussi en poche)
My Stepbrother. L'initiation

Silvia Reed
Darkest. La dernière heure
Too Close

Anita Rigins
No Rules
My Rules
J'aime pas Noël ni les voleurs de taxis !

Isla A. Rowley
Le coloc de mon frère

Jana Rouze
Effet de vague – saisons 1, 2 et 3

Ana Scott
À corps brisés

Adora Sky
Decadent Lover

Léana Soal
Fight & Hope

Cara Solak
Perfect Obsession

Izia Soley
Fauve
Initiation. On Your Skin

Liv Stone
Initie-moi. Mes jours contre tes nuits

Lena K. Summers
Perfect Bad Boy
Donovan, roi des connards

Kaly Swann
Austin. Breathe with Me

Fanny Twice
Burning First Love

Anna Wendell
Arrogant Bad Boy
Apprends-moi le désir
Colosse. Le maître du jeu
Break Your Chains

Mina Zadig
Just Sex & Tattoos
Arrogant Highlander

New adult addictives

Sonia Birdy
California High School

Mélodie Chavin
Stepbro' Next Door

Juliette Duval
Falling for my Stepbrother

Sianna Milano
High School Initiation

Isla A. Rowley
Toxic Games

addictives POCHE

Rose Becker
Le Bébé, mon milliardaire et moi (aussi en grand format)
Désirs & Désastres

Marjorie Burbaud
The Campus Teacher

Olivia Dean
À lui, corps et âme – volumes 1 et 2

Sonia Eska
My Last Chance

Lou Everly
Bad Boy Crush

Erin Graham
Nos amours contraires
Back to Campus

Emma Green
Seuls contre tous (aussi en grand format sous le titre *Toi + Moi : Seuls contre tous*)
L'un contre l'autre (aussi en grand format sous le titre *Toi + Moi : L'un contre l'autre*)
Envers et contre tout (aussi en grand format sous le titre *Toi + Moi : Envers et contre tout*)
Corps impatients (aussi en grand format)
Cœurs insoumis (aussi en grand format)
Âmes indociles (aussi en grand format)
Fais-moi une place (aussi en grand format sous le titre *(Im) parfait*)

Kim Grey
Fausse fiancée & vrais ennuis

Megan Harold
Sublime-moi !

Charlie Lazlo
Kiss Me I'm Famous
The Duke

Jeanne Pears
Jamais avec mon coloc !

Sophie S. Pierucci
L'Inconnu de l'ascenseur & Moi (aussi en grand format)
Deep & Dark

Lise Robin
Forbidden Stepbrother

Alexane Tolley
The Boss Rules

Chloe Wilkox
Your Game, My Rules

Auteure : Erin Graham

Edisource – Éditions Addictives
100, rue Petit, 75019 Paris
Imprimé par FINIDR – Lipova cp. 1965 – 73701 Cesky Tesin,
République tchèque
Dépôt légal : novembre 2022 – Achevé d'imprimer : octobre 2022
ISBN : 978-2-37126-527-1
Réf. contrat : ZBEB_001